SALEIT SHAHAF POLEG

BIS ES WIEDER REGNET

Blumenbar

SALEIT SHAHAF POLEG, 1977 geboren, ist Schriftstellerin, Redakteurin und Universitätsdozentin. Ihre Kindheit verbrachte sie in Be'er-Sheva und ihre Jugend in einem Kibbuz und in einem Moschaw in der Jesreelebene in Nordisrael. Shahaf Poleg hat Kurzgeschichten in diversen israelischen und internationalen Literaturzeitschriften auf Hebräisch und Englisch veröffentlicht. »Bis es wieder regnet« ist ihr erster Roman, der in Israel von der Kritik und den Lesenden gleichermaßen gefeiert wurde.

RUTH ACHLAMA, geboren 1945, lebt seit 1974 in Israel und übersetzt seit Anfang der 80er Jahre hebräische Literatur, darunter Werke von Amos Oz, Meir Shalev, Yoram Kaniuk und Ayelet Gundar-Goshen. Für ihre Arbeit wurde sie unter anderem mit dem deutsch-israelischen Übersetzerpreis und dem Bundesverdienstkreuz ausgezeichnet.

Vielteilig wie ein Mosaik und tief wie ein Brunnen – dieser erstaunliche Debütroman erzählt die Geschichte der israelischen Familie Steinmann über gut hundert Jahre: von der Gründung eines Siedlungsdorfs in der Jesreelebene bis in die Gegenwart. Im glutheißen Zentrum des Romans die ländlich dörfliche Stimmung der Monate Elul, Tischre und Cheschwan, in denen traditionell ausgesät und auf Regen gewartet wird. Aber was tun, wenn der Regen auch diesmal ausbleibt? Während die schwangere Jael ins Heimatdorf zurückkehrt, wo ihre Schwester Gali vergeblich Hochzeit feiern will, während die Eltern scheinbar unerreichbar im Ausland sind, die Großeltern sich wie Feinde belauern und Wasserraub zum Alltag gehört, schießt das mühsam unter Verschluss gehaltene Familiengeheimnis in den Himmel wie eine Fontäne.
Ein großer israelischer Familien- und Gesellschaftsroman in der Tradition von Meir Shalev.

Für meine Großeltern
Yosef und Miriam Jakobi
In Sehnsucht

Monat Elul

Erster Teil

Sodom in der Jesreelebene

Es begann mit dem Regen. Oder man könnte sagen, es endete mit dem Regen, der seither nicht wiedergekehrt ist.

Es ließe sich auch entschieden feststellen, dass seit dem Regen hier kein einziger lausiger Tropfen gefallen ist. Rein gar nichts seit damals, und bald drehen sie uns das Wasser ab.

Ringsum – alles wie immer.

Nur ein paar giftige, alte Oleanderbüsche trennen zwischen den Mandelbäumen des Nachbar-Kibbuz und Steinmanns zehn Hektar Mais, aber bei denen fällt er und auf unserer Seite – nix.

Als würden die Wolken selbst entscheiden, wo sie ihre beschissenen segensreichen Regenschauer hinpinkeln.

Wenn wir es nicht besser wüssten (oder vielleicht auf dem Schoß anderer Eltern aufgewachsen wären), könnten wir meinen, einer da oben wolle uns bestrafen. Vielleicht, weil wir nichts gesagt haben, vielleicht wegen anderer Sünden.

Keinen einzigen Gerechten gibt es in dieser ganzen Jesreelebene – das wissen wir.

Aber so eine Strafe – mit anzusehen, wie die Felder darben, winzige Käfer die Luzerne befallen, fette Raupen an den faulenden Maisstängeln knabbern, der dürstende Weizen verdorrt, die Orangenbäume welken, Hühner und Kühe vorzeitig geschlachtet werden, weil es an Futter mangelt – diese Strafe haben wir nicht verdient.

Zumindest die meisten von uns nicht.

Unsere Kinder stellen an der Dorfeinfahrt Schilder auf: »Gebrauchte Kleidung«, »Einrichtung von Babyzimmern«, »Hausgemachte Kuchen«, »Schmuck direkt aus Künstlerhand«, »Gästezimmer stundenweise«.

Wir haben ihnen nicht beigebracht, irgendwas anderes zu tun. Landwirte! Wir waren stolz auf uns und haben ihnen auf die Schultern geklopft, auch wenn sie nicht mal den Oberschulabschluss schafften.

Jetzt können sie nicht wegziehen, und ihre Ehefrauen aus der Stadt wollen nicht weg, weil sie hier »Lebensqualität« haben.

Pah!

Schuften auswärts wie die Esel und lassen uns die Kinder hier.

Aber wir beschweren uns nicht, blicken nur traurig von unseren mit Fliegengittern versehenen Terrassen und sehen, wie das Dorf zum Teufel geht, wegen des Regens.

Und auch aus anderen Gründen.

An dem Tag, als der letzte Regen in den Morgenstunden zu tröpfeln begann, saßen wir nach dem Melken bei einem Glas Tee und frischem Brot in unseren Häusern und dachten: Jetzt fängt endlich der Winter an. Und doch übersah keiner von uns die mit Samt abgedeckte Bahre, die ein Bärtiger in Schwarz vor sich herschob, hüpfend und holpernd bei jedem Schlagloch und jeder Bodenwelle, seit Jahren nicht ausgebessert.

Klar tat sie das absichtlich, die fromme Beerdigungsgesellschaft im Dorf, mit dieser Leiche in Totenschleiern und so weiter, nach altem jüdischem Brauch. Nicht wie sonst bei uns üblich: im schlichten Holzsarg, ohne Tamtam um Religion und Gewissen, mit ein paar Worten über den Genossen unter der Zypresse, worauf Achmed, der Totengräber aus dem Dorf Na'ura, die Sache für uns zu Ende bringt.

Tatsächlich hätten wir nicht viel über ihn sagen können, wir kannten ihn nicht richtig, er war keiner von uns. Und doch hatten wir mitgemacht, hatten ihn versteckt, als gehöre er zu uns und hatten niemandem was von ihm erzählt, auch wenn Leute fragten und herumschnüffelten, und später erinnerten wir uns gar nicht mehr, wo die Papierschnipsel herkamen, die manchmal ums Silo flatterten und vor der Tür des Dorfladens landeten.

Hatten wir vergessen.

Bis die Alte es uns wieder unter die Nase rieb, bei einer letzten Runde durchs Dorf. Wie sie da energisch ging mit ihrem pechschwarzen Haar und den roten Lippen im Wattegesicht.

Man ehrte sie, Gründergeneration und all das, ging ja gar nicht anders. Sie war zwar nicht schon am alles entscheidenden Tag der Landnahme mit dem Pferdewagen aus Tel Adaschim gekommen – die am nächsten Tag Eingetroffenen bekleideten nicht mehr denselben Erstsiedlerrang und bekamen nicht denselben Status, auch wenn sie ihr ganzes Leben hier verbrachten –, aber immerhin.

Insgeheim hofften wir, sie würde ihre Siebensachen packen und wegziehen, wie es die Hälfte ihrer Familie bereits getan hatte. Und die übrigen machten nichts anderes als immer noch einen Universitätsabschluss, blieben aber trotzdem hier wohnen, wollten Landleben ohne Land, ohne Äcker, ohne Viehzucht.

Und dann kamen sie auch noch mit Beschwerden, steckten die Nase in die Wasserwirtschaft, erklärten, sie brauchten die Abgaben an den Bauernverbandsrat nicht zu zahlen, denn sie betätigten sich ja nicht als Landwirte, schlossen sich aus der Gemeinschaft aus, und das Allerschlimmste: Sie wuschen die schmutzige Wäsche draußen vor der Tür.

Da bekamen sie aber was ab von uns, oho, was die abkriegten.

Und ihre Kinder steckten deshalb was ein von unseren Kindern, die die Gespräche am Abendessenstisch mithörten, auch das steht fest.

Aber wie sich herausstellte, waren sie nur die ersten Schwalben, die Veränderung ankündigten.

Danach kamen die anderen, und wir teilten nicht mehr aus.

Jetzt mussten wir lächeln, uns anpreisen: »Kommt zu uns, schaut, wie schön und ruhig es bei uns ist, zieht her in unsere

Gemeinde.« Und dabei hoffen wir ständig, wenn der Regen wiederkehrt, holen wir uns unser Dorf zurück und vertreiben die Eindringlinge.

Wer wüsste besser als wir, wie man das anstellt.

Doch vorerst hängten wir ein großes Schild am Ortseingang auf und sorgten dafür, dass die Einfahrt einladend aussah. Bougainvillea-Sträucher verbergen den großen Abwasserkanal, und vielfarbige Oleanderbüsche kaschieren die verwilderten Feldraine.

Wir brauchen das alles nicht, diese künstlichen Verschönerungen. Wir wissen ja, dass die neugeteerte Straße in knapp einem Jahr unter den Rädern der Milchtanker wieder rissig werden wird und wir nochmals Geld für die Ausbesserung aufbringen müssen. Dass die neuen Gehsteige (mit der wildtierfreundlichen Beleuchtung) auf der trockenen schwarzen Erde aufreißen werden.

Alles eine Frage der Kosmetik, sagen unsere Kinder. Sie hängen bunte Petunien-Töpfe am Dorfeingang auf (Wasserverschwendung), streichen das rostige Silo und das baufällige Postamt, schleifen die wurmstichigen alten Holzfensterläden ab und gießen den großen Rasen vor dem Volkshaus mit gutem Wasser.

Alles für die Eindringlinge, die auf der neuen Erweiterungsfläche ein winziges Grundstück zu überhöhtem Preis erwerben (immer noch weit billiger als im Landeszentrum, sagen die Kinder). Sie holen ihren angesagten Architekten aus Tel Aviv, sitzen Monate über den Plänen und bauen schließlich ein Haus, das genauso aussieht wie das daneben. Flache Würfel, ohne Ziegeldächer, mit einer Vegetation, die den ersten Sommer nicht überleben wird – und wenn doch, präsentieren wir ihnen eine Wasserrechnung, die die Arbeit zum Erliegen bringt.

Wir feiern jetzt alle Feste ganz groß. Dorfgründungsfest, schon über 90 Jahre, Schawuot als Erntefest. Die Eindringlinge lieben diese besondere Erlebniswelt nämlich heiß und innig, und wir müssen liefern. Haben nun ein Folklore- und Unterhaltungsteam.

Wir glauben kaum, dass ein paar Imbissbuden und Wegwerf-Seifenblasenpistolen das Dorf vor dem Konkurs bewahren können, aber die jungen Leute sind da anderer Meinung, finden, wir sollten flexibler werden, es bliebe keine andere Wahl, man müsse mit der Zeit gehen. Sie sagen, wir sollten die Kuhställe zu einem großen, modernen und sauberen vereinen, weil Umweltschutz wichtig sei, ebenso das Tierwohl. Sie drängen uns, auf organischen Anbau umzustellen (was wissen die schon von dem alten Ungeziefer, das hier im Boden wimmelt) und die Hühner frei draußen rumlaufen zu lassen.

Wir dagegen warten auf den Regen.

Wenn er kommt, können wir sie loswerden, die Eindringlinge. Werden den Kindern die Flausen schon austreiben. Wenn der Regen kommt, können wir den Staub aus allen Falten und Rissen putzen, den Kopf erheben und unseren Ort zurückgewinnen. Wir haben noch Mumm in den Knochen. Haben noch Pläne.

Unsere Zeit ist noch nicht abgelaufen.

◆ ◆ ◆

Eine Hauptstraße hat die kleine Stadt Afula. Eine einzige lange Hauptstraße, und unweit des Zentrums, hinter den letzten Ampeln am Ortsausgang, lässt die Erde des Emeks – der Jesreelebene – die verzerrten Gestalten ihrer Eroberer auferstehen, flimmernd in den glühenden Dämpfen, die vom Asphalt der Straßen aufsteigen und zu den Gersten- und Luzernefeldern gleiten, für einen letzten Auftritt.

Neben der Filiale der Sozialversicherung scharen sich Menschen, sobald das benachbarte Arbeiterlokal zum preiswerten Mittagessen einlädt. Die Polizeiwache wirkt verlassen um diese Uhrzeit, wenn die Fikus-Bäume den Parkplatz samt den mit klebrigen Fikus-Früchten und Fledermauskot bekleckerten Streifenwagen beschatten. An der Tür des Ladens für Nähzubehör hängt ein Makramee mit dem aufgestickten Wort *Geschlossen*, und nur der Falafel-Stand wird belagert von Soldaten, die gerade aus einem Bus gestiegen sind.

An der Ampel sitzt Rubi in einem dreckigen weißen Toyota-Kastenwagen, sieht sich gelegentlich um und ordnet sein zerzaustes Haar, während Jatir, der Ortssekretär des Bauernverbandsrats, über die Freisprechanlage mit ihm redet.

»Noch ein paar Besorgungen, und ich bin zurück«, sagt Rubi und zieht sein T-Shirt am Bauch hoch, um sich Stirn und Sonnenbrille abzuwischen. Die Klimaanlage kommt nicht an gegen die feuchte Witterung draußen. Die Ampel springt von Rot auf Gelb, Rubis Fuß gibt das Bremspedal frei, und das Auto fährt in die Stadt hinein.

»Rubi, tu mir einen Gefallen, mach jetzt keinen Blödsinn. Joskes Enkelin soll heute oder morgen eintreffen, also wie vereinbart, ja? Nur ihr, dieser Jaeli, schonend natürlich, beibringen, dass sich ihr Plan nicht umsetzen lässt.«

Rubi rollt ungeduldig die Augen. Er braucht Jatir nicht zu verraten, dass er Jaeli schon in Eilat getroffen hat, vor ein paar Monaten, genau zum Winterende, er ist selbst nicht mehr ganz sicher, was dort passiert war. Ist besser so. Selbst wenn er mit ihr redete, würde er nicht davon sprechen.

Aber trotzdem, denkt er sich, als er rechts in den Parkplatz von Nachschonis Baumarkt einbiegt – er muss Öl für den Schaufelbagger und ein paar Rattenfallen kaufen (schon lange hat er seinen Mietern auf dem Dreschplatz versprochen, die Bude von Ungeziefer zu befreien) –, wäre doch interessant zu erfahren, warum sie zurückkommt: Ein jäher Anfall von Nostalgie? Sehnsucht nach dem einfachen Leben? Das belustigt ihn. Ehrlich gesagt, hat er sie nie für eine gehalten, die mal mit eingezogenem Schwanz zurückkommen würde. Rubi hatte von Jatir nicht verstanden, ob sie allein kam oder mit dem Maler. Er kann sich echt nicht vorstellen, wie dieser Typ sich im Dorf einleben sollte. Vielleicht würde es so laufen wie bei den Neuen im Erweiterungsgebiet: Die arbeiteten die ganze Woche in der Stadt und kamen nur am Wochenende zurück.

Die Gedanken an Jael beschäftigen Rubi, bis er Nachschonis Hangar betritt, und machen dort umgehend der vertrauten guten Laune Platz, die ihn hier bei den Gerüchen von Motoröl, Schädlingsbekämpfungsmitteln und Bewässerungsschläuchen zuverlässig überkommt.

Nicht viel weiter, vielleicht hundertfünfzig Meter von Nachschonis Baumarkt, liegt der Busbahnhof und gleich angrenzend der Montagsmarkt, der die ankommenden und abfahrenden oder einfach vorbeilaufenden Passanten in kühles Halbdämmerlicht hüllt, mit seinem massiven Betonbau den hitzigen Sommer draußen hält, die schon frühmorgens brennenden Sonnenstrahlen wacker abblockt.

Die Metallskulpturen auf dem nahen Platz werfen blendendes Flimmerlicht auf den Bau und auf die Fahrer der Lastwagen, die Viehfutter in die fruchtbaren Täler bringen. Vor lauter Gluthitze könnte man meinen, auch die Ränder der tiefen Schlaglöcher vor dem Busbahnhof würden gleich mit leisem Rauschen in den Bauch der Erde rieseln, und der klimatisierte Bus, der eben aus Tel Aviv gekommen ist, würde mit abstürzen.

Jaeli steigt aus dem Bus, wozu sie notgedrungen den Soldaten neben ihr weckt, der schon auf der nördlichen Ausfallstraße

Tel Avivs eingeschlafen ist, wobei sein Kopf auf ihre Schulter sackte. Verantwortungsbewusstsein oder jäh erwachte mütterliche Gefühle hatten sie veranlasst, sich kaum zu rühren, und so hat sie die ganze Fahrt über still gesessen, auch als ihr beide Beine einschliefen.

Jetzt versuchte sie, sich möglichst vorsichtig aus dem Fensterplatz herauszuwinden, der Soldat wachte auf und murmelte eine Entschuldigung. Sie schenkte ihm ihr schönstes Lächeln, denn sie hatte sich vorgenommen, fortan ein besserer Mensch zu werden, freundlicher, einfach anders.

»Zehn Minuten!«, verkündete der Fahrer, »bitte rechtzeitig zurück sein!« Und ehe er selbst ausstieg, wechselte er das Schild mit dem Fahrtziel zu Beit Schean.

Bei einer Frau mit langer glatter Perücke kaufte sie beschichtete Erdnüsse und stilles Wasser in dem Laden für frisch geröstete Nüsse, und am benachbarten Zeitungsstand, wo die Zeitschriften an einer langen Schnur in der Breite hingen wie frischgewaschene Wäsche – Pornohefte in Russisch und Englisch, Rätselhefte und verlockende Hochglanzmagazine –, blätterte sie in einer Illustrierten. Der Standinhaber, plötzlich hinter der Theke aufgetaucht, erklärte ihr, wer hier lese, müsse kaufen, und so legte sie die Zeitschrift weg und dachte, in den verbleibenden paar Minuten sollte sie sich nach der langen Fahrt lieber ein bisschen die Beine vertreten. Die Toilette würde sie hier nicht aufsuchen. Vor dem Busbahnhof stand eine Reihe dreckiger öffentlicher Telefone. Früher hatte sie damit ihr Kommen angekündigt, und jetzt besaß sie ein Handy, aber keinen, den sie hätte anrufen können.

Die Pinkelpause war zu Ende, der Bus verließ die Station Richtung Osten, vorige Passagiere und neu Zugestiegene setzten sich durcheinander. Ihr Soldat war nicht zurückgekehrt.

Durch die schmutzigen Fenster, die sich unter Verweis auf die Klimaanlage nicht öffnen ließen, sah man Sprinkler in hohem Bogen lebensspendendes Wasser auf die Felder sprühen, die ihrerseits Wasserdunst abgaben, der die ohnehin schon schwüle Luft noch stickiger machte. Die Sonne, die sich in den letzten Stunden hinter Wolken versteckt hatte – echt listig, denn trotz der scheinbar trüben Witterung wurde die Hitze nur noch drückender, rabiater –, kam wieder hervor und prallte auf die nassen Blätter in der zufriedenen Gewissheit, die totale und endgültige Herrschaft innezuhaben und keine Konkurrenz fürchten zu müssen. In ein paar Minuten würde sie die Klingel drücken, der Bus würde an der ersten Haltestelle an der Straße halten, die Türen öffnen und sie erbarmungslos ausspucken, und so würde sie schutzlos hinaustreten in die Sonne und zu allem, was sie noch erwartete.

Auf dem Parkplatz des Baumarkts stand Rubi neben dem Toyota und aß seine Portion Falafel in der von Essiggurken und Pommes überquellenden Pita. Dann sah er nach, ob alle Einkäufe ordentlich im Laderaum des Kastenwagens verstaut waren. Gleich würde er selbst einsteigen, das Radio anstellen, die Klimaanlage voll aufdrehen und an Fische denken – der einzige Gedanke, mit dem sich der Magenkrampf lindern ließ, der ihn immer schon vor dem letzten Kreisverkehr an der Ausfahrt aus der Stadt befiel.

Es war kein beliebiger Gedanke, schließlich war das sein Arbeitsbereich. Heute dachte er speziell an die Ladung Jungfischchen, die aus Eilat eintreffen sollte. Aber sobald er an Eilat dachte, fiel ihm Jaeli wieder ein, und Jaeli erinnerte ihn an das Gespräch mit dem Sekretär des Bauernverbandsrats, und all diese Gedanken bescherten ihm wieder die altbekannten Magenkrämpfe. Er biss noch ein paarmal von seiner Falafel-Pita ab, gab dann auf und stieg ein. Der staubige Toyota schnaufte und röchelte ungehalten beim Start, fuhr danach jedoch einwandfrei über die kurvige Straße, auf der vertrauten – um nicht zu sagen verhassten – Strecke, rollte wie von selbst, knatterte und schlingerte, brachte ihn ergeben zurück, wie immer, auch wenn es seine letzte Tat wäre oder das Letzte, was er sich gewünscht hätte.

◆ ◆ ◆

Sie kehrt ins Dorf zurück.

Wie einst Rebecca nach Manderley, nur war jenes Schloss weniger verhext, schien ihr. Kuhmistgeruch, Truthühner-Putput, Schafblöken. Der Bus ließ sie an der Haltestelle auf der Landstraße hinaus, und beim Aussteigen wäre sie bei dem zu schmalen Randstreifen beinah in den Straßengraben gerutscht. Ihre Sandalen füllten sich mit kleinen Steinchen, und ihre Füße überzogen sich mit feinem, weißem Staub.

»Alles in Ordnung da?«, rief der Fahrer ihr zu. Sie hob bejahend die Hand. Sie war seit Jahren nicht mit diesem Bus gefahren, vielleicht seit dem Gymnasium nicht mehr, wer fuhr hier überhaupt mit Bussen? Aber sie hatte David das Auto überlassen, aus idiotischem Stolz, »ich brauch nichts von dir«, und jetzt musste sie halt zu Fuß gehen.

Die Türen schlossen sich, und der Bus fuhr weiter. Sie überquerte rasch die Landstraße, was früher wohl leichter gewesen war, jetzt herrschte starker Verkehr. Sie sah, dass man schon an der Fußgängerbrücke baute. Als würde hier jemand zu Fuß gehen.

Sie hatte nicht viel dabei. Rucksack und Handtasche, und auch das schien ihr jetzt zu schwer in der feuchten Hitze.

Morgen sollte der Möbelwagen mit ihren Sachen eintreffen: Computer, Drucker, ein paar lädierte Kisten, eine mit der Doktorarbeit, die sie nicht abgeschlossen hatte und auch nicht mehr abschließen würde, zwei weitere randvoll mit Gedichten und Kurzgeschichten, die kein Mensch herausbringen wollte, und noch ein paar Kisten mit Kleidung und mit Junk, den sie gar nicht mehr durchgesehen hatte. In einer eigenen Kiste schickte sie zwanzig Meter Gardinenstoff, stapelweise neue Handtücher in drei Größen, weiße und geblümte Doppelbettbezüge zur Komplettierung des Landhausstils und einen Schuhkarton voller Einrichtungsideen, die sie im Ausland aus Heimwerkermagazinen ausgeschnitten hatte.

Sie hegte große Pläne für diese Renovierung. In den Monaten vor ihrer Ankunft, zwischen der Entscheidung zur Rückkehr und deren Umsetzung, hatte sie sich im Geist an dem alten Haus arbeiten gesehen, im farbfleckigen Overall, der ihren Körper weich umschloss, während sie mit einem Eimer voll Tünche hantierte. Die staubigen Außenwände würde sie cremefarbig, die Klappläden draußen mintgrün streichen, die Risse zuspachteln und die alte Holzküche aufmöbeln. Sie hatte genug britische Designserien gesehen und fand das Ganze durchaus machbar.

Sie würde renovieren und an sonst nichts denken.

Wandfarbe-Kataloge, funkelnde neue Sanitäranlagen, Gartenmöbel aus verblichenem Holz und durchschimmernde Vasen für Wiesenblumen, die sie pflücken würde.

Sie würde renovieren und nicht an all die Ängste denken, die ihr von den Beinen zum Bauch stiegen, zum Hals hochkletterten und ihr Übelkeit bereiteten. Sie würde renovieren und nicht daran denken, was geschehen würde.

Auf der Straße zum Dorf hinauf bekam sie das Zittern. Vielleicht war sie noch nicht bereit für diese Begegnung. Sie setzte sich auf das Mäuerchen des Abflussgrabens, kaum ein Auto fuhr zu dieser toten Zeit des Melkens und Futterverteilens raus oder rein. Die Luft war stickig heiß, das Rauschen der Landstraße draußen vermischte sich mit dem monotonen Lärm der Melkmaschinen. Die Bougainvillea-Sträucher schufen einen lila-rosa

Teppich über dem einst stattlichen Abflussgraben des Dorfes, der früher jeden Winter auf die Straße und weiter auf die Felder übergelaufen war, so dass Jaeli und ihre Schwester Gali in schweren Gummistiefeln zur Schulbushaltestelle stapfen mussten, während ihre Schuhe in den Schultaschen steckten.

Erst nachdem der kleine Junge überfahren worden war, bewusstlos auf dieser Straße lag, und auch die Alte, die ihn umgenietet hatte, vor Altersschwäche und Schmach gestorben war, hatte man Straßenbeleuchtung installiert und einen Gehsteig gebaut. Alle hielten das damals für eine populistische Entscheidung, denn man wusste ja, was hier innerhalb eines Jahres aus Gehsteigen wurde. Und doch hatte man es diesmal nicht fertiggebracht, der Mutter des toten Kindes ins Gesicht Nein zu sagen. Und der Gehsteig schien entgegen allem abfälligen Getuschel nun gerade standzuhalten, als wahre er das Andenken des Jungen, dem er seine Entstehung verdankte.

Von ihrem Sitzplatz aus sieht man das Gestrüpp an der Quelle und den Steinbruch, der weiter am kahlen braunen Berg nagt, das Innere so weiß und weich wie Marshmallows. Jaeli zieht die Luft tief in die Lungen, die Rippen blockieren und bereiten ihr Unbehagen, und die glühende, staubige Luft – typisch für Mitte August – stinkt unfassbar penetrant.

Der intensive, säuerliche Geruch von Kuhmist, der ihr jetzt in die Nase steigt, zeugt wohl mehr als alles andere von der inzwischen vergangenen Zeit und davon, dass sie längst nicht mehr hierhergehört. Die einzigen, die den Mistgeruch wahrnahmen, waren ja die Besucher aus der Stadt gewesen, und kein Mensch hatte verstanden, worüber zum Teufel sie eigentlich klagten. »Diese Städter«, wie man sie im Dorf nannte, zerfielen in zwei Gruppen: Die einen verzogen angewidert die Nase oder hielten sich ein Taschentuch davor, die anderen bekamen einen verträumten Gesichtsausdruck, als erinnerten sie sich an einen lieblichen Kindheitsduft. Die Dorfkinder lachten über diese wie jene und schmuggelten kleine Eidechsen oder Feldmäuschen in die Taschen der Gäste, die sie erst in ihre Stadtwohnungen zurückgekehrt entsetzt entdeckten.

Wer hier aufwuchs, roch nie was. Höchstens vielleicht einen schwachen Hauch Ende Dezember, wenn die milde Wintersonne den feuchten, blubbernden Kuhmist kochte und kalte Luftzüge einen Geruch mitbrachten, der sich an alles heftete, vornehmlich an saubere Wäsche. Obwohl die Kleider aller Ortsansässigen mehr oder weniger gleich rochen, waren Gali und Jaeli entsetzt darüber gewesen – vielleicht wegen der Zeiten, in denen man beide »stinkende Ratten« genannt hatte, wegen irgendwelchen Steuer- und Wasserangelegenheiten der Erwachsenen.

Jetzt hat auch Gali beschlossen, aus Kanada ins Dorf zurückzukommen, in das sie nie hatte zurückkehren wollen, und all das wegen des großen Traras um die Hochzeit in ihrem Garten hier. Und Jaeli, die auch keinen Fuß mehr an diesen Ort hatte setzen wollen, wie sie hoch und heilig versichert hatte, kommt nun trotzdem wieder, wagt es sogar, ein Gästehaus in Tante Zippas altem Haus zu eröffnen, das seit deren Tod leer steht.

Ein Typ im blauen Transporter hält auf dem Weg nach draußen an und fragt, ob er behilflich sein könne.

»Alles bestens«, sagt sie, »ich habe nur haltgemacht, um ein bisschen Luft zu schöpfen.«

Er sieht sie lange an, und sein Blick wechselt von misstrauisch zu interessiert. Er sagt, sie käme ihm bekannt vor, aber er könne sie nicht einordnen. Sie lächelt ihn an, ohne jedoch Details preiszugeben. Das halbe Dorf redet ja nicht mit der anderen Hälfte, und wer weiß, welcher Hälfte er angehörte und welcher sie.

Er fährt weiter, wirbelt eine Staubwolke auf, die sich langsam in der feuchten Luft verteilt. Sie weiß immer noch nicht, ob es richtig war, herzukommen, obwohl es streng genommen nicht ihre Entscheidung gewesen war. Die Gesichter der Gestalten, die auf altersschwachen Traktoren oder Mopeds auf dem Weg zu den Äckern vereinzelt an ihr vorbeifahren, kommen ihr bekannt vor, als spende der Dorfbrunnen ein mysteriöses Konservierungsmittel und keiner hier verändere sich.

Sie steht schwerfällig auf, wird sich in Bewegung setzen, es bleibt nichts anderes übrig. Die Ankommenden begrüßt ein großes neues Schild, das sie auf den neuen Dorfplatz verweist. Dahin, wo »diese Städter« ihre quadratischen, flachen Häuser ohne Ziegeldach bauen und damit die pseudoschweizerische Einheitlichkeit stören, für die man hier zu töten bereit ist (buchstäblich, ohne Namen zu nennen, aber eine versehentlich gelöste Kugel, die eine kräftige Schulter zertrümmerte, hat dafür gesorgt, dass ein Flachdach sich fast über Nacht mit roten Ziegeln schmückte).

Diese Städter – zahlen jemandem Geld, damit er ihnen einen gepflegten Garten anlegt, von dem alle wissen, dass er nicht überleben wird (die können ja keine Hacke halten, lachen die Dorfbewohner und begreifen echt nicht, was die hier eigentlich suchen, diese Eindringlinge). Nicht, dass sich jemand findet, ihnen das ins Gesicht zu sagen.

Alle sitzen auf ihren mit Fliegengittern versehenen Terrassen, schlagen auf Mücken und Stechfliegen ein und warten, dass etwas passiert. Und passiert dann irgendwann tatsächlich etwas, egal was (Hauptsache, denen), dann reiben sie sich vergnügt die rissigen Hände und sagen Zungen schnalzend: »Diese Städter haben von nichts eine Ahnung.«

Auf dem neuen Schild neben dem automatischen Tor steht: »Ein Dorf der Werktätigen, hier ist alles ruhig und friedlich!« Und darunter hat jemand in Schwarz gesprayt: »Mit einem Dorfrat, der einen Furz wert ist.« Manche Dinge ändern sich nicht, und diese Städter, die (vielleicht ein bisschen wie sie selbst, Jaeli, nachdem sie so eine Städterin geworden war) von einem Haus mit Garten im Dorf träumen, denken nicht an die Fliegen- und Mückenschwärme, nicht an die Feldmäuse in der Speisekammer oder an die Palästinavipern und Eidechsennattern, die friedlich auf Weinlauben und in malerischen Heuhaufen ruhen. Sie wissen nichts von den alten Zwisten und von all den Geschichten, die hier begraben liegen, gelegentlich jedoch ohne Vorankündigung, nach einem Starkregen oder heftigem Sandsturm, ihren Knochenschädel emporrecken und diesen friedlich-unfriedlichen Ort durcheinanderwirbeln.

Aber nun kehrt sie doch zurück in das Dorf, das sie vor Jahren wütend für immer verlassen hatte. Als hätte sie eine andere Wahl.

Lautes Hupen hinter ihr erschreckt sie. Ein hoher Kastenwagen hält bei ihr. Daran hätte sie vorher denken sollen – an den, den sie momentan lieber nicht getroffen hätte.

»Willst du mitfahren?«, hört sie Rubis vertraute Stimme. Sie tritt zögernd ans Fenster, wirft dann ihre Taschen in den Laderaum hinten und steigt schwerfällig ein.

»Hi«, sagt sie und küsst ihn flüchtig auf die Wange. Und als er sich zu ihr beugt, wird er blass im Gesicht, runzelt die Stirn, und die Falte über seiner Nase vertieft sich. Seine blauen Augen funkeln, und er blafft: »Was soll das jetzt werden?«

◆ ◆ ◆

Schon zehn Stunden im Flugzeug. Lange Beine sind gut für Miniröcke, aber ein großer Nachteil in der Touristenklasse des Billigfliegers. Sechshundert Dollar fürs Ticket, plus sechs Stunden Zwischenstopp in der Ukraine. Man kann nicht alles haben.

Ihr war immer noch nicht ganz klar, warum sie allein im Flugzeug saß. Jotam würde sie in Israel treffen. Das hatten sie abgemacht. Er war zwei Tage vor ihr nach Zypern geflogen und würde ein paar Tage nach ihr eintreffen, genau zur Hochzeit. Wenn er das Projekt nicht rettete, wäre alles dahin. So hatte er zumindest gesagt. Der Mensch heiratet nicht alle Tage, schon richtig, aber ich werde rechtzeitig ankommen. Gol, du musst mir vertrauen. Musst lernen, ruhiger zu werden. Und sie lernte. Lernte so gut, dass sie nicht mal gefragt hatte, ob er allein nach Zypern fuhr oder mit Begleiter. Oder Begleiterin.

Worüber sorgt sich Gali? Alles ist doch schon fertig. Eveline hat ihr gestern eine E-Mail geschickt: Das weiße Festzelt im Garten ist gestrichen, denn es besteht keinerlei Regengefahr, also unnötig, Geld dafür zu verschwenden; die Blumenarrangements sind bestellt, ebenso das Catering-Menü, hundertfünfzig Gäste von ihrer und weitere hundert von seiner Seite, aber wir haben noch nicht alle Zusagen erhalten. Na, komm erst mal an, dann regeln wir alles. Es ist bloß noch eine Woche hin, Gali, was ist los? *Warum bist du noch nicht da?*

Sollte denen mal einer erklären, was sie in den letzten Monaten durchgemacht hatte. Sie kann ihnen nicht die Wahrheit sagen, schon gar nicht jetzt, wo sich alles fügen wird. Sie würden ihn bloß hassen. Auch sie hasst ihn ein bisschen, aber sie darf das. Vor einem Monat hat sie schon die Bücher, die Bilder und alle Kleider in Kisten gepackt. Die moderne Küchenmaschine hat sie der Putzfrau geschenkt, obwohl sie in Israel ein Vermögen kostet. Sie hat die Schecks eingelöst und auf das neueröffnete Konto eingezahlt. Sie hatte keine Ahnung, was sie machen sollte. Sicher würde sie wieder so arm sein wie zuvor, dachte sie, nur allein.

Jetzt, wo die Entscheidung gefallen ist und sie im Flugzeug zurück nach Israel sitzt, weiß sie, dass sie weiterhin so tun muss, als sei nichts geschehen.

Warum hat sie ihn zurückgenommen? Vielleicht wegen der Drüse, die plötzlich anschwoll, als sie allein war. Vielleicht, weil Jotam und seine Schlampe eine Wohnung zwei Blöcke entfernt von ihrer einst gemeinsamen Wohnung gemietet hatten und man das Haus nicht mehr verlassen konnte, ohne die beiden in irgendeinem Café oder Sushi-Lokal turteln zu sehen, er mit der einst glattrasierten Glatze, aus der jetzt im Nacken eklige Haare sprossen, und sie, dieses Aas, himmelte ihn so treuherzig an wie ein treuer Cockerspaniel, als stände ihr nicht ins Gesicht geschrieben, von der Stirn zwischen ihren trockenen Löckchen über die spitze Nase bis runter zu ihren kleinen, unglaublich geraden Zähnen: Hure.

Man konnte sagen, sie hatte ihn vor allem deshalb zurückgenommen, damit die da ihn nicht kriegte.

Stimmt, sie ist ihm nichts schuldig geblieben, und deshalb bringt die Drüse in der Leiste sie schier um. So ist das, wenn man in sechs Wochen mit der halben Welt vögelt, hat zumindest ihr kanadischer Arzt angedeutet, als er sagte: *Ms, you will have to stop making sex for at least a month, your body is telling you to stop.*

Einen ganzen Monat? Das ist nicht normal, hatte sie protestiert, und was verstehe ihr Körper überhaupt davon? Was wusste ihr Körper von den einsamen Nächten, die sie am Computer verbrachte, um Partner für die Nacht zu finden, Männer, die sie in ein gutes Restaurant ausführten, ihr Komplimente für ihre Figur machten (zwölf Kilo weniger, seit er sie verlassen hatte), die Hand unterm Tisch nach ihren langen, nun dünnen Beinen ausstreckten und langsam raufrutschten. Einige konnten bis zum Ende der Mahlzeit an sich halten, aber manche zerrten sie noch vor dem Kaffee zur Toilette, wo sie etwas zu beweisen versuchten, meist in einer höchst unbequemen Stellung, die ständig im Fernsehen gezeigt wird: Sie an die Wand gedrückt, die Beine hochgezogen, und die Kerle schnaufen, schwitzen und fragen dauernd: »Schön für dich? Schön für dich?« (Deshalb beharrt Gali auf Nobelrestaurants, da sind die Toiletten sauberer.)

Wer hätte das gedacht? Gewiss nicht Gali, die ihren ersten Freund, den sie beim Militär kennenlernte, hatte heiraten wollen, mit keinem anderen ausgegangen war, schon gewusst hatte, wie jedes ihrer gemeinsamen Kinder heißen sollte. Unglaublich.

Der Arzt blieb von ihrem Protest unbeeindruckt. Er blickte sie mit typisch kanadischer Kühle an, kritzelte ein paar Worte auf ein Stück Papier, Antibiotika für zwei Wochen, und schenkte ihr ein Plastiklächeln.

»Es geht nicht anders, oder wir müssen die Drüse entfernen, zu viel Erregung, zu viel Feuchtigkeit, Sie sind nicht verheiratet, richtig?«, stellte er trocken fest, und Gali murmelte etwas von zeitweiliger Trennung. Kein Muskel regte sich in seinem Gesicht, als sie das sagte. Kein Mensch interessierte sich dafür, Hauptsache, es sind keine Kinder im Spiel, hieß es immer, eine Trennung nach zehn Jahren ist wirklich nicht leicht, aber Sie sind noch jung, und sie grübelte, warum sie sich dann so müde, alt und naiv vorkam.

Ja, was war sie naiv gewesen.

Beim ersten Mal kam es überraschend, mit einem Schlag. An einem Tag machten sie Pläne für eine intime Hochzeit, bestellten identische Trauringe und redeten über Gourmet-Catering, und am nächsten Morgen war alles wieder abgeblasen.

Zuerst war Julie nur eine Freundin gewesen, sie arbeitete in einem Team, das Jotam leitete, und sie machten endlos interne Witze, die Gali nicht kapierte. Was sie dagegen recht klar aufschnappte, waren Julies Schmachtblicke für Jotam, das Kichern und Flirten. Jotam beruhigte sie, Julie habe schon lange einen Freund, und er, Jotam, liebe doch Gali und wolle sie heiraten. Das Datum ist schon festgesetzt, warum sorgst du dich dann? Also sorgte sie sich nicht, auch nicht, als sie ihn bei null Grad Celsius auf dem Balkon am Handy flüstern hörte, und auch nicht, als er neuerdings spät von der Arbeit zurückkehrte (es gibt wahnsinnig viel zu tun, du wirst sehen, was für Boni wir am Jahresende einstreichen), und nicht mal, als sie von ihm hörte, ja, er möge Julie, aber es sei eher Sympathie und Mitleid.

Sie ist eine Waise, sagte er, ihre beiden Eltern sind im Abstand von einem Jahr gestorben, sie hat niemanden außer einer entfremdeten Schwester am anderen Ende des Kontinents. Daraufhin lud Gali die arme Waise bei ihnen zum Abendessen ein, mehr als einmal, und als Jotam eines Tages spät von einer Betriebsfeier nach Hause kam und das Geständnis ablegte, fiel ihr nur ein, dass sie es wahrscheinlich auf der Futon-Couch getrieben hatten, auf der er jetzt saß und heulte – sicher in der Nacht, als sie sie zum Bleiben eingeladen hatte, weil wirklich schon spät. Gewiss hatten sie es mucksmäuschenstill getan, schier berstend vor unterdrücktem Lachen, während sie Dummchen im anderen Zimmer schlief.

Acht Jahre war es schon her, dass sie mit Jotam in Kanada angekommen war, um in den Malls simple Cremes vom Toten Meer zu überhöhten Preisen zu verkaufen. Sie wollten Geld für eine Reise nach Südamerika zusammenbekommen, gewissermaßen auf dem Weg dorthin, waren aber irgendwie hängen geblieben, ohne die Weiterreise je anzutreten. Ihren Honeymoon wollten sie in Mexiko verbringen, um an den Traum zu erinnern. Jotam hatte die mobilen Verkaufsstände schnell hinter sich gelassen und bei einer Satelliten-Firma angefangen, wobei sich sein Militärdienst als sehr vorteilhaft erwies. Gali hatte ihren Kleinhandel noch eine Weile fortgesetzt, bis eine entfernte Tante ihr einen Job bei einer Agentur für Luxusautos verschaffte, wo sie entdeckte, dass es in Kanada mit Porsche-Schlitten genauso lief wie mit Cremedosen.

An dem Tag, an dem Gali die Arztpraxis humpelnd und unter Schmerzen verlassen hatte, war sie sicher gewesen, ganz unten gelandet zu sein, aber das hatte sie schon früher gedacht, wobei sich jedes Mal zeigte, dass es bis ganz runter noch ein paar Stufen mehr waren. Zum Beispiel, als sie Julie und Jotam das letzte Mal im Supermarkt sah. Obwohl sie schnell verduften wollte, hatten die beiden sie bereits entdeckt, und Jotam war ihr buchstäblich nachgerannt, nur um sie mit seiner weichen Stimme zu fragen, wie es ihr ginge, während Julie hinter ihm hervorlugte und freundlich lächelte (ho, dachte sie, als er noch redete, wie gern hätte sie dieser Julie ihre perfekten Zähne mit einer der Weinflaschen eingeschlagen, die akkurat an den Kassen aufgereiht standen). Gali stammelte, dass sie jemand in George's Bar erwartete, und obwohl es entschieden noch zu früh dafür war, nickten sie mitfühlend und verständnisvoll, und Gali ergriff die Flucht in der klaren Erkenntnis, dass sie ganz unten angekommen war (was sich als irrig erwies), und mit dem Entschluss, ihre Zelte abzubrechen und nach Israel zurückzukehren. Jetzt mit diesem Ding in der Leiste hoffte sie ehrlich, dies sei die letzte Stufe, die allerunterste, von der es nur noch aufwärts ginge, und doch sagte ihr etwas in ihrem Innern, da würde noch was kommen.

Die Praxis lag ziemlich nah bei Georges Bar-Restaurant, wo sie den Wirt vor einigen Monaten kennengelernt hatte, als Jotam und sie dort ein paar Wochen vor der großen Trennung zum Essen reinschauten. Zu dieser Uhrzeit mitten am helllichten Tag saßen am Tresen nicht mehr als fünf Gäste, die aussahen, als hätten sie noch einen weit mieseren Tag als sie. Eine fette Katze strich ihnen um die Füße, von der Kellnerin in den angrenzenden Raum gescheucht. Gali folgte der Katze und fand George an den Kochtöpfen, wie immer mit nacktem Oberkörper, während sein Angestellter im Rhythmus des Reggaes, der aus einer kleinen Box am Gewürzbord kam, Gemüse schnippelte. Als er sie sah, lächelte er mit weißen Zähnen.

George sagte, er habe schon, als sie erstmals mit Jotam sein Restaurant betrat, gespürt, dass es aus sei zwischen ihnen, und deshalb habe er geduldig gewartet, bis sie beim zweiten oder dritten Mal allein kommen würde. Er sagte, er hätte es damals an dem Huhn gesehen, das er gerade kochte, als sie gemeinsam hereinkamen, denn nachher habe er das ganze Huhn und auch alle anderen Fleischgerichte wegwerfen müssen. Nicht mal die Katzen, die er auf dem hinteren Balkon züchtete (ohne Lizenz), hätten das Essen anrühren wollen. Dass das Restaurant dem veganen Trend zu folgen begann, führte er auf Gali zurück.

Er war sicher, zwischen ihnen beiden würde es gut laufen (seine traurige Miene ging ihr zu Herzen, als sie ihm mitteilte, es liege nicht an ihm, sondern an ihr), er habe das an der aus Israel importierten Melone gesehen, die genau in dem Augenblick geliefert wurde, als Gali allein das Lokal betrat, und überhaupt habe sein Essen ganz neue Qualitäten bekommen, seit sie in sein Leben getreten sei, das sagten alle. George küsste sie auf den Mund, sagte »Moment« und ging noch was in den Töpfen umrühren, ehe er sie in das kleine Hinterzimmer führte, das ihm auch als Büro diente, eine Trinidad-Flagge an der einen Wand und Bob Marley an der anderen.

»Also was ist los?« Er setzte sich auf die Tischkante, beugte sich zu ihr vor und strich ihr übers Haar, »ich bin so froh, dass du da bist.« Gali machte einen Stritt zurück.

»Ich kehre heim, das ist los«, sagte sie und ergänzte auf seinen fragenden Blick hin, »nach Israel, meine ich. Ich bin gekommen, um mich zu verabschieden.« George sah sie verwirrt an. »Das ist nicht dein Ernst«, sagte er, »und was ist mit mir?«

Gali zögerte einen Moment. »Versuchen wir, in Kontakt zu bleiben?«, fragte sie, in der Hoffnung, dass ihm das genügte. Unnötige Dramen würden ihre Kräfte heute übersteigen. Sie stand auf und umarmte ihn nur warm und freundschaftlich, aber George umklammerte sie verzweifelt, schniefte und schnaufte an ihrem Hals, dass es sich wie Schluchzen anhörte.

»Alles wird gut, ich muss zurück, George, hab hier nichts mehr zu suchen, *you know, I am finished here*«, aber das Schluchzen wurde stärker, seine Hände berührten sie überall, und er setzte sie auf den Tisch.

»Nicht hier«, dachte sie bei sich, auf dem Schreibtisch mit kirschroter Resopal-Platte, zwischen Papierstapeln, Lieferdienstschachteln und Bob Marley, der sie von der Wand anguckte. Kurz überlegte sie sogar. Einen Moment vor der großen Abstinenz, die der kanadische Arzt ihr verordnet hatte, sollte man es vielleicht doch machen. Unterdessen begann George, sie zu entkleiden, und streichelte ihre Schenkel, und sie dachte sich, ja, das ist echt angenehm, könnte man nicht ein letztes Mal einfach spontan sein?!

Aber eine Sekunde, nachdem ihre langen Leggings runtergeschält waren, spürte sie einen Mordsdruck auf der rechten Seite, und als sie hinabblickte, sah sie eine Geschwulst von der Größe eines Tennisballs, die ihr aus der Leiste hervorquellen wollte. Kurz bevor sie ohnmächtig wurde, konnte sie George gerade noch zuflüstern: »*Take me to the hospital*«, und als sie ihn das nächste Mal sah, war er voll bekleidet, und sie lag an alle möglichen Schläuche angeschlossen auf der Gynäkologie.

Im Krankenhaus befanden die Ärzte, dass man noch abwarten und sehen müsste, bevor man sich fürs Operieren entschied. Die aufsässige Drüse ließe sich nicht so leicht entfernen, das erfordere mindestens drei bis vier Eingriffe, hatten sie gesagt. Und hinzu kam das zweifelhafte Vergnügen, Jotam wiederzusehen, der natürlich mit seiner Schlampe antanzte. Er war immer noch als Kontaktperson für Notfälle registriert, und so hatte das Krankenhaus ihn telefonisch von ihrer Einlieferung informiert.

Als sie aufwachte, war er da, seine Schlampe wartete draußen. Seine Hand streichelte ihren Arm, hatte es offenbar schon getan, bevor sie das Bewusstsein wiedererlangte. Er sagte lächelnd, er habe sich große Sorgen gemacht, sei gleich nach dem Anruf losgerast, und die Ärzte meinten, Gali müsste etwas langsamer machen. Sie sah alles noch verschwommen und bemühte sich, wieder klar zu sehen, aber als die beiden Jotame sich zu einem vereinten, spürte sie, dass ihr das Blut zu Kopfe stieg.

»Geh mir aus den Augen!!!«, kreischte sie so laut, dass die Schwester, die gerade mit dem Abendessen ins Zimmer kam, vor Schreck das Tablett fallen ließ, so dass die Suppe und der Joghurt über den Boden flossen und Jotams Wangen rote Flecke bekamen, die sie früher mal süß gefunden, über die Jahre aber zu verabscheuen gelernt hatte.

»Ich will, dass du hier abhaust!«, kreischte sie weiter, zum einen, weil sie wirklich wollte, dass er verschwand, und zum anderen, weil er sie nicht so hätte sehen sollen. Er hätte erfahren sollen, dass es ihr super ging, vielleicht über gemeinsame Freunde, oder sie auf der Straße sehen, am Arm eines großen stattlichen Mannes, überglücklich. Aber nicht so. Zehn Jahre war es her, dass sie sich dank des roten Telefons beim Militär kennengelernt hatten, der eine und einzige, ihrer für immer und ewig.

Am Abend, vor Ablauf der Besuchszeit, kam Jotam wieder. Sie wollte gerade fernsehen, als er auftauchte. Mit feuchten Augen sagte er, er bedaure zutiefst das Leid, das er ihr zugefügt habe. Sie an all die Schläuche angeschlossen zu sehen, habe ihn erschüttert und ihm vor Augen geführt, wie sehr er sie wirklich liebe und vermisse. Gali meint jetzt, es sei der blanke Hass in ihren Augen gewesen, der ihn morgens dermaßen aufgerüttelt hatte.

»Und was ist mit ihr?«, fragte sie.

»Sie wird verstehen«, antwortete er.

So kam sie aus dem Krankenhaus nach Hause und holte acht Jahre wieder aus den Koffern, die sie in den letzten Wochen gefüllt hatte, um für immer abzureisen. Bücher und Fotos kehrten in die Regale zurück, die Kleider und die Daunenjacken, bei denen sie sich wer weiß was gedacht hatte, als sie sie einpackte, kamen wieder in die Schränke, in Israel wären sie ohnehin sinnlos gewesen. Um die moderne Küchenmaschine, die sie der Putzfrau geschenkt hatte, tat es ihr natürlich leid. Sie schloss nicht das neue Konto, das sie eröffnet hatte, als sie dachte, es sei alles aus, und fürchtete jetzt, das Geld würde geradewegs in die Tasche einer Paartherapeutin fließen, die ihnen helfen sollte, alle Scherben wieder zu kitten.

Sie würden zueinander zurückkehren, ohne dass einer von ihnen wusste, was in den zwei Monaten geschehen war, als er sie für Julie verlassen und sie sich in den Toiletten von Nobelrestaurants verausgabt hatte.

Ich weiß nicht, ich bin verwirrt, hatte er ihr damals auf dem fleckigen Futon gesagt, an jenem Abend, als ihr Leben in die Brüche ging, mit ihr ist es leichter, ich will dich nicht wirklich verlassen, ich will euch beide (Gali und Julie, beide auf li am Ende, dachte sie, wie pathetisch).

»Glaubst du wirklich, sie wird dich so umsorgen wie ich?«, hatte sie ihn unter Tränen gefragt, und er sagte, vielleicht müsse er jetzt jemanden umsorgen, vielleicht käme er noch zurück. Und er bitte sie, flehe geradezu, dass Gali es noch niemandem erzählen solle, weder Freunden noch Verwandten, »gib uns eine Chance.«

Und das nachdem sie ihren Mitmenschen seit Jahren pausenlos predigt, wie schlimm das Lügen, Schummeln und Täuschen sei.

»Ich mag es nicht, dass du uns als Lügner bezeichnest«, sagt ihre Mutter, Anat Steinmann-Tabor, Doktorin der Pädagogik und der Genderstudien. »Das ist einfach eine wilde Übertreibung. Wenn du uns unbedingt mit Schimpfwörtern belegen musst, würde ich Schwindler vorziehen«, schlägt sie vor und meint damit die kleinen Notlügen, so hauchzart wie ein Spitzenwerk ehrlich gespielter Treuherzigkeit.

Gali ist das Wort schwindeln echt ein Gräuel. Als würden die Lügen geringer, wenn man sie als Schwindel bezeichnete.

Als sie Erwachsene erstmals beim Lügen ertappte, war sie noch sehr jung gewesen. Es waren keine großen und schmerzhaften Lügen, sondern gerade solche, die mildern und glätten sollten, diese Lügen, die alle erzählen: »Stimmt, du siehst wirklich schlanker aus«, wenn sie hören, dass du eine Diät begonnen hast, obwohl du seither drei Kilo zugenommen hast, weil du jedes Wochenende über den Kühlschrank hergefallen bist.

Oder: »Das Buch ist einfach großartig, Gali hat es sehr gut gefallen«, auf die Frage nach dem Band, den sie zum Sederabend bekommen und am letzten Pessach-Feiertag gleich weiterverschenkt hatte. Oder: »Diese Bluse war enorm runtergesetzt«, nachdem man das Preisschild abgeschnitten und in der Schublade versteckt hat, manchmal selbst ihren wahren Preis vergisst, meint, sie sei wirklich stark reduziert gewesen.

Damals begann Gali, die Erwachsenen auf der Stelle zu korrigieren (»Stimmt nicht, Mama, Ruthi hat in Wirklichkeit zugenommen, siehst du das nicht?« oder: »Ich hab es überhaupt nicht gelesen, wir haben es einem Mädchen aus meiner Klasse zum Geburtstag geschenkt«), wobei sie entgeistert feststellte, dass man sie keineswegs für ihre Ehrlichkeit und Wahrheitsliebe lobte, sondern im Gegenteil zurechtwies, sie solle Erwachsenen nicht reinreden, ja sich wegen ihrer »übertriebenen« Ehrlichkeit, die plötzlich zum Störfaktor wurde, sogar noch für sie schämte. Später entdeckte sie, dass keiner ihr mehr etwas erzählte, man sich vor ihr in Acht nahm, weil sie nicht lügen und kein Geheimnis hüten konnte. Mit der sturen Entschlossenheit einer Achtjährigen, die erst anfing zu begreifen, wie diese Welt funktioniert, entschied sie: Sie würde nicht wie die anderen sein, würde niemals lügen.

Denn Gali war klar, wie diese Welt zu laufen hatte, es gab Richtig und Falsch, Schwarz und Weiß, und alle übrigen Schattierungen mochten vielleicht für die anderen gelten, aber nicht für sie. Sie wusste genau, was sie wollte, konnte es auch mehr oder weniger erreichen, und all das Diffuse ringsum war einfach überflüssig. Das machte sie natürlich nicht besonders beliebt. Bei ihr in der Familie hieß es, sie sei nervös »genau wie die Flanke von Elmer, dem Patchwork-Elefanten« aus dem gleichnamigen Kinderbuch, und die Kinder in der Schule ignorierten sie bestenfalls – und an das Schlimmstenfalls mag Gali gar nicht mehr denken.

Jetzt sitzt sie im Flieger auf dem Weg zurück, hat in ihrem Repertoire mittlerweile nicht nur einen, sondern so einige »Schwindel«, die schon so groß aufgebläht sind, dass sie längst nicht mehr als kleine Notlügen durchgehen, die sich wie Rauch klären und verziehen, wenn man sie oft genug erzählt. Und obwohl sie nicht an allem schuld ist, Jotam gewiss nicht weniger Anteil daran hat, beweist ihr routiniertes Verhalten nur, dass der Apfel nicht weit vom Stamm gefallen ist und sie, wie alle in ihrer Familie, durchaus lügen kann, und wie.

Schon mit zehn Jahren hatte Gali eine klare Vorstellung davon, wie ihre Hochzeit einmal aussehen sollte, und obwohl sie damals nicht wusste, wen sie heiraten würde, kam ihr nie in den Sinn, dass sich vielleicht kein würdiger Anwärter auf die Rolle finden könnte. Über die Jahre hatte sie die Regeln dann klipp und klar ausgefeilt: Er durfte kein Dorfjunge sein, »denn die«, erklärte sie, »kratzen sich bloß dauernd an den Eiern und laufen in blauen Arbeitshosen rum, mit dem halben Hintern draußen« (was sie eines Tages jedoch nicht daran hinderte, völlig hingerissen von einem ganz speziellen, besonders braungebrannten Dorfhintern zu sein, dessen Besitzer zufällig im Haus gegenüber wohnte und nicht mal flüchtig in ihre Richtung sah). Der Kandidat musste gut aussehen, helle Augen und dunkles Haar haben, Größe wäre ein Vorzug, gute Kleidung ein Muss. Hauptsächlich hoffte sie, er möge ein paar Ambitionen haben, die über die Erweiterung des Kuhstalls und die Verbesserung des Futterautomaten im Hühnerhaus hinausgingen.

Sie weigerte sich stur, mit jemandem aus der Bezirksschule auszugehen, wo die Jugend der Kibbuzim und Moschawim der Jesreelebene zusammenkam, auch als einige Bewerber aus diesem Kreis sie umschwärmten.

»Bei allem Respekt«, sagte sie zu ihren Eltern, Anat und Benzi, die sich Sorgen zu machen begannen, »in welcher Welt würdet ihr es logisch finden, dass ich einen Melker heirate? Seht ihr mich jeden Morgen um halb vier zum Melken aufstehen, um halb eins Futter austeilen, dazwischen vier Kinder großziehen, streng nach den Normen des Moschaws, und um halb acht Uhr abends, nach dem Abendmelken, ins Bett sinken? Nein danke, das ist nichts für mich.«

Dann fand sie Jotam, der rückblickend betrachtet alle Bedingungen erfüllte und in Herzlia wohnte. (»Ihr werdet es nicht glauben, aber seine Eltern leben echt in so einem Etagenhaus, witzig, dass wir mal dachten, nur arme Leute wohnten in Stockwerken, nicht wahr, Jaeli? Aber sie sind wirklich nette Menschen und gewiss nicht arm.«)

Nett, nett. Aber was hat er jetzt in Zypern zu suchen, fünf Tage vor der Hochzeit, und warum reagiert er nicht auf ihre Anrufe und E-Mails und nix?

◆ ◆ ◆

Rubi packte das Lenkrad so fest, dass seine Fingerknöchel rot und weiß zugleich wurden. Er versuchte sich zu erinnern. März. Er war sicher, es war im März gewesen. Das heißt, er war sich fast hundertprozentig sicher. Er kam gerade aus Eilat in den Moschaw zurück, als er auf der Hauptstraße als Erstes Jonathan begegnete, der beim Dorfladen vom Traktor sprang, um sich eine Zeitung zu holen. Rubi winkte ihm zum Gruß und wollte ihn fragen, warum er seine Nachrichten nicht beantwortet hatte, sie hatten doch zum Tauchen in den Sinai fahren wollen, aber Jonathan wandte den Blick ab und betrat hastig den Laden.

Das war seltsam, Jonathan konnte ja keinesfalls den neuen Flurplan gesehen haben, auf dem Jatir das Anwesen der Bermanns einen halben Zentimeter nach links gerückt hatte – eine winzige Veränderung auf der Karte, die dem Erweiterungsbereich ein bisschen mehr Land zuschlug. Höchstwahrscheinlich würde er das doch nie merken.

Rubi sah in seinen Briefkasten (leer) und ging zum Sekretariat. Die Sekretärin sagte, Jatir müsse bald da sein, Rubi könne im Büro warten. Rubi setzte sich auf Jatirs eleganten Lederstuhl, blätterte kurz in den Papieren und besah sich die Luftaufnahmen, die Jatir für die Bauunternehmer bestellt hatte. Auf den Fotos waren mit wasserfester schwarzer Tinte die Gebiete markiert, die zur Bebauung und Erweiterung bestimmt waren. Dann räkelte er sich auf dem Polsterstuhl, legte die Beine auf den Tisch und schloss die Augen. Er versuchte vergeblich, nicht an Jaeli zu denken, und ein bittersaures Gefühl breitete sich in seinem Körper aus.

Verlegen hatte sie ihn am Morgen in dem Eilater Hotel angelächelt und sich ins Bettlaken gewickelt, um auf die Toilette zu gehen, als hätte er nicht schon alles gesehen, was sie zu bieten hatte. Als er an jenem Abend mit ihr ins Bett gegangen war, dachte er, nun käme die süße Rache für all die Jahre, in denen sie mit ihm gespielt, ihm alle anderen vorgezogen, ihn nie rangelassen hatte. Sie und ihre Akademikerfamilie. Er hatte gedacht, er würde kommen und dann gleich gehen, sie verwirrt im Bett zurücklassen. Aber Jaeli war in seinen Armen eingeschlafen, und ihr weiches Haar hatte sich angenehm auf seiner Haut angefühlt. Er hatte noch lange wachgelegen und gedacht, daran könnte er sich gewöhnen, das heißt an Jaeli, mit ihren Locken auf seiner Brust.

Am Morgen war er aufgestanden und hatte sie auf den Mund geküsst, wovon sie sichtlich erschrocken hochfuhr. Er verkrampfte sich. Sie ging zur Toilette, ins Laken gewickelt, und Rubi zog sich langsam an, unsicher, was er jetzt tun sollte.

»Ich muss weg«, sagte er ihr durch die geschlossene Badezimmertür, wäre aber eigentlich gern dageblieben.

»In Ordnung«, antwortete sie schwach. Er wartete noch ein paar Minuten.

»Wir bleiben in Kontakt«, sagte er, lehnte immer noch an der Tür.

»Klar«, erwiderte sie, und das Duschwasser begann zu plätschern. Sie öffnete nicht die Tür, und Rubi sammelte seine Sachen zusammen und verließ das Hotel.

Plötzlich spürte er einen harten Schlag am Bein und schreckte auf.

»Nimm deine Pranken vom Tisch«, sagte Jatir in tiefem Befehlston. Rubi zog die Füße ein und räumte den Stuhl. Gadi Jatir machte es sich darauf bequem und zog Papiere aus einer dicken Akte. Er war ein großer, schlanker Mann, nicht der klassische Bauerntyp.

»Ich komme gerade von einer Sitzung der Bezirksverwaltung. Habe die Unterschrift unter die Landkarten durchgebracht, war nicht besonders schwierig. Allerdings müssen wir den Schwiegersohn des Vorsitzenden als Gärtner beschäftigen, zumindest während der Amtszeit dieser kompletten Null, aber das sollte kein Problem sein, oder?«

Rubi nickte. Das bedeutete, dass Nochi seine letzte Einnahmequelle verlieren würde, nachdem ihm der Hühnerstall durch die Vogelgrippe weggefallen war und der halbe Kuhstall beim jüngsten Raubüberfall. Früher hatte es hier mal Solidarität gegeben, gegenseitige Hilfe, so hieß es zumindest. Rubi sagte nichts.

Auch den Kuhstall seines erkrankten Vaters hatte keiner zu retten versucht, warum sollte er dann an andere denken? Außerdem müssten alle bald einsehen: Wenn der Regen hier nicht fiel, musste man alternative Einnahmequellen suchen.

»Allerdings haben wir ein anderes Problem«, fuhr Jatir fort und simste Nira, ihm einen Kaffee zu machen.

»Jonathan«, sagte Rubi. Jatir sah ihn perplex an.

»Nein, warum? Gibt's ein Problem mit Jonathan?« Rubi schüttelte verneinend den Kopf. Was wohl mit Jonathan los war, überlegte er im Stillen.

»Nein, wir haben das Problem nun gerade mit den Steinmanns. Ilana hat gestern mit Sophie Steinmann auf der Sanitätsstation geredet und gehört, deren Enkelin, Jaeli, ich glaube, sie war in deiner Klassenstufe, wolle zurückkehren, Zippas Haus wieder nutzen und eine Pension oder ein Gästehaus aufmachen, was natürlich, ähm …« Jatir räusperte sich, als die Sekretärin mit Kaffee und Keksen ins Zimmer trat, und wartete, bis sie wieder weg war. »Was uns natürlich ein kleines Problem bereitet. Letzte Woche habe ich mit Joske Steinmann gesprochen, und er ist in dieser Sache ganz auf unserer Seite, wäre längst bereit gewesen, das Haus abzureißen, du weißt ja, wie wichtig deren Grundstück für die Erweiterung ist. Aber die Enkelin, das ist die Geschichte, hat da auch irgendein Anrecht, verdammt!« Er schob Rubi die Luftaufnahmen hin. »Joske soll sich demnächst mit Singer treffen, hoffen wir also, dass der Anwalt uns diese Lücke schließt.«

Jatir lehnte sich im Sessel zurück und nahm einen großen Schluck Kaffee. Das Grundstück mit Zippas Haus war genau die Fläche, auf der das kleine Gewerbezentrum des neuen Wohnviertels entstehen sollte. Auch den Dorfladen des Halsabschneiders würde man schließen. Rubi wusste genau, was Jatir wollte, war aber nicht sicher, ob er da jetzt mitmachen konnte, nach allem, was in Eilat passiert war.

»Jedenfalls bleibt noch Zeit. Wie ich verstehe, kommt sie nicht so bald, wir haben noch ein oder zwei Monate. Aber wir müssen uns gut vorbereiten, alle Schlupflöcher stopfen, bis sie eintrifft, und ihr dann sagen, dass es nicht geht. Dazu stehen dir alle Mittel zur Verfügung.«

Seit Eilat waren einige Monate vergangen (wie viele eigentlich?), und nun sah er sie den Weg heraufkommen, in Trägerhemd und Jeansshorts, mit vielen Taschen. Er hielt für sie an, und sie warf lächelnd ihre Sachen hinten in den Laderaum und kletterte schwerfällig in den Kastenwagen. Da erst sah er den beachtlichen Bauch, der sich unter dem dünnen Hemdchen verbarg, und meinte kurz, in Ohnmacht zu fallen.

Sie stieg aus dem Wagen, Rubis Augen funkelten weiter.

»Wir reden noch, reg dich nicht so auf«, sagte sie und holte ihre Taschen hinten raus. Rubi trat aufs Gaspedal und suchte das Weite.

Drei Häuser links, nach dem Kindergarten, durch das Tor, das seit jeher knarrt, Tante Zippas Garten ist fast vollständig verdorrt, abgesehen von der ehrgeizigen Weinranke, die sich von der Laube zum Dach des Autounterstands und von dort zum Grundstückszaun vorgearbeitet hat.

Opa Joskes Wasserdisziplin zeigt sich überall, aber unter dem Weinlaub ist es kühl, und ein paar grüne Traubenbüschel lugen daraus hervor. Sie streckt die Hand aus und pflückt sich eines.

Eine Perserkatze, wohl von den Nachbarn, döst auf dem Fenstersims, tut vor Trägheit nicht mal ein Auge auf, um die Eindringende aufs Korn zu nehmen. Vor dem Küchenfenster schwirren zwei winzige Honigsauger und verschwinden dann in dem fragilen Nest am Zweig der Feuerranke, die an den rauen Wänden bis zum zweiten Stock hinaufgeklettert ist, sich zu dem einzigen Fenster der Straßenseite vortastet.

Einst gab es dort ein grüngraues Auge, nur eines, das sie anschaute, ihr folgte.

Aber sie ist nicht wegen der Erinnerungen hier.

Dieses Fenster kommt weg, vielleicht samt der Feuerranke. Keiner wird dort mehr sehnsüchtig rausgucken. Nicht, wenn es nach ihr geht. Eine vertraute Regung im Bauch erinnert sie daran, dass sie nicht allein hergekommen ist, und trotz des düsteren Halbdunkels des Hauses spürt sie auf einmal die unerklärliche Fröhlichkeit eines Neubeginns, aufkeimender Hoffnungen und des vertrauten Gefühls, zu Hause zu sein.

Ihr Blick wandert zu der symbolischen Rosenhecke, die die Häuser trennt. Dort auf dem großen Rasenstück, unter dem Pekannussbaum, sieht sie eine vertraute Gestalt auf dem altersschwachen Liegestuhl, noch im Pyjama, einen Feldstecher um den Hals, neben sich einen kleinen Tisch, auf dem das alte Radio plärrt, das keinen Sender richtig empfängt.

◆ ◆ ◆

Seit dem Aufwachen, noch vor Sonnenaufgang (beschissene Sommerzeit), mit dem Kaffee, den er leise in der Küche gemahlen hat, um sie nicht aufzuwecken (Macht der Gewohnheit), lagert er auf dem Liegestuhl in dem großen, verlotterten Garten mit dem durstigen verstaubten Rasenstück, die Pyjamaknöpfe offen und den Kopf ein wenig zur Seite geneigt.

Er wartet auf Regen.

Auf seinen großen Ohren sitzen Kopfhörer, er lauscht den (beschissenen) Nachrichten und wartet auf den Wetterbericht (Scheißmeteorologen). Seine winzigen Haifischaugen mustern genauestens die Hecke, die der Nachbarsjunge gestern mit seiner, Joskes, großen Metallschere beschnitten hat (»Joske, wieso hast du keine Motorsäge? Das kostet mich den ganzen Tag, und am Nachmittag ist ein Fußballspiel« – Scheißkinder).

Jetzt, da die Hecke gestutzt ist, sieht er die neue bürgerliche Wohnsiedlung, oder »die Erweiterung«, wie man sie hier gern nennt, auf dem großen Rasenstück. Sie wächst systematisch wie ein unersättliches Krebsgeschwür, gelbe Bulldozer wühlen im Hügel, holen die schwere Erde des Emeks hervor und wirbeln Staub auf, der seine maroden Lungen düngt.

Er blickt durch seinen kleinen Feldstecher, verfolgt mit seinen vom grauen Star getrübten Augen aufmerksam die Entstehung des neuen Wohngebiets, das gierig auf den Zitrushain zuwächst, der mal ihm gehört hat. In der Ferne sieht er einen großen Pfau auf dem Flurstreifen an der neuen Schallschutzmauer, die man nach der Verbreiterung der Durchgangsstraße hochgezogen hat. Alles nur, damit Tausende von beschissenen Ausflüglern rascher an den See Genezareth gelangen und dort Berge von Müll hinterlassen können. Seinerzeit hatte er vom Straßenbauamt verlangt, in seinen Mauerabschnitt ein Sichtfenster einzubauen. Nachdem man ihm zwei Hektar Olivenhain für die beschissene Straßenverbreiterung konfisziert hatte, dachte er, wenigstens das schulde man ihm. Die Alte schnalzte mit der Zunge, sah darin noch einen Beweis für seinen geistigen Niedergang. Aber er hatte nicht lockergelassen, und nun hat er ein großes Fenster, das auf die Schnellstraße schaut, aber vollständig mit Ruß und Abgas verschmiert ist.

Beschissener Pfau. Wenn er diesen dummen Vogel zu fassen kriegte, würde er einen schönen Fächer aus ihm machen, ihn vielleicht sogar Paula von der Seniorentagesstätte schenken, worauf seine Alte sich grämen würde (man sorgt hier für die Beschäftigung der Senioren, es gibt eine Lehrerin für Makrame und einen Lehrer für Tischlerarbeiten, Hauptsache die Alten halten die Klappe).

Diese blöden Pfauen und ihr Geschrei. Wer könnte die hier freigelassen haben. Beim ersten Mal glaubte er, es sich womöglich einzubilden, nachdem die Alte ihm gesagt hatte, hier gebe es keine Pfauen und er solle vielleicht Dr. Loboda aufsuchen, damit er ihm andere Tabletten verschrieb.

Sie *lügt*.

Will ihn dazu bringen, an sich selbst zu zweifeln, erzählt in der Poliklinik, er wüsste nicht mehr, wo er sein Gebiss hingelegt hatte, und würde seine Kleider falschrum anziehen. Lügnerin.

Wie spät ist es jetzt?

Er hat sie aus dem Haus kommen sehen, dann ist es sicher schon halb zehn. Sie geht erst weg, wenn die Wiederholung ihrer beschissenen Serie vorbei ist. Sie trägt einen geblümten Morgenrock in Midilänge, die krummen Finger in die großen Taschen gesteckt, und hintendran hat sie einen schwarzen Schwanz.

Schwanz? Eine echte Hexe. Da ist der Beweis für seinen ständigen Verdacht, diese Frau ist wirklich nicht menschlich. Schwanz? Vielleicht auch Hörner? Aber möglicherweise hat sie recht mit den Pfauen, vielleicht sollte er tatsächlich die Pillen austauschen lassen, damit er nicht endet wie der senile Fischl, der nicht wusste, welcher Wochentag es ist und wer die runzlige Frau, die neben ihm schläft.

Aber vielleicht wäre das gar nicht so schlecht?

Da, schau, alles in Ordnung, nichts passiert, sie hat keinen Schwanz. Warum sollte sie denn auf einmal einen Schwanz haben? Ein idiotischer Gedanke. Es ist nur die Katze, die ihr zwischen den blauadrigen Beinen rumstreift. Ihre beschissenen Beine, die mal schön gewesen sind, und jetzt muss er sie samt ihren Beinen bis an sein Lebensende ertragen.

Aber was schert's ihn, er wartet auf den Regen.

Er glaubt, der Regen sei schon unterwegs zu ihm, steige vom verdreckten Meer auf, berühre die Dunstschwaden am Strand, streiche über die Häuserdächer, überspringe die rostigen Wasserspeicher, die verrußten Wäscheleinen, an denen Kleidungsstücke schlechter chinesischer Herstellung hängen. Der Regen vermische sich mit der Smogwolke und fliege schwer auf das Emek zu, über die Autobahnen, Mautstraßen und unterirdischen Tunnel, mache Halt an den Wipfeln der alten Zypressen im Garten, schlage auf die Zapfen, schüttele die wurmstichigen Mandarinen und flüstere ihm ständig zu, »stirb schon, stirb!«

Erst heute Morgen ist er mit einem dumpfen Schmerz in den Knochen aufgewacht, seine Schulter hängt schief, die Knöchel sind geschwollen, die Haut ist gelb und trocken. All das sind Zeichen für Regen oder für seinen baldigen Tod. Er braucht den Regen nicht, um zu wissen, dass er bald krepieren wird.

Jetzt hat er auch noch Schuld, ja, ja, Schuld. Das hat die Alte ihm gesagt. Er hat nicht begriffen, wieso er Schuld haben soll, dieses Unglück war ja von ihrer Seite gekommen (du bist mein Unglück, sowieso, aber woran ist Jaeli schuld?), und doch war ja auch er in die Sache verwickelt, zumindest durch Stillschweigen.

Jetzt versucht sie ihm beizubringen, dass er ein Abkommen mit dem Mistkerl da oben schließen soll. Sein alter Körper gegen den des ungeborenen Kindes. Zur Sühne der Sünde. Seine Zeit sei ohnehin abgelaufen, er sollte sich lieber sputen.

Aber vielleicht möchte er gar nicht gehen?

Wenn er morgens aufwacht, kurzatmig, im Dunkeln nach seiner Sauerstoffmaske tastet, ist er manchmal für den Bruchteil einer Sekunde höchst dankbar, am Leben zu sein. Er schnauft und regelt seine Atmung, und dann schämt er sich für sich und seinen Lebenswillen.

Wenn Joske sich richtig erinnert – was jüngst immer schwieriger wird – war es an Schawuot, dass Jaeli und David gemeinsam kamen, um ihm die Ultraschallbilder zu zeigen. Von seinem Hof aus sah man die Heuballen, die damals auf dem großen Rasen vorm Volkshaus verteilt wurden, wo ein Trupp Schwindler die Festveranstaltung vorbereitete.

Er war höflich gewesen, hatte sich zumindest bemüht. Er konnte Jaelis jungen Galan nicht ausstehen – ein Künstler, der meinte, die Kunst neu erfunden zu haben, ein Sonntagsmaler, der viel von sich hielt, aber von Kunst keine Ahnung hatte. Das hatte er glasklar erkannt, als der Kerl ohne jegliches Interesse seine Sammlung alter Waffen ansah. Nazihelme und Samurai-Schwerter – wer konnte da gleichgültig bleiben? Der hätte lieber ein bisschen Kunstgeschichte bei ihm lernen sollen, bevor er Nichtigkeiten aufs Papier kritzelte.

Als er damals auf das Ultraschallfoto blickte, ein verschwommenes schwarzes Bild, das ihm nichts sagte, hatte er schon begriffen: Sein Schicksal war besiegelt. Er spürte seine Eingeweide pulsieren. Musste aufstehen und eine Lorazepam-Tablette nehmen, um sich wieder zu beruhigen. Der Kreislauf des Lebens und dieser ganze Blödsinn beeindruckten ihn nicht die Bohne. Das sah vielleicht ehrbar aus, er würde sterben, und sein Urenkel oder seine Urenkelin würde dafür gesund zur Welt kommen, aber das war höchst unfair.

Außerdem wirkte Jaeli ihm nicht glücklich genug. Eine Frau, die ihr erstes Kind erwartet, sollte nicht so blass und deprimiert aussehen. Als er das der Alten sagte, meinte sie, er solle seine Nase nicht in anderer Leute Dinge stecken, und Jael leide unter Brechanfällen. Später hörte er die Nachricht, als er einem der Telefongespräche lauschte, die die Alte mit der Tochter führte. (Er hat ein Recht dazu, es ist sein Telefon, und sie *lügt* ja die ganze Zeit. Er musste sich schützen. Und überhaupt eine himmelschreiende Verschwendung, Telefongespräche nach England, war er denn ein Rothschild?! Machte ihn ganz verrückt.)

Seine Seele für die des Kindes, ein lohnendes Geschäft für alle. Und er war tatsächlich dazu bereit gewesen, trotz des

Selbstekels, den er empfand, die Gallensäfte der Verzweiflung wogten ihm im Bauch, und die Angst jagte ihm einen widerlichen Geschmack in den Mund.

Da ist wieder der Pfau.

Hätte er nur seine deutsche Luger-Pistole zur Hand und könnte auch Munition dafür finden, hätte er diesen beschissenen Vogel längst abgeknallt. Die grauenhaften Schreie bringen ihn um den Verstand.

Die Fliegengittertür der Küche fällt hinter ihr zu, wenn sie rausgeht. Er sieht sie nicht mehr übermäßig viel im Haus. Sie ist in ihrer Küche und er in seinem Wohnzimmer, umringt von seinen alten Waffen, ölt die Schwerter, reinigt die Gewehre mit einem Baumwolltuch, fährt mit dem Federbesen über die Helmsammlung und macht Notizen in seinem Heft, für künftige Generationen. Für den Fall, dass jemand was wissen will, aber niemanden mehr fragen kann. Doch immer, wenn er in den Garten geht, ist sie da, gießt den Rasen und verschwendet Wasser, pflegt gegen seinen Willen die Geranien, beschneidet die alten Rosensträucher, düngt die Kräuterbeete und bewässert die alten Zitrusbäume, die von seiner Pflanzung übrig geblieben sind. Ein Mahnmal seines beschissenen Lebens.

Er hört das Wasser fließen und wird von jäher Vitalität ergriffen, oder vielleicht muss er einfach pinkeln. Er rappelt sich auf und schreit ihr zu: »Spritz auch ein bisschen auf die Pfauen! Damit sie abhauen!«, und stapft mit bereits gelockerter Hose zur Toilette, in der Hoffnung, es noch rechtzeitig zu schaffen. Er wird ihr nicht die Genugtuung geben, seine schmutzigen Unterhosen zu waschen.

»Geh zum Teufel, du mit deinen Pfauen«, sagt sie und gießt ungerührt weiter, versucht gar nicht erst, die Pfauen zu vertreiben, ignoriert wie immer den Herbst, der auf den dunklen Zypressen gelandet ist, und den bitteren Hauch des Todes.

Joske kann sich nur schwer entsinnen, wann es mit den Halluzinationen genau angefangen hat. Vielleicht als ihm einige Dinge entfielen und andere wiederkamen. Vielleicht als er im Hof gestürzt war und einige Stunden dagelegen hatte, bis ihn endlich jemand suchte. Im Krankenhaus hatte man nicht mal einen CT-Scan gemacht. Man verschwendet kein Geld für wandelnde Leichen wie ihn.

Er hat noch genug Dinge in Erinnerung.

Da ist seine Tochter, die früher mal jenseits der großen Rasenfläche gewohnt hat, aber die ist nach England gefahren, und auch vorher hat er sie nicht immer erkannt, ist durcheinandergeraten, hat sie mit Nili angeredet, dem Namen der anderen Tochter, die er mal hatte und die nicht mehr ist. Aber dann erinnerte er sich wieder. Du bist Anati, wieso denn Nili? Er schlug sich an die Stirn, und sie lächelte nachsichtig.

Diese klaren Momente sind ihm am peinlichsten, er kommt sich vor wie ein Idiot. Tatsächlich hat er gesagt, an dem Tag, an dem man anfinge, ihm Windeln anzulegen, würde er sich in den

Kopf schießen, aber er hat keine Ahnung, wo die Pistole ist, und mit diesen zittrigen Händen wird er hundertprozentig danebentreffen. Vielleicht versehentlich jemand anderen erschießen. Nicht dass es ihm was ausmachen würde, wenn es zum Beispiel die Hausgehilfin wäre.

Den Käfer-Regen. Solche Dinge hat er in Erinnerung.

Er erinnert sich noch an den Marktgang mit seinem Vater an einem selten glutheißen europäischen Augusttag, als der Asphalt der Straßen ihnen buchstäblich unter den Füßen schmolz und die schwüle Hitze drückte. Ein Käfer stürzt hörbar zu Boden, versucht verblüfft, die braunen Flügel auszubreiten, der gepanzerte Leib geplatzt vom harten Aufprall. Sein Vater geht schnell weiter, bald beginnt der Schabbat, und seine fromme, schwerkranke Mutter in ihrem Bett braucht ihr Medikament, sie dürfen sich nicht verspäten, sonst quält sie sich lieber als etwas einzunehmen, was nach Beginn des Schabbats gekauft worden ist.

Noch ein Käfer fällt vom Himmel und noch einer. Er tippelt hinter seinem Vater her, seine schweißige Hand fest in dessen großer, blickt zum trüben Himmel auf, eine schwarz-braune Wolke fliegt schnell heran, und plötzlich schlagen Hunderte oder vielleicht Tausende schwarzbraune Käfer auf die Gehwege und Fahrbahnen, zerplatzen auf den Bürgersteigen, werden zermalmt unter den Hufen der Pferde und den Rädern der Kutschen. Im Wahn, voll Überlebenswillen klettern sie an Mauern und Regenrohren hoch, krabbeln an Kleidersäumen hinauf, klammern sich an die Ränder der gebauschten Unterhosen, ihre behaarten Beine bleiben an Babykleidern und an den Hüten großer Männer haften.

Er folgt seinem Vater, der das Geschehen ringsum kaum wahrzunehmen scheint, nur rechtzeitig die Apotheke erreichen will, mit seinen polierten Schuhen auf die Käfer tritt, deren gelbe Eingeweide die Bürgersteige verschmieren und an den Schuhsohlen kleben bleiben.

Warum fallen ihm gerade jetzt die Käfer wieder ein?

Auch Frösche sind gelegentlich schon vom Himmel gefallen, ohne dass jemand Aufhebens darum gemacht hätte. Sogar eine Kuh war mal so faulig gewesen, dass es bei ihrem Aufprall auf den Boden derart laut knallte, dass man im Glauben, es sei schon wieder Krieg, alle Fenster und Fensterläden schloss (was sich als höchst vernünftig erwies, da man später halbverweste Einzelteile fand, sehr weit vom Ort der Explosion entfernt).

Wenn er so auf dem Hof sitzt, überfluten ihn die Gedanken manchmal ohne Vorwarnung. Er denkt an die Käfer, und wenn es ihm hin und wieder gelingt, die Gedanken zu ordnen, erkennt er, dass auch er, genau wie jene widerlichen Kreaturen, die kein Mensch haben wollte, doch weiterlebt, noch einen Winter, noch einen Sommer, Widerstandsfähigkeit gegen all die Gifte entwickelt, die die Kassenärzte ihm reinstopfen, und sogar hinläuft, um Nachschub zu erbitten.

Der Körper kollabiert schon, und doch strampelt er noch, liegt auf dem Rücken, die Beine in der Luft. Danach dreht er sich wieder auf den Bauch und kriecht zum nahen Abwassergraben, zieht seine Eingeweide hinterher wie Kaugummi. Er wird noch lange weiterleben, wie dieses Ungeziefer, und am Ende vielleicht sterben.

Wen kümmerts.

Das ist das Alter, sagt ihm Frau Dr. Loboda, man muss sich damit abfinden. In unserem Alter sollte man für das Vorhandene dankbar sein, und schon kritzelt sie wieder was in ihren Kalender. Auch die Ärztin ist mal jung und schön gewesen, ist ihre Hausärztin seit sie im Dorf angekommen sind, doch in zwei Wochen geht sie in Pension, und an ihrer Stelle kommt eine andere frischgebackene Ärztin und wird ihn mit neuen Medikamenten vergiften, wie sie ihm versprochen hat.

Einige Medikamente helfen dagegen, haben aber erhebliche Nebenwirkungen, wenn Sie möchten, verschreibe ich sie Ihnen, wenn nicht, ist es besser, alles beim Alten zu lassen. Vielleicht würde Sophie sie morgen aufsuchen?

Ich möchte sterben, sagt er zu Sophie, aber sie lacht nur. Das sagst du mir schon dreißig Jahre lang, Joske, aber noch sind wir beide da, richtig?

Käfer. Frösche. Kriege. Solche Dinge hat er in Erinnerung, aber die Teile seiner großartigen Hieb- und Stichwaffensammlung – die zweitgrößte nach der dieses arroganten Millionärs – die hat er nicht mehr im Gedächtnis, und deshalb muss er alles im Heft verzeichnen. Ein Glück, dass er seine Tochter vor Jahren gezwungen hat, die Sammlung Stück für Stück mit ihm durchzugehen und zu fotografieren, das werde helfen, wenn sie über das Erbe stritten und seine Schwerter an die Horden junger Russen verkauften, die hier ankommen würden. Die interessierten sich noch als einzige für solche Dinge. Seine Tochter hatte versprochen, die Sammlung zu wahren – na, hatte sie zumindest gesagt.

Vielleicht war es ja besser so. Wer sich nicht erinnert, lebt die ganze Zeit, ohne ans Gestern und Morgen zu denken, denn was ist das Gedächtnis anderes als der Beweis dafür, dass du mal da warst und jetzt nicht mehr bist.

◆ ◆ ◆

Jaeli geht hinein, die Tür ist natürlich nicht abgeschlossen. Sie stellt die Taschen an den Stufen ab und betritt die große Küche. Alles sauber. Kein Stäubchen auf der langen schwarzen Arbeitsfläche. Zippas Putzfrau leistet gute Arbeit. Sie nimmt sich vor, sie zu fragen, ob sie auch bleiben wolle, wenn ihr Gästehaus aufmacht.

Ihr Telefon piepst. Sie hat es gerade erst angestellt. In der Flut von Nachrichten, die nun auf ihr Handy strömen, ist auch eine von David, von heute Morgen.

Was fällt ihm denn ein, ihr solche Nachrichten zu schicken? Ihre Hände beginnen zu schwitzen und zu jucken, deshalb steckt sie das Handy zurück in die Handtasche, holt es dann wieder raus und schaltet es ab.

Genug! Sie will mit keinem reden und gewiss nicht mit ihm.

Während sie in dem leeren Haus steht, sehnt sie sich ein bisschen nach Zippa. Bei deren Tod hatte sie nichts empfunden, nicht mal zur Beerdigung war sie gekommen. Aber auch nach allem, was geschehen war, als sie das Dorf wütend verlassen und erklärt hatte, mit dieser verrückten Familie sei sie durch, nur um sich David und seiner Familien an den Hals zu werfen, als würden die sie vor ihren eigenen Angehörigen retten, war immer noch Tante Zippa dagewesen, trotz deren erwiesener Schuld, der einzige Mensch, mit dem man in diesem Haus vernünftig reden konnte, und nun ist auch sie nicht mehr.

Sie blickt durch das große Fenster: Die Brustbeerbäume tragen üppig, und auf dem Boden locken kleine faule Früchte Schwärme von Fliegen an. Sie lächelt vor sich hin, als sie an Zippa denkt, die gern von ihren ersten Tagen hier erzählte: Wie das Lehrerhaus damals schon alt und heruntergekommen gewesen war, Tante Zippa aber keinen Schreck bekommen hatte, noch nicht. Sie band damals ihre weiße Schürze um und ging an die Arbeit. Sie hängte zarte Gardinen auf, selbstgenäht aus einem mitgebrachten Festkleid, von dem sie annahm, dass es hier keine Verwendung mehr finden würde, und aus dem langen Unterkleid nähte sie einen Bettüberwurf, unter dem sie das schiefe Eisenbett versteckte. In der Küche stellte sie zwei Emailletassen und einen Blechteller auf das Bord über dem großen Waschbecken, das sie so lange schrubbte, bis es einigermaßen weiß war.

Draußen dann jätete sie die hüfthoch wuchernden Brennnesseln, aber auch die essbaren Malven. Rottete, wie sie glaubte, das tief verwurzelte Mesquitekraut aus, das sich als gutes Gras ausgibt, verschonte die hohen, violett-rosa blühenden Stockmalven, begegnete zum ersten Mal in ihrem Leben einer ausgewachsenen Palästinaviper, die in einer kleinen Pfütze unter dem Grapefruitbaum auf sie wartete, und zerschmetterte ihr den Schädel mit der Spitzhacke, die sie an jenem Morgen aus dem Geräteschuppen entliehen hatte. Ohne Zögern und Zagen! Als sie sich dann gegen Abend mit einem Glas kalten Tee in den sauberen Garten setzte, wo die angenehme Brise ihr die großen Schweißflecke auf dem Hemd trocknete, hatte sie das Gefühl, einen kleinen Sieg über das Emek errungen zu haben, und war bereit für alles, was die baldigen Chamsin-Winde bringen würden. Das müsste das erste Vorzeichen sein, schloss Zippa feierlich. Du bist am wenigsten bereit, wenn du meinst, bereit zu sein, und am dümmsten dann, wenn du meinst, etwas zu wissen.

Jael schüttelt den Kopf. Sie weiß wenigstens, dass sie gar nichts weiß. Außer Zippas Anweisungen für den Garten. Die hatte die alte Hexe typischerweise höchst detailliert in ihrem Testament verzeichnet: Die Granatäpfel und die Guaven eintüten (ruf Jair an, Rubis Vater, Anschluss Nr. 4, der schickt dir seinen Thailänder mit Organzasäckchen und Leiter). Wie die Früchte des Brustbeerbaums gegen die Mittelmeerfruchtfliegen zu schützen waren (lange Schleier liegen gefaltet in der großen Kiste neben dem Eingang, von März bis zur Ernte abdecken), und Anweisungen für die Pflege der Katze, die laut telefonischer Auskunft der Putzfrau vorerst verschwunden ist, anscheinend bei Alonis Kuhstall gesichtet wurde, aber nicht zurückkommen will, vielleicht wegen der Perserin, die am Fenster sitzt.

Jaeli wendet sich der Haustür zu, neben der ein alter Ganzkörperspiegel mit vergilbtem Plastikrahmen hängt – breites Becken, vorstehender Bauch, Beine noch okay, mal sehen, wie lange sie kurze Hosen tragen kann, bei all den blauen Adern, die sich mal von den Oberschenkeln zu den Waden und weiter zu den Fesseln schlängeln werden. Ihr Haar sieht besser denn je aus, aber auch damit wird es nach der Geburt vorbei sein.

In der Online-Selbsthilfegruppe »Spezielle Geburten« hat man ihr wärmstens empfohlen, sämtliche Aufsätze über Schwangerschaft, Geburt und Elternschaft zu meiden. Als müsste sie jetzt, da die Entscheidung gefallen ist, jeden Bezug zur Wirklichkeit abbrechen. Jede Teilnehmerin hatte ihre eigene Geschichte, wie die Kibbuznikit, die in dem Gefühl, es werde schon alles in Ordnung sein, nach dem entscheidenden Schwangerschaftstest keine weiteren Untersuchungen mehr vornehmen lassen wollte, oder die, die erklärte, egal was, sie würde alles liebevoll annehmen, oder die Frommen, die behaupteten, »alles komme vom Himmel«. Diejenigen, die es schon hinter sich hatten und nun als Mutmacherinnen auftraten (»Löwenmütter« und »kleine Engelchen, die uns aus gutem Grund geschickt wurden«), versuchte sie, zu blocken. Wer der Gruppe mit echten Fragen beigetreten war, fand dort eigentlich keine Antwort, vielleicht weil sich die wichtigste Frage nicht beantworten ließ: »Wird alles gut gehen?«

Die meisten Skeptikerinnen hatten die Gruppe enttäuscht verlassen, aber sie war geblieben. Las mit geradezu masochistischer Freude die Posts der Schwankenden, Nachdenklichen, Extremen, fühlte sich von ihnen angezogen wie die Motte von der Glühbirne, widmete sich besonders den schlimmen und besorgniserregenden Geschichten. Ja. Mit ihrem Achtmonatebauch und einer rätselhaften Schwangerschaft, die ihr im Nacken sitzt, ist sie schon bereit zuzugeben, dass es wohl ein Fehler war, aber an jenem kalten Morgen Mitte Februar, kurz nach Eintreffen der Gentests, die David und sie überstürzt hatten machen lassen, hatte es richtig ausgesehen.

Gut, vielleicht nicht richtig, aber am besten.

An jenem Morgen, als David und sie die Wohnung auf dem Weg zu dem empfohlenen Facharzt verließen, hatte eine trügerische Sonne stolz am strahlend blauen Himmel geschienen, und Jaeli hatte ihr einen Moment geglaubt, dass alles gut werden würde.

Sie suchte ihre Sonnenbrille in der Handtasche, und währenddessen ihr wegen des Lichts Tränen über die Wangen rannen.

»Was ist? Warum weinst du?«, hatte er gefragt und einen Moment besorgt ausgesehen.

»Nein, ich weine nicht, es ist nur die Sonne«, sagte sie blinzelnd und lächelte ihn an, keine Tränen, alles normal. David bog in eine der kleinen Straßen, die zur Arztpraxis führten und blieb hinter einem Müllwagen stecken. Das Telefon klingelte, die Freisprechanlage antwortete, es war Amalia.

»Hi Dave«, sagte sie mit ihrer tiefen, schrillen Stimme, die Jaeli immer belustigte.

»Hi, du bist auf der Freisprechanlage«, bemerkte er.

»Hi Jaeli.« Amalia hatte die Andeutung verstanden.

»Hi«, antwortete sie.

»Davie, Süßer, ich brauche dich hier dringend innerhalb der nächsten Stunde, wir haben einen wirklich, wirklich interessierten Kunden, der um zehn mit mir verabredet ist. Ich habe da ein gutes Gefühl. Wenn du kommst, würde das sehr helfen.« David blickte Jael fragend an, sie rollte mit den Augen.

Jaeli wäre überrascht gewesen, hätte Amalia nicht genau dann angerufen, wenn sie David an ihrer Seite brauchte. So war es dauernd, Amalia war immer anwesend, erschien bei ihnen, kam am Freitag zum Kaffee vorbei, kreiste unter dem Vorwand der Arbeitsbeziehung ständig um David und ihre Partnerschaft, und sie musste es aushalten. Sie ist nicht eifersüchtig, gewiss, soll er zu ihr gehen, auch wenn sie zur unpassendsten Zeit anruft.

»Aber der Arzt«, sagte sie tonlos und deutete auf das Gebäude, in dem sich die Praxis befand.

Er deutete auf sein Handy, als wollte er sagen, »was machen wir dann?«

»Ich ruf dich gleich zurück, Amalia«, sagte er und unterbrach das Gespräch.

»Davie? Wer nennt dich denn so?«, lachte sie.

»Na, du weißt ja, wie sie ist.«

»Wie ist sie?«

Er gab keine Antwort, der Müllwagen fuhr weitere fünf Meter vorwärts, David hupte.

Ihm und ihr war klar, was sie sagen würde. Amalia und der Kunde gingen vor. Hatten Vortritt. Vor dem Baby.

»Gut«, sagte sie zögerlich und hoffte, er würde ihren verhaltenen Tonfall aufschnappen, »wenn du gehst und schnell zurückkommst, schaffst du es vielleicht noch mit zu ihm rein, das letzte Mal habe ich Stunden dort gesessen, geh, wird schon klappen.« Er hatte sie dankbar angelächelt, ihr einen Kuss gegeben und übers Haar gestrichen.

»Ich liebe dich, weißt du?« Er hielt vor dem Gebäude. Sie lächelte ihm zu, wusste noch nicht, dass es ein großer – ein sehr großer – Fehler war, allein hineinzugehen.

»Viel Erfolg!«, sagte er, und sie stieg aus. Er winkte ihr zum Abschied und verschwand empörend schnell.

Jaeli ging in den ersten Stock des einfachen Wohnhauses, das das Ansehen des Arztes an keiner Stelle repräsentierte, und trotzdem war das Wartezimmer voll mit Frauen verschiedenen Bauchumfangs. Sie setzte sich auf einen der Polsterstühle, winzige Strahler beleuchteten die Fachbücher, die auf edlen

Holzregalen ruhten, und die Sammlungen eigenartiger medizinischer Geräte aus früheren Jahrhunderten. Sie dachte, wenn sie zufällig hier hineingeraten wäre, hätte sie sich zu Hause fühlen können, mit den Sammlungen und den Büchern.

Aber sie war nicht zufällig hereingekommen, ganz und gar nicht.

Die Frau und Sekretärin des Arztes sagte ihr, es seien noch einige vor ihr dran, und sie solle bitte platznehmen. Er sei heute in Verzug. Es würde also eine Weile dauern, wie gedacht. Gleich klappte sie den Laptop auf. Ein Haufen Aufsätze erwartete sie in ihrer Mailbox, für den langweiligen Kurs, den sie in der Universität gab: Einführung in das Verfassen akademischer Schriften.

Sie öffnete die Datei des ersten Aufsatzes und versuchte, sich auf den von Fehlern strotzenden Text zu konzentrieren – Hauptsache, nicht dran denken, was gleich im Sprechzimmer geschehen würde, nicht an David denken und sich aufregen. Als man sie gestern telefonisch gebeten hatte, dringend zu kommen, waren ihr spontan Zippa und Sophie und der Kranichmann eingefallen – wie eine große Welle war es angebrandet, wie ein Tsunami aus kaltem Schweiß. Wieso bloß hatte sie die drei bei der genetischen Beratung, die sie nach Entdeckung der Schwangerschaft hastig gesucht hatte, mit keinem Wort erwähnt. Sie hatte Listen über Listen von »notwendigen Dingen« aufgestellt, alles sorgfältig geplant, was war dann also mit ihr los gewesen? Wie tief konnte ihre Verdrängung gehen?

Oder vielleicht war es, wie ihre Oma zu sagen pflegte: »Der Mensch denkt, und Gott lenkt.«

Gefaltete Papiergebilde in allen Farben. Origami. Schwirren aus dem Fenster, kreiseln im leichten Abendwind, einige landen auf den Höfen, andere fliegen weiter im Wind. Wer weiß wohin.

David teilte ihre Sorgen nicht. Er saß vor der Flimmerkiste und kritzelte mit dem Bleistift in sein Heft. Das sei sicher nichts weiter, sagte er, sie brauche sich keine Sorgen zu machen, kritzelte und glotzte weiter, während ihr Magen Saltos schlug, ohne dass man das Zappeln des Fischchens, das bei ihr im Bauch heranwuchs, von dem mächtigen innerlichen Angstzittern unterscheiden konnte. Wird schon gut gehen, sagte er auch am Morgen, bevor er wegging, und sie wollte ihm wirklich glauben, aber es fühlte sich nicht so an.

Die Buchstaben verschwammen vor ihren Augen, sie konnte sich kaum konzentrieren. Sie spürte, wie sie versank und verschwand, wie ihre blassen Hände mit den blauen Adern langsam verschwanden, ihre Füße in den Stiefeln durchsichtig wurden, ihre mikroskopischen Partikel wie Seifenblasen in der geheizten Zimmerluft verpufften. Ihr Körper verlor sich in einem Meer aufgeblähter und gestreichelter Bäuche.

Plötzlich verstand sie, vielleicht zum ersten Mal – eine Erkenntnis, die ihr die Haare zu Berge stehen und ihren nur leicht gerundeten Bauch revoltieren ließ –, dass tatsächlich etwas nicht stimmte, dass sie in einigen Monaten gar nicht mehr hier sitzen würde, neben den großen Ballonen mit strahlender Haut und geschwollenen Füßen in Gesundheitslatschen. Sie würde sich nicht mehr über den wachsenden Bauch streichen oder jedem distanzlosen Passanten erlauben, sein Ohr da draufzuhalten und dem Blubbern zu lauschen, das sich anmaßt, ihr Baby zu sein.

Das eine Augenlid gesenkt und eine Narbe von der Stirn abwärts, rotes Gesicht, schneeweißes Haar. Gebügelter Pyjama.

Jaeli riss erschrocken die Augen auf, als sie ihren Namen hörte, musste kurz eingenickt sein.

»Jael Tabor?« Die Sekretärin bedeutete ihr hineinzugehen. »Walters-Tabor«, korrigierte sie. Ihre Kehle war plötzlich trocken, David würde nicht mehr kommen. Ihre Angst wurde so konkret wie die Blutuntersuchung, die ein mysteriöses Syndrom, von dem sie noch nie gehört hatte, zutage brachte. Die Ergebnisse der Spezialuntersuchung, zu der man sie dringend nach London geschickt hatte, bestärkten den Verdacht, aber niemand konnte ihr etwas Gesichertes sagen. Die Statistik berücksichtigte das Geschlecht des Fötus, das Alter der Mutter und noch allerlei – ihre Chancen standen besser als beim Durchschnitt, aber mit Gewissheit ließ sich das Problem weder bestätigen noch ausschließen.

Sie hoffte immer noch, die Sache würde einfach vorübergehen, verschwinden. Sie suchte diesen Arzt auf, damit er abmildern, eine günstigere Prognose stellen würde, er war die letzte Zuflucht.

»Dreißig Prozent Wahrscheinlichkeit einer genetischen Fehlbildung«, befand er, als wäre dieser Fötus, dessen Bewegungen sie gerade erst zu spüren begann, nichts als eine unbedeutende statistische Zahl. Jaeli bekam kaum noch Luft in dem Raum, der sie zusehends beengte.

»Sie und Ihr Mann müssen eine wichtige und schwere Entscheidung treffen. Man kann nicht hundert Prozent sicher sein, wie sich das Syndrom auswirken wird«, sagte er und war nicht bereit, ihr entscheiden zu helfen.

»Jetzt, da Ihnen alle Daten vorliegen«, er schenkte ihr einen freundlichen Blick, der ihr noch mehr Angst einjagte, »müsst ihr eine schicksalhafte Entscheidung treffen, kommen Sie beide gemeinsam wieder«, betonte er, »am Donnerstag.«

Sie stand auf, in Schweiß gebadet, dankte ihm und öffnete die Tür. Sie musste raus, um nicht umzukippen. »Nicht vergessen«, mahnte er leise, als ihr halber Körper schon draußen war und die andere Hälfte noch bei ihm im Zimmer, »einen Schwangerschaftsabbruch sollte man bis zur dreiundzwanzigsten Woche vornehmen, danach ist es schon eine richtige Geburt, die man tunlichst vermeiden sollte.«

Durch die Tränen sah sie ihn verdreifacht. Anscheinend hatte ihr Blick väterliche Gefühle bei ihm geweckt, denn er stand auf, um sie ins Wartezimmer zu geleiten, und bedeutete der Sekretärin, ihr etwas zu trinken zu geben.

»Donnerstag werden wir klüger sein«, sagte er, und seine Stimme klang weicher, während die nächste Patientin mit dem Watschelgang des neunten Monats sein Sprechzimmer betrat.

Sie ging hinaus und würde nicht wiederkehren.

Sie wartete auf einer nahen Bank auf David, die Sonne taute ihre eiskalten Beine auf. Er ging nicht ans Telefon, andernfalls hätte sie ihm wohl unweigerlich was vorgeheult. Während der langen Zeit, die sie auf ihn wartete, schaffte sie es, die ganze Bandbreite der Gefühle zu durchlaufen, von großem Elend über lähmende Angst und wohltuende Verdrängung zu blinder Wut, die bei jedem weiteren unbeantworteten Anruf in ihr aufwallte. Schließlich kam er, blendend gelaunt, hatte noch Muße gehabt, bei einem Café zu halten und ihr ein Omelette-Sandwich mitzubringen, »wie du es gern magst«. Ihr war schlecht.

»Erzähl du zuerst«, sagte er strahlend. Sein Treffen mit Amalia war demnach bestens verlaufen, wie erwartet. »Was hat er gesagt? Meine Mutter hat Nachforschungen angestellt und gesagt, er gehöre zu den *top five*, auf ihn könne man bauen.«

Trotz Übelkeit biss sie ins Sandwich. »Er hat gesagt, es sei alles in Ordnung«, antwortete sie mampfend, die erste Lüge, bevor alles rauskam, und er bohrte natürlich nicht nach. Ihr »alles in Ordnung« genügte ihm, und schon kam er wieder auf sich zu sprechen, war kaum zu stoppen. Der Kunde und die Hotels, und Amalia und er müssten wohl sehr bald nach Budapest fahren, um ein gemeinsames Konzept zu entwickeln.

Ihre Lider wurden schwer, und die Augen drohten zuzufallen. Beim Zuhören dachte sie, wen interessiert das denn jetzt, und registrierte auch, dass sie die Entscheidung wohl allein treffen musste. »Ich meine, ich gehe wieder zum vorigen Arzt«, sagte sie, und David nickte und redete weiter. Hatte er überhaupt zugehört?

Als er mit seiner Geschichte fertig war, riss sie mit äußerster Willenskraft die Augen wieder auf, und sagte: »Prima, klingt gut.« Sie wollte es ihm erzählen, musste damit rausrücken, aber vorerst wollte sie es auch für sich behalten, dort, wo die Worte wirklich ernstgenommen wurden.

Danach schloss sie die Augen und erlaubte sich einige Minuten seliger Ohnmacht.

Gewiss, sie hatte nicht zeitig getan, was sie hätte tun sollen, hatte ewig abgewartet, vielleicht in dem Gedanken, es würde vorübergehen. Wer weiß schon, was sie sich damals gedacht hat. Gut, auch das eine Art Lüge, sie weiß, was sie damals dachte. Zuerst war alles klar gewesen, in ihrem Kopf hatte sie ihre Mutter sprechen hören, die besonnene und vernünftige Anati. Welches Recht hast du denn, so ein Kind zur Welt zu bringen? Das war logisch und klug und deckte sich mit ihrer Einstellung vor der Schwangerschaft. Aber siebzig Prozent sind nicht wenig. Siebzig Prozent Chance, dass das Kind normal wird, und wenn sie sich anders entschied, was sollte dann mit David und ihrem Zusammenleben werden? Er hatte sich doch so über die

Schwangerschaft gefreut, was sie selbst völlig unvorbereitet getroffen hatte. Im krassen Gegensatz zu seiner neuen obsessiven Beschäftigung mit sich selbst, wegen seiner Karriere als Maler, zu der sie ihn eigens angetrieben hatte, stand nun diese Freude, diese Liebe zu ihr, die ihn flutete, sobald er von der Schwangerschaft erfuhr – nun gab es nichts mehr zu befürchten von Amalia und den anderen Frauen, die ihn umschwärmten. Die Zukunft sah rosig aus. Sie versuchte sich daran festzuhalten, an diesem Wiederaufblühen ihrer Beziehung. Könnte sie all das mit einem Handstreich auslöschen?

Aber der Zusammenbruch würde schließlich kommen, so viel war klar, ohne großes Getöse. Die Lüge brodelte wie Gift in den Adern, schwärzte und zersetzte sie, bis sie schließlich platzen würden. Momentan konnte man nichts tun in der Sache. Was David letzten Endes natürlich verrückt machte, war das »Monströse« daran, wie er es nannte, oder wie seine Mutter es definierte – die an Sünde grenzende Verantwortungslosigkeit.

Wieso haben wir nie was von ihm gewusst?

»Wer sagt, dass ihr Frauen nichts wusstet? Es gibt viele Dinge, die wir tief im Innern wissen, aber lieber vergessen wollen.«

◆ ◆ ◆

Wenn man Sophie fragt, die jetzt in der Küche vorm Fernseher sitzt und Kartoffeln schält, ist das Leben eine ununterbrochene Folge von Katastrophen, und weil dir in diesem Leben keiner was verspricht, kann man sich auch bei keinem beschweren. Das denkt Sophie, während sie Burke und Ridge samt zerstrittener Familie in *Reich und Schön* zuguckt. In dieser Morgenserie kommt bis zur nächsten Katastrophe normalerweise alles wieder ins Lot, aber Sophie weiß, dass das Leben nicht wie eine Fernsehserie abläuft, und manchmal überlegt sie, wie viel sie noch ertragen kann.

Das erste Unglück war noch dort passiert, im Ausland.

Ein Neugeborenes war nicht ganz normal gewesen. Heute wäre das vielleicht keine große Sache, aber damals schon.

Eine große Affäre.

Ihre Eltern waren über Nacht gealtert, das weiß sie noch, obwohl damals erst drei Jahre alt. Zwei Babys waren zur Welt gekommen, ein Junge und ein Mädchen, von ihr sehnlich erwartet. Das heißt, sie hatte nur mit einem gerechnet und auf eine Sie gehofft, auf ein Schwesterchen, das sie ihrer großen Puppensammlung einfügen könnte.

Auch ihre Mutter, die mit einem dicken Bauch herumgelaufen war, hatte das gedacht, obwohl sie fand, es fühle sich diesmal etwas anders an als zuvor, als sie Sophie im Bauch trug. Aber kein Mensch hatte an Zwillinge gedacht. Auch der Arzt, der einmal die Woche kam, um ihren Bauch abzutasten, hatte keinen Verdacht gehegt.

Später dann, als die Babys geboren wurden und man den Arzt mit Fragen bombardierte, sagte er zu seiner Verteidigung, das winzige Baby sei offenbar hinter seiner Schwester versteckt gewesen und die synchron schlagenden Herzen der Beiden hätten ihn getäuscht.

Das war die erste in einer Reihe von Katastrophen, die Sophies Leben wie ein Schatten begleiten.

Danach folgten weitere. Der große Krieg, die Rückkehr der Juden nach Israel und die Ankunft in diesem Dorf, aus dem Joske und sie gleich wieder hätten fliehen müssen, wenn sie nur ein bisschen helle im Kopf gewesen wären, noch ehe der Lieferwagen sie vor dem Haus ihrer Schwester Zippa hier abgesetzt hatte.

Sie hätten die große rundliche, mit Rindsleder bezogene Truhe und das Baby, den Jungen, vor der Tür abstellen und in die Stadt weiterfahren sollen, wie geplant. Aber das war nicht geschehen, sie, die Städterin mit Leib und Seele, musste sich ans Dorfleben gewöhnen, und nun, sechzig Jahre später, führen sie und ihr DDT – ja, sie hat noch einige Portionen auf Lager, schnell noch gekauft, ehe das Insektizid verboten wurde – weiterhin beständig Krieg gegen die Schädlinge im Dorf, von denen es auf ihrem Hof nur so wimmelt.

Später folgten die anderen Unglücke, die »Fehlgeburten«. Immer im fortgeschrittenen Stadium, immer Babys, über die sie die Krankenschwestern tuscheln hörte: »Missgeburten«. Und die Ärzte sagten: »Frau Steinmann, seien Sie froh, dass Sie dieses Kind nicht zur Welt gebracht haben, Sie werden noch andere bekommen!« Doch weder die einen noch die anderen wussten, dass sie solche Missgeburten kannte, und dass auch die eine Seele hatten, aber man fragte nie, und sie erzählte nichts.

Zum Schluss kamen andere zur Welt, zwei Mädchen, offensichtlich keine Missgeburten (sie wusste nie genau, was die Ärzte meinten, sah im Geist aber Riesenbabys, ganz mit dichtem schwarzem Haar bedeckt, und auf der Stirn ein einziges Auge, manchmal Hörner oder einen kleinen Schwanz am Hintern, oder alles zusammen).

Ihre Töchter waren niedlich und rund, und doch war sie ein paar Stunden nach Nilis (und ja, auch nach Anatis) Geburt noch ins Säuglingszimmer des Krankenhauses geschlichen, um nachzusehen, was genau sie zur Welt gebracht hatte, hielt die Luft an angesichts eines besonders hässlichen Babys und atmete erst wieder, als man ihr den eigenen Säugling reichte, blondhaarig die Nili und völlig kahl Anati.

Ja, manche Menschen betrachten das Leben als eine Reihe von Erfahrungen und Metamorphosen, ihre Enkelin Eveline hatte mal versucht, ihr die hinduistische Sichtweise zu erklären. Aber Sophie weiß, das stimmt nicht, alles bloß bekiffter Hippie-Quatsch. Das Leben ist eine Aneinanderreihung schlimmster Katastrophen, und die tiefen Runzeln auf ihrem Gesicht, angeblich ihrer übertriebenen Strandliebe und ihrem hohen Alter geschuldet, sind nichts anderes als Kampfnarben.

Jetzt will Jaeli hierher zurückkehren, unter dem Vorwand, das verfluchte alte Haus wieder zu nutzen und in ein Gästehaus zu verwandeln.

Sie versteht nicht, dass sie die mögliche Hiobsbotschaft, die in ihrem Bauch heranwächst, in höchste Gefahr bringt. Sophie muss alles tun, um die siebzig guten Prozent dieses Babys festzuhalten, sie ist nur noch nicht sicher, wie.

Als Joske sich einmischte, natürlich wieder seine Nase da reinstecken musste, hatte sie ihm gesagt, es sei ungerecht, dass Babys so geboren würden, wenn es doch alte Leute gebe, die zu lange lebten.

Er hatte sie angeschaut, in der sicheren Annahme, es handele sich um eine weitere ihrer dummen Bemerkungen, aber sie hatte schnell weitergeredet, sie wäre bereit, ihr Leben zu opfern, damit es nicht wieder passierte.

Darauf sagte er: »Was denn, denkst du, ich wäre nicht bereit dazu?«

Und sie erwiderte: »Na, dann bitteschön.«

Und er sagte: »Das ist nicht so einfach, woher soll ich wissen, wie man das anstellt?«

Sophie meinte: »Keine Ahnung, man muss irgendein Abkommen mit dem Verbrecher da oben treffen, was der sich einbildet, wir sind keine Idioten, die alles hinnehmen, lassen uns das nicht noch mal bieten!«

Dann schwieg er und sie auch, und seitdem denkt Sophie nicht mehr an dieses Gespräch, verteilt nur emsig große Knoblauchknollen in den Schränken des alten Hauses und rote Wollfäden vom Ausflug an die Klagemauer, für den Fall, dass Joske das Haus nicht mehr rechtzeitig abreißen kann.

◆ ◆ ◆

Am Morgen war Jaeli noch in Tel Aviv, und jetzt ist sie hier. Von der Erde zum Mars.

Ausgezogen ist sie aus der Wohnung Arlosorov- / Ecke Schlomo-HaMelech-Straße, zwei Zimmer mit Eingangsbereich, Balkon zur Straße, neue Küche, uralte, eiskalte und ratternde Klimaanlage, zu einer lächerlichen Miete für Tel Aviver Verhältnisse, und all das tauscht sie – wofür genau?

Sie und David.

Schon ziemlich lange rammeln sie wie die kaputte Klimaanlage im gemeinsamen Schlafzimmer.

Als sie noch zusammen waren, alles im Fluss wie fruchtig perlender und prickelnder Champagner, erzählte David gern jedem, der es hören wollte, wie er sie kennengelernt hatte, im Büro seiner Mutter, auf einem Stapel verrutschter Papiere sitzend, das Haar offen, an einem Bleistift kauend. Erzählte es, als sei was Zauberhaftes dran.

Sie selbst war gar nicht auf die Idee gekommen, der gut aussehende junge Mann, der eines Mittags ihr Zimmer betrat, tipptopp gekleidet, von Timberland-Schuhen bis zu teurem Polohemd und Edeljeans, könnte der Sohn von Prof. Sylvia Walters sein, der Abteilungsleiterin, bei der sie als wissenschaftliche Assistentin im Sprachlabor arbeitete. Jener Sylvia, die Jaeli für eine alleinstehende Britin gehalten hatte, die ihre Tage mit akademischen Erörterungen und dreiwöchentlichen Friseurbesuchen verbrachte, und die sie dafür sogar ein wenig bedauerte.

Was den jungen Mann betraf, geriet Jaeli nicht in Ekstase, sah ja täglich mindestens fünf von seiner Sorte, reiche Studenten, von sich selbst eingenommen, die ihren Charme wie Goldmünzen ausstreuten, meist mit dem klaren Ziel, zu betören und etwas dafür zu bekommen.

»Hi, du bist sicher Jaeli«, sagte er und streckte ihr die Hand hin, »David.«

Sie glaubte immer noch, es handele sich um einen Studenten, und wartete auf das übliche Geplänkel: »Ich bin Student in deinem Kurs … Ich versteh nicht, warum ich diese Note für die Übung bekommen habe … Du kannst sicher noch mal nachschauen und mir helfen …« Gerade weiße Zähne, zitroniges Rasierwasser, die leichte Berührung einer muskulösen Hand. Sie kannte schon alle Tricks.

»Ja«, sagte sie.

»Meine Mutter hat mir viel von dir erzählt«, erklärte er und ergänzte auf ihren fragenden Blick: »Sylvia, ich bin ihr Sohn, ich dachte, du wüsstest das.«

Als Dr. Walters aus der Besprechung zurückkam, theatralisch vorführte, wie erledigt sie war, ihren Schal über den Bügel warf und auf ihrem Polsterstuhl zusammenklappte, waren sie schon in eine lebhafte Unterhaltung über den zweiten Film der Reihe »Herr der Ringe« vertieft, den sie beide unwissentlich am selben Tag im selben Kino gesehen hatten. (Eine Million Menschen wohnen in Tel Aviv, verblüffend, dass wir uns bis heute nicht begegnet sind!) Danach gingen sie zu dritt in der Mensa Mittagessen, Sylvia aß wie gewohnt hastig und wie ein Spatz und entschuldigte sich, sie müsse gleich wieder zu der Besprechung, die nur zur Mittagspause unterbrochen worden sei, um dann mit vollem Magen weiterzugehen.

»Ihr kommt sicher ohne mich zurecht, oder?«, sagte sie lächelnd, drückte David einen Kuss auf die Lippen und verschwand.

David sah Jaeli über den Salat und eine große Portion Lasagne herfallen und sagte, lächelnd auf seinem Stuhl zurückgelehnt, er liebe Mädchen, die zu essen wüssten.

Es hatte nicht viel mehr gebraucht, um sie in seine Arme zu treiben.

Dank Sylvia, muss man zugeben, machte sie ihren zweiten Abschluss, schritt auf die Promotion zu, begann an der Universität zu lehren und entdeckte das Schreiben, als sie einen Kurs belegen musste, der ihr zwei für den Abschluss noch fehlende Punkte bringen sollte. Tatsächlich hatte sie immer geschrieben, überall und jederzeit, doch obwohl man in ihrer Familie Verständnis dafür zeigte und man in dem rauen Emek, aus dem sie stammte, auch Respekt für Dichter aufbrachte, war doch allen klar gewesen, dass der Mensch zuerst seinen Beitrag leisten muss, und dann, in der verbliebenen Zeit, kann er schreiben, warum nicht?

Wenn alle Kinder einst aufs Feld liefen, um einzuholen, was nach der Ernte noch übrig geblieben war, und die anderen freudig vom Traktor sprangen, weil sie zehn Schekel für jeden vollen Sack Kartoffeln, oder Baumwolle, oder Mais erhielten, blieb Jaeli meist auf dem Traktor oder unter einem Baum sitzen und holte ihr Heft heraus.

»Ich schreibe euch eine Geschichte«, sagte sie dann.

Nun hatte sie das Schreiben also wieder aufgenommen, und später, als David am lokalen Kunsthimmel aufstieg, schien es *a match made in heaven* zu sein. Kleine, intime Leseabende in den richtigen Cafés, glückliche Aufnahme in einen Kreis junger und angesagter Dichter und Schriftsteller – sie war noch jung und offenbar hip – und medienwirksame Ausstellungen von David zusammen mit ihrem Gedichtband, der viel Aufsehen an den richtigen Stellen erregte und sich in fünfzig Exemplaren verkaufte. Nicht eingerechnet die, die sie innerhalb der Familie verschenkte.

David hatte sie zu all dem animiert, zweifellos. Und doch wusste sie untergründig, schon als er seine ersten Schritte in der nervenden Kunstwelt unternahm, dass sie ihn ermutigen musste in ihrer Beziehung und keinesfalls mit ihm konkurrieren durfte.

Geduldig. Das ist sie. Immer gewesen.

Die ruhige, besonnene, umgängliche Jaeli. Gewiss im Vergleich zu der aufbrausenden Gali, die nichts für sich behalten kann und es nachher bereut. Sehr.

»Schau dir Jaelis Verhalten an, vielleicht guckst du dir ein bisschen was davon ab«, riet man anderen Mädchen. Ruhig, besonnen. Geduldig. Wie sie diese Wörter hasste, die sie ihr Leben lang als Komplimente erhielt. Nein. Das bin ich wirklich nicht, hatte sie sich im Stillen gesagt und die Zähne noch fester zusammengebissen, wenn sie stets erfolgreich versuchte, ihrem Gesicht den inneren Gefühlssturm nicht anmerken zu lassen.

Also hatte sie ihn ermutigt, und unterstützt, und Verständnis gezeigt und bei dem kommenden Auf und Ab mit ihm gelitten, war gar nicht auf die Idee gekommen, ihn zu verlassen, bis Amalia aufkreuzte und die Karten neu mischte. Plötzlich gab es einen Konkurrenzkampf, und der war aufreibend, für sie zumindest. Jedenfalls war sie nicht völlig überzeugt, ob sie sich darauf einlassen wollte.

Danach kam die Sache mit dem Baby und beendete ihre gemeinsame Geschichte.

Jetzt findet sie es eigentlich gut, hergekommen zu sein, aber dieses Gefühl ändert sich bei ihr ungefähr einmal die Stunde. Kurz bevor die Stadt sie beengte, als die Zweizimmerwohnung ihr plötzlich furchtbar laut und die Luft darin verpestet vorkam. Als sie von den tollen angesagten Cafés gleich um die Ecke und den schummrigen Bars die Schnauze voll hatte. Als der oberste Hosenknopf nicht mehr zuging und es nicht länger zu übersehen war.

In dem Moment, als sie das Flattern im Bauch spürte, beim ersten Mal überraschend, aber nicht unangenehm, hegte sie keine Zweifel mehr, sondern wusste genau, was tun. Sie nahm ein Taxi zur Anwaltskanzlei, unterschrieb die Papiere und erhielt einen weißen Umschlag mit zwei Schlüsseln. Einen für die Haustür und einen für das Tor – sie würde sie nicht wirklich brauchen.

Es sah aus, als hätte das jemand für sie geplant, genau an dem Tag, als David seine Sachen packte und die Wohnung verließ.

Sie saß auf der Couch und weinte bitterlich, als ihr Telefon im Nebenzimmer klingelte.

»Für dich«, so David, mit dem Telefon auftauchend, und sie schniefte beim Blick auf ihr Spiegelbild – ein Schreckgespenst mit geschwollenen Augen und zu allem Übel gesprenkelt mit wenig schmeichelhaften Pigmentflecken.

»Hier ist die Kanzlei Grossman-Maos«, erklang eine nervöse weibliche Stimme, offenbar von einer neuen ehrgeizigen Sekretärin, und rüttelte sie so weit auf, dass sie sich nicht länger anstarrte, »ich leite weiter an Anwältin Grossman.«

Am anderen Ende ertönte fröhliche klassische Musik, die gar nicht zu ihrer Stimmung passte, und danach kam eine andere weibliche Stimme in die Leitung, die ihr sachlich und trocken erklärte, was sie zur Annahme der Erbschaft unternehmen müsse.

Anwältin Grossman erklärte, Zippa habe ihr Testament kurz vor dem Tod geändert und ihr, Jaeli, das Haus vermacht, da sie ja keine eigenen Kinder hatte. Und was sei mit den anderen, fragte Jaeli, mit Gali und den Cousins?

Die Anwältin antwortete, dies seien die Bestimmungen des Testaments, und fügte an, sie habe von Zippa erfahren, dass Jaeli das Haus am dringendsten brauche, und sie sich nur eines wünsche – dass sich ihre Nachkommen nicht wie Gockel um ihren Haufen morscher Bretter stritten – wörtliches Zitat.

Eines noch müsse Jael wissen: Ihre Großeltern, Joske und Sophie Steinmann, seien im Grundbuch für die Immobilie mit einem Vermerk eingetragen. Jael könne zu deren Lebzeiten das Haus nicht ohne Einwilligung verkaufen.

Ein leichtes Schuldgefühl durchzuckte sie. Zwölf Jahre lang hatte sie kaum mit Zippa geredet, nur gelegentlich von Anati oder Sophie gehört, wie es ihr ging, und auch für die beiden nicht viel Geduld aufgebracht. Sie hatte Zippa immer die Hauptschuld für das Ganze zugeschoben. Und nun vererbte Zippa, die alte Hexe, ihr, Jaeli, das Haus, weil sie es brauchte. Noch brauchen würde. Wer wüsste das besser als sie.

Falls Jael an dem Haus interessiert sei, müsse sie persönlich in der Kanzlei unterschreiben. Zuerst dachte sie, sie müsste dafür nach Afula fahren, aber die Anwältin sagte, die Kanzlei befände sich in Tel Aviv, was durchaus logisch war, denn Zippa hätte nie im Leben einen der örtlichen Anwälte aufgesucht. Aus ihrer Sicht steckten dort alle mit allen unter einer Decke, und deswegen galt – je ferner, desto besser.

Jael blickte zu David, der mit Packen beschäftigt war, stellte sich vor, allein in dieser Wohnung zu bleiben, ohne ihn in dieser grauenhaften Stadt herumzulaufen, und stimmte zu. Ja, sie sei interessiert und würde alles Nötige gern so schnell wie möglich regeln. David machte noch in der Küche halt, packte ein paar Teller und Gläser und etwas Besteck ein. Danach ging er weiter in die kleine Arbeitsecke und nahm den leistungsstarken Drucker, den er gekauft hatte, ließ ihr den Laptop, den sie von ihrem Unistipendium erworben hatte, das sie wohl würde zurückzahlen müssen. Dann hörte sie ihn im Wohnzimmer das volle Bücherregal durchgehen, laut aufzählen, was ihr und was ihm gehörte. Schließlich nahm er nur die landeskundlichen Werke und die Kochbücher, vor Jahren mitgebracht, ließ ihr all die anderen Bände, die jetzt gar nicht mehr so wichtig zu sein schienen.

Er geht und lässt sie allein.

Er hatte gesagt, er ziehe in sein Atelier, um nachzudenken. Aber schon als er das Gewürzbord in der Küche inspizierte und sich aus dem Weinregal die wirklich teuren Flaschen holte, war ihr klar gewesen, dass er nicht zurückkehren würde. Vermutlich wartete Amalia, die »unwirklich schöne« Kunstagentin mit ihrem Kurzhaarschnitt, dem Engelsgesicht und den lässig getragenen edlen Klamotten, jetzt im Auto auf ihn, quasi als gute Freundin, und danach würde es nicht mehr lange dauern, bis sie sich an ihre Stelle schleimte.

Trotzdem beschloss sie in einer spontanen Eingebung, ihm von Zippas Haus zu erzählen. Anscheinend hegte sie noch ein kleines Stück Hoffnung, hatte vielleicht doch Angst, allein zu bleiben. Vielleicht meinte sie, ihn zum Bleiben bewegen zu können, wenn sie ihm nur von dem Haus und dessen Potenzial vorschwärmte. Aber David lief nur weiter im Schlafzimmer herum, zog Schubladen auf, warf Sachen in den großen Seesack am Boden.

»Vielleicht solltest du's wirklich durchziehen«, sagte er, und seine Worte stachen sie, als sei wirklich und wahrhaftig alles aus. Als sie sich schließlich stur allen letzten Liebesbezeugungen verweigerte, der Umarmung und dem Wangenkuss und seinem Versuch, einen Termin auszumachen, zu dem er sie anrufen und fragen könnte, wie es so liefe, explodierte er.

»Weißt du was? Du bist unerträglich!«, schrie er. »Ich weiß wirklich nicht, wieso ich gedacht hatte, dass wir's zivilisiert abwickeln könnten, du lässt mir keine andere Wahl, tust immer nur, was du willst!« Dabei haute er auf den Esstisch, und ein schmutziger Teller tanzte ein bisschen auf der Tischkante und zersplitterte schließlich am Boden.

Danach holte er tief Luft und sagte: »Du willst gar nicht, dass ich komme. Wenn du es wirklich wolltest, mich wirklich liebtest, hättest du mir das nicht angetan, uns das nicht angetan.«

Er sah sie nicht an, aber sie wusste genau, wovon er sprach.

◆ ◆ ◆

Falls er in diesem glühenden Herbst sterben sollte, seine Seele für die Seele des Kindes, worum würde es ihm dann leidtun? Um die verlorenen Jahre, die er in Streit mit der Alten verbracht hat? Oder um das Desinteresse der Kinder seiner toten Tochter, die nur auf Besuch kamen, um zu sehen, ob es abwärts mit ihm ging? Oder vielleicht um das Geheimnis, das sie fünfzig Jahre auf dem Dachboden versteckt hatten?

Sophie sagt, seine Seele im Tausch gegen die des Kindes, das geboren werden soll, sei nur fair, vielleicht weil auch er seine Hand im Spiel gehabt hatte. Und das stimmt.

Er würde gern sagen können, »nach mir die Sintflut«, und sich dem immer noch warmen und staubigen Wind hingeben, damit der ihn weitertrug, aber er ist sich nicht sicher, ob er den nötigen Mut aufbrächte. Und jedenfalls ist die Zeit noch nicht reif. Bald, es gibt noch was zu tun.

Auf der Toilette entdeckt Joske einen in der Hosentasche vergessenen Brief. Er legt ihn auf den Waschstuhl, den sie beide benutzen, und spritzt versehentlich Wasser drauf. Macht nichts, man kann ihn noch entziffern. Er weiß nicht, ob sie den Brief gelesen hat, wenn ja, bekommt er vielleicht Steak zum Mittag? Vielleicht lässt die Goja ihm diesmal keine im Toaster aufgewärmten TK-Schnitzel vorsetzen (eine Entweihung)?

»Das Treffen mit Rechtsanwalt Singer (so heißt doch eine Nähmaschinenmarke, oder? Damals hat er ein paar davon repariert, aber das hier ist irreparabel, hahaha) findet zum vereinbarten Termin statt. Bitte bringen Sie die nötigen Unterlagen mit, auch Abschriften früherer Testamente (so vorhanden), die das bestehende Vermögen betreffen. Dazu Personalausweis oder Reisepass.«

Er stopft den Brief zurück in die Tasche der Hose, die ihm um die Beine schlottert, und zieht ihn dann wieder hervor: Das Datum kommt ihm bekannt vor, 30. August, das ist heute, wenn heute Dienstag ist. In dem Brief steht zwölf Uhr, jetzt ist es schon zehn. Mit seinem Elektromobil wird er das nicht schaffen.

Er fluchte leise.

Alles wegen seiner Tochter, die ihn gezwungen hat, seinen kleinen Daihatsu aufzugeben, nachdem sein rechtes Auge die Sehkraft verloren hatte (zufällig, nicht durch sein Verschulden). Er hatte nicht gewusst, dass sie zu Hause war, aber ehe er noch die Augen auftat, eine Sekunde nach dem Zusammenprall mit der großen grünen Mülltonne, die doch tatsächlich die Ausfahrt blockierte (was erlaubten sich die Mistkerle, die Tonne auf seinem Grundstück abzustellen?), stand Anati schon vor dem Tor und brüllte: »Du wirst noch jemanden totfahren!!«

Keine Woche später war das Auto verkauft.

»Mit dem Geld, das du für den Wagen bekommst, kannst du dir bis ans Lebensende Taxis bestellen«, hatte Anati ihn zu trösten versucht.

»Quatsch mit Soße!«, rief er. »Wir sind hier nicht in der Universität, Gnädigste!«

Er würde ja lieber sterben, als vom Dorf im Taxi gesehen zu werden. Dieses Geld kam auf die Bank, aufs Sperrkonto – apropos dieses Konto heute nicht vergessen bei dem Räuber und Halsabschneider, der sich Rechtsanwalt nennt (siebenhundertfünfzig Schekel für eine Konsultation, macht einen ja Pleite!)

Allerdings blieb ihm letztlich keine Wahl, als Taxis zu benutzen. Manchmal teilte er sogar eins mit anderen Senioren, die das Fahren ebenfalls hatten aufgeben müssen. Eines war dabei allen Beteiligten klar: Sie teilten vielleicht ein Taxi, aber auch, und vor allem, tiefe gegenseitige Verachtung.

Beim Verlassen der Toilette stellte er fest, dass er kein Geld fürs Taxi parat hatte, und kramte lange in der Handtasche der Alten, die sie im Schrank bei den Jacken verwahrte, wollte herausfinden, wo sie das Bargeld versteckte. (Er weiß, dass sie was hat und es an die Enkel austeilt, ohne ihn zu fragen, sein Geld!)

Schließlich fand er einen Fünf-Schekel-Schein und noch ein paar Schekel-Münzen und steckte sie rasch in die Tasche (es gibt ein nettes Café neben der Anwaltskanzlei, und manchmal erlaubt er sich ein Tässchen Kaffee, vielleicht mit einem Stück Schwarzwälder Kirschtorte auf einem weißen Tellerchen, wie in Europa. Diese Stadt verwandelt sich in eine echte Metropole. Kaffeehäuser! Restaurants! Früher mal war hier nichts und wieder nichts, wo haben die Leute bloß so viel Geld her?!)

Sogar mit nur einem guten Auge hat er den Fleck auf dem Oberhemd gesehen, das noch von gestern über der Stuhllehne hing, hat es aber trotzdem angezogen. Sie hätte ihn sicher angeschrien, er solle sich was schämen, so aus dem Haus zu gehen. Er hat mit zittriger Hand den letzten Knopf zugeknöpft, sich dann aufs Bett gesetzt und diese hässlichen Schuhe aus Gummi angezogen, die ihm seine zweite Enkelin, Gali, geschickt hat, die nun endlich aus Amerika zurückkommen will. (»Das ist nicht wirklich Gummi, das ist eine Art Harz, sehr orthopädisch, hervorragend für Menschen in eurem Alter, ein Paar für Opa und eines für Oma.« Gummilatschen. So was schickt sie. Aus Amerika!!!)

Er verließ das Haus. In der Wäschespüle draußen stand eine Wanne voll mit den letzten Trauben der Saison, die sie heute Morgen gelesen hat, er nahm sich im Vorbeigehen eine Handvoll. Sie bewässerte noch, aber statt zu schreien und den Schieber zu schließen, stahl er sich über den Parkplatz zur sonnenversengten Straße – krasser Kontrast zum schattig kühlen Garten – und wartete auf das bestellte Taxi.

Unterdessen aß er die Trauben und sah nach der Post. Zwar hatte die Haushaltshilfe die Post morgens reingeholt, aber er musste trotzdem den Briefkasten aufmachen und nachsehen.

Er war leer, natürlich.

Wieder plagte ihn der Verdacht, die Alte könnte einen für ihn bestimmten Brief an sich genommen haben. Dass sie ihm boshaft die Freude versagt, Briefe mit dem chinesischen Messer zu öffnen, das er bei einer seiner Spritztouren nach Jaffa auf dem Flohmarkt gekauft hat und das genau für dieses Vergnügen bestimmt ist (der Idiot hatte gar nicht gewusst, was für einen Schatz er da in Händen hielt, hatte es irgendeinem Fremdarbeiter abgekauft. Allesamt Schwachköpfe). Hätte er doch so einen Brief, das knisternde Papier in den Händen, das Messer, das den Umschlag mit leisem Krachen aufschlitzte, und darin ein Bogen – nach echtem Papier riechend, wie ein Nadelwald – jemand, der an ihn dachte, jemand, der sich noch an ihn erinnerte und sich die Mühe machte, ihm zu schreiben.

Dieses Haus muss abgerissen werden. Jaeli wird sicher böse sein, Anati erst recht, aber er muss es tun, bevor er geht. Diese Flausen, die Jaeli im Kopf hat, eine Pension im Haus eines Irren, das wird nicht geschehen, wenn es nach ihm geht. Es gibt Dinge, die muss man unter die Erde bringen, um neu zu bauen. Er hat seine Hand bei der Sache im Spiel gehabt, hat jahrelang geschwiegen, und nun wird er im Grab keine Ruhe finden, falls das Haus ihn überlebt, buchstäblich.

Dieser Rechtsanwalt, falls er was taugt (es heißt, er sei der Beste auf seinem Gebiet. Das werden wir ja noch sehen), wird dafür sorgen müssen, dass ein Abrissbefehl erfolgt. Wie? Dazu ist er Anwalt und wird hochbezahlt, um eine Lösung zu finden. Schließlich ist er dort unterschriftsberechtigt oder kann einen

Vermerk im Grundbuch eintragen lassen oder weiß der Teufel was – und er will, dass das Haus verschwindet.

Es hupt kurz hinter ihm, das Taxi ist da.

Herr Steinmann steigt ein und setzt sich neben den Fahrer, drückt die karierte Schiebermütze auf seinem kahlen Schädel fest.

◆ ◆ ◆

Er tut es wieder, schnappt sich ein Opfer und quatscht es zu Tode. Der arme Fahrer kann nicht flüchten. Er glaubt bestimmt, sie hätte nicht gesehen, dass er sich davonschlich mit seiner abgeschabten Mütze, wie ein Bettler, unwillig, sich ein neues Hemd zu kaufen, oder eine Hose.

Er tappt den Pfad vom Haus zur Straße rauf wie ein alter Grashüpfer, mit der Brille, die seine Augen monströs vergrößert, und seinem Fühlerpaar. Das sind keine echten Fühler, sondern die langen Haare, die er immer noch von einer Seite des kahlen Schädels zur anderen kämmt. Spar- und Kreditkasse. Wieso Kredit? Bei ihm gibt's nur Sparen.

Er hat sicher auch das Geld genommen, das sie dummerweise im Schrank gelassen hat. Klar, er spart – aber sie soll Geld ausgeben, um ihm Wurst und Brot im Dorfladen zu kaufen. Danach kann er sie anschreien, sie verschleudere sein Vermögen und verteile es an die Enkel und an die Tochter.

Er mit seinen verdammten Pfauen.

Sophie gießt den Garten. Gut, dass er weg ist, sonst wäre er wild geworden und hätte das Wasser abdrehen wollen. Gleich geht sie rein und kocht ihm Mittagessen, obwohl sie sich geschworen hatte, das nicht mehr zu tun.

Was soll sie denn machen? Die Haushaltshilfe sitzt seit zwei Stunden tatenlos in der Küche. Ihr bleibt nichts anderes übrig, sie kennt das schon. Die kann zwar nicht putzen (dreckige Gewohnheiten hat sie, die Goja), aber sogar den Staub von hier nach da schieben ist dieser Tage hilfreich, wenn der Herbst sich auf den Hof schleicht: Der Rücken wird steif und unbeweglich; die Finger wollen sich nicht strecken; einfache Verrichtungen wie eine Pille aus der Alufolie drücken fast unmöglich. Ihn wird sie ja nicht darum bitten, wird ihm nicht die Genugtuung verschaffen, ihre Hilflosigkeit zu sehen.

Daher bittet sie die Haushaltshilfe, ihr alle Pillen aus der Packung zu drücken, und verwahrt sie in einer alten Filmschachtel, bis die elegante Medikamentendose eintrifft, die sie bei dieser Telefonistin bestellt hat, die sie mag, die jeden Donnerstag anruft, pünktlich wie ein Schweizer Uhrwerk. Es gibt nur ein kleines Problem: Sie weiß nicht mehr, welche Pillen das waren, und die Packung hat sie weggeworfen. Die Pillen gegen Zucker, na, es waren bestimmt die Diabetestabletten. Sie kann sie nirgendwo sonst finden. Und wenn schon, es wird sie nicht umbringen, und falls doch, ist die Zeit vielleicht bereits gekommen.

Sehr gut, dass er weggegangen ist. Jetzt kann sie sich anziehen und ein paar Besorgungen machen. Gestern hat sie von der Post einen Abholschein bekommen, für ein Paket, das auf sie wartet. Sie weiß genau, was drin ist: eine Garnitur Sommerbettwäsche, stark reduziert, von einer der guten Versandfirmen (obwohl der Winter naht, und wer weiß, ob sie den nächsten Sommer noch erlebt), die endlos viele Kataloge per Post schicken.

Eine mit Brillanten besetzte Uhr nur 19,99, Versandkosten – gratis. Elektrischer Fußwärmer – gratis, Versandkosten nur 49,99, und immer legen sie ein Geschenk bei – einen Miniaturmixer, den sie nicht gebrauchen kann (nur einen, aber erhalten hatte sie auch ein Camping-Set bestehend aus Föhn, Tauchsieder, Wasserkocher und Bügeleisen, alles auf ein Drittel der normalen Größe geschrumpft, vielleicht würde Jaeli das nehmen?), eine fast echt aussehende Perlenkette (fünf Stück in einer eleganten Samtschachtel unter den Wolldecken oben im Schrank), eine silbrige Herrenuhr (acht Stück in der Nachtschrankschublade) und drei Paar Winterbezüge für ein Jugendbett (vielleicht würde einer der Urenkel die mal brauchen?).

Immer nett, Pakete auf der Post zu haben. An guten Tagen interessiert auch er sich dafür, was sie bekommen hat, öffnet aufgeregt das Paket für sie, mit dem speziellen Messer, das er auf dem Markt gekauft hat. Aber an anderen Tagen wird er wütend, läuft knallrot an, haut auf den Tisch, will die Kreditkartenabrechnungen überprüfen, um zu sehen, wie viel ihn dieses »Gratis« tatsächlich gekostet hat.

Er kapiert es nicht.

Er kann nicht verstehen, dass sie diese Sachen für Anati aufhebt, aber auch für Nili. Ja, sie weiß, dass Nili gestorben ist, sie ist weder dement noch irre, aber sie kann nicht anders, als ihr immer noch die Dinge beiseitezulegen, wie zu ihren Lebzeiten, sie mit den kleinen Sachen versorgen, die sie sich von ihrem Beraterinnengehalt nicht kaufen konnte, oder von den geringen Alimenten, die dieser Franzose ihr gerade mal so schickte, als sie um jeden Pfennig kämpfte, um ihn den Kindern zu geben.

Sophie erinnert sich an alles und vergisst nichts.

Sie vergisst nicht, wie sie früher einmal pro Woche den Bus in die Großstadt nahm, zwei Stunden Fahrt mit zweimal Umsteigen, zu Nilis Wohnung hochstieg, drei Treppen ohne Aufzug, mit Tüten voller Lebensmittel, die sie im Supermarkt in dem kleinen Geschäftszentrum gekauft hatte, um Gabriel, Natalie und Eveline (die noch ein Baby war) den Kühlschrank zu füllen.

Für Gabriel, der nach der Scheidung seiner Eltern eine stürmische Pubertät durchmachte, briet sie einen Haufen fettiger Hühnerschnitzel und kochte Fleischbällchen in Tomatensoße, woraufhin er geruhte, aus der vollständig schwarzgestrichenen Kammer zu kommen, die er sich auf der Veranda eingerichtet hatte, und ihr etwas zubrummelte, das wie »Schalom« oder »Danke« klang.

Sie hat nicht vergessen, dass sie Natalie, der Mittleren, ihre erste Nähmaschine gekauft und jeden Monat Stoffe gebracht hatte, damit sie sich modische Klamotten für die Schule nähen konnte. Und dass Natalie später nach Paris geflogen war, um Mode zu studieren – auf Kosten ihres Papas, der auf seine alten Tage, nachdem er auch seine zweite Frau umgebracht hatte (mit Krebs, auch sie an Krebs gestorben, das war doch verdächtig, oder?), die Spendierhosen anzog –, dort offenbar eine recht berühmte Modeschöpferin wurde (so hieß es) und ihre alte Oma und die alte Nähmaschine vergaß.

Nur selten mal kamen sie zu Besuch, Gabriel und Natalie, und das wohl nur, um sicherzustellen, dass sie bald unter die Erde kämen (und sie sind eindeutig auf dem Weg, so viel ist klar, doch er ist immer noch nicht bereit, ihnen ordentliche Gräber auf dem Friedhof zu reservieren. Man könnte ja befürchten, das würde ihr Ende beschleunigen).

Sophie vergisst nichts, und vielleicht tut ihr deshalb dauernd der Kopf weh, aber sie macht deswegen kein Theater wie er. Sie redet nicht, sie handelt, das ist der Unterschied.

Da ist Eveline, auf dem Moped, fährt vorbei und winkt ihr zum Gruß. Nilis Kleine. Wie viele Nächte hat Sophie keinen Schlaf gefunden wegen diesem Mädchen, wie viele Sorgen! Schon als sie zwölf war, hatte Sophie zu Nili gesagt, sie sollte besser aufpassen, denn Töchter bräuchten Nähe zu ihren Müttern, aber Nili hörte nicht oder konnte vielleicht nicht hinhören bei all ihren Problemen und den drei Jobs, die sie gleichzeitig machte, um über die Runden zu kommen. Eveline, nun am Beginn der Pubertät, hatte begriffen, dass sie, wenn ihre Rippen weiterhin hervorstehen sollten, mit der Minimalaufnahme von einem oder zwei Äpfeln pro Tag bezahlen musste und mit einer Brust, die kaum wuchs. Als Nili kapierte, was vor sich ging, was Sophie längst gesehen hatte, steckte Eveline schon tief drinnen. Und dann hatte Zippa vorgeschlagen, Eveline solle bei ihr wohnen, sie habe ein freies Zimmer, und was könne besser sein als das Leben im Moschaw? Sie sehe da keine Probleme. Als Nili das hörte, flippte sie aus: »Auf gar keinen Fall! Nur über meine Leiche wirst du in dem Haus wohnen!« Das hörte erst auf, als Sophie, die schon zu alt war, um eine Heranwachsende mit Flausen im Kopf aufzuziehen, sagte: »Gut, komm her, wir machen eine Probezeit.«

Sophie richtete ihr das Bett im Gästezimmer, wo Eveline die Wände umgehend mit glänzenden Postern von Guns 'n Roses tapezierte und die hochwertige Stereoanlage aufstellte, die der Vater ihr als Entschädigung für die Scheidung geschenkt hatte.

Nach dem Sommer erlaubte Nili ihr, zu bleiben. Sophie schwieg.

Einmal hatte Natalie, die Mittlere, ihr an den Kopf geworfen, sie könne sie alle drei nicht ausstehen, wegen ihres beschissenen Vaters. Sophie bejaht das nicht wirklich, aber vielleicht ist da doch was dran. Hätte sie damals, als Nili diesen Franzosen, den sie am Strand von Haifa kennengelernt hatte (wieso hatte sie ihr überhaupt erlaubt hinzufahren?), zum ersten Mal nach Hause brachte und sein aalglattes Äußeres ihr auf Anhieb zuwider war, gleich was gesagt, wäre Nili vielleicht noch am Leben. Dieses Gefühl wird sie nicht los.

Sophie weiß, dass man sie für verrückt hält. Nili ist ja an Krebs gestorben und nicht von einem eifersüchtigen, irren Ehemann ermordet worden. Aber sie bleibt dabei, dass sie seinetwegen nicht mehr am Leben ist, war ihr ja in den Armen gestorben, hier in diesem Haus, ein halbes Jahr nachdem sie Anati losgeschickt hatte, um sie aus ihrer Zweizimmerwohnung herzuholen, heim ins Dorf.

Zuerst hatte Nili gar nicht kommen wollen.

»Wer soll sich dort um dich kümmern?«, hatten sie am Telefon gefragt (sie hatte geredet und er wie gewohnt auf der zweiten Leitung gelauscht, in dem Glauben, sie würde sein Atmen und Schnaufen nicht hören), »die Kinder sind doch jeder mit sich beschäftigt, wie willst du nach den Behandlungen drei Treppen ohne Aufzug auf- und ablaufen?«

Keine Diskussion. Sie würde Anati zu ihr schicken und wolle kein weiteres Wort hören.

Und Anati hatte sich wie immer mit aller Kraft ihrer Rettungsmission gewidmet, wie in allem sonst – bei ihren akademischen Studien, ihrem vegetarischen Irrsinn, der Erziehung ihrer Töchter. Wie ein Bulldozer drängte sie Nili von einem Facharzt zum nächsten, fuhr sie zweimal die Woche ins Krankenhaus zur Chemotherapie und den anderen Behandlungen und vergaß alle in ihrer Umgebung. Benzi ging damals in der Bürgerwehr auf, Jael verschwand in Tel Aviv, und Gali, die Kleine, beschloss, nach Kanada zu ziehen, vielleicht weil sie keinen mehr zum Reden hatte.

Noch eine Bettgarnitur und noch ein Fußwärmer.

Sie hebt alles für Anati und Nili auf, Kraft der Gewohnheit.

Manchmal versuchte sie, Benzi eine der Uhren »anzudrehen«, aber er lehnte stets ab, und nicht immer höflich. Man kann es ihm kaum übelnehmen. Die letzte Uhr, die sie ihm gegeben hat, vor einigen Jahren, eine Rolex-Imitation in einer eleganten länglichen Schachtel, ging zwanzig Minuten nach, als sie unter der Dusche nassgeworden war (obwohl auf der Rückseite *water resistant* stand). Benzi schäumte vor Wut, als er seine Verspätung bemerkte, und beeilte sich sehr, um zur Abschlussaufführung der Schule zu gelangen, deren berühmte Theater-AG er leitete. Doch an der Einfahrt zur Stadt wechselte die Ampel von Rot auf Grün, und als der Lastwagen vor ihm anfuhr, löste sich eine schlecht befestigte Essiggurkentonne und flog ihm in die Windschutzscheibe. Benzis Auto drehte sich mehrmals um die eigene Achse, und dann wurde alles still. Beide Beine verlor er dort im Straßengraben, also kein Wunder, dass er noch ein wenig verärgert ist. Auch über die Uhr.

Jetzt geht sie zur Post.

Wenn sie von ihren Besorgungen schnell heimkehrt, kann sie vielleicht noch ein kurzes Nickerchen auf ihrem alten Sessel in der Küche halten, sobald die Fernsehserie zu Ende ist.

Über vierzig Jahre lief die jetzt schon und hatte doch nichts von ihrem Zauber verloren.

◆ ◆ ◆

Runder oder viereckiger Tisch?

Der runde ist klassisch, der viereckige – nicht.

Ländlich braune Holzstühle mit schwarzem X im Rücken oder Thai-Stühle?

Ja, die mit dem Polster, alle nehmen die. Vorrätig in Hellblau, Mint oder Weiß.

Die mit dem X kosten mehr, aber Sie wissen ja – Chic hat seinen Preis.

Die Tischdecken Weiß, Cremefarben oder Elfenbein?

Was heißt, wo ist der Unterschied? Auf dem Tisch sieht man ihn.

Sukkulenten in hohen Terrarien oder Trockenblumen und Farne?

Getränkeflaschen auf dem Tisch? Auf keinen Fall.

Orangensaft und Limonade? Ordinär.

Boutique-Weine von den Golanhöhen? Authentisch.

Erwägen Sie altes Silberbesteck, muss extra bestellt werden, lohnt aber die Investition.

Das normale glänzende? Immer eine gute Wahl.

Es gibt fünf verschiedene Muster. Teilen Sie mir mit, was Ihnen gefällt.

Falls Sie doch das Antike nehmen, müsste man vielleicht die Teller austauschen.

Statt der quadratischen japanischen, romantisch geblümte.

Die Servietten sollten die Farbe der Tischdecke haben, Kontraste wollte man vorige Saison.

Runde mit Goldrand?

Wie Sie meinen, es ist Ihre Hochzeit.

Gali hatte Jotam erst nach einem siebeneinhalbstündigen Gespräch getroffen, ein Gespräch am »roten« Telefon von ihrem Stützpunkt im Norden des Landes zu seinem im Süden, eine Unterhaltung, die rein zufällig begonnen hatte, nachdem er Nirit verlangte, ihre Schichtkollegin, die genau die Hälfte der Schicht absolviert und den Raum verlassen hatte. In der geheimen Einheit, in der sie diente, gab es eine interne Leitung, für dringende Nachrichten zwischen den Stützpunkten gedacht. Nirit hatte entdeckt, dass keiner diese Nachrichten überwachte, und nutzte die Plattform ganz unverfroren fürs Dating. Es war eine Art primitiver Tinder, ohne Fotos, ohne Erkennungsmerkmale, Nachrichten in grüner Schrift auf schwarzem Monitor wurden von Einheit zu Einheit verschickt, während am anderen Ende höchstwahrscheinlich ein armseliger Soldat mit Pickelgesicht saß oder eine gelangweilte Soldatin, wohl ebenfalls ein armseliges Pickelgesicht. Wie Nirit.

Bis heute kann Gali sich kaum erklären, was den Anfall übertriebener Ehrlichkeit gewürzt mit Bosheit bei ihr ausgelöst hatte, bei dem sie Jotam eine höchst unvorteilhafte und bestimmt ungerechte Beschreibung von Nirit lieferte (wann immer ihr dieses Gespräch einfiel, was nicht häufig geschah, bekam sie starke Gewissensbisse). »Rotes Haar, grüne Zähne und säuerlicher Schweißgeruch vermengt mit stinkigem Parfüm.« Gali ging derart in ihrer Darstellung von Nirit auf, dass sie Jotams müde Frage beinah überhört hätte: »Und was ist mit dir, bist du frei?« Sofort verneinte sie, sie sei nicht frei, ginge mit jemandem (eine Notlüge, nicht mal eine Schwindelei), aber sie wisse nicht, wo das genau hinführe, deshalb könne man sich eigentlich auf einen Kaffee oder so was treffen, hast du ein Auto? Am Vorabend von Sukkot ginge sie aus, was ist mit dir? Auch? Super, dann abgemacht.

Als Nirit sie um Mitternacht ablöste, sagte Gali ihr lächelnd: »Ich habe den Einen gefunden, den ich heiraten werde«, schwebte geradezu in ihre Stube, ohne einen überflüssigen Gedanken daran zu verschwenden, dass sie sich noch nie begegnet waren, beide wohl kaum die ganze Wahrheit erzählt hatten, und dass Blind Dates der kürzeste Weg in die Katastrophe sind.

Sie war dermaßen glücklich, dass sie den Gelben Mittelmeerskorpion, der wie gewohnt auf der Fensterbank der Mädchenstube lagerte, nicht etwa erledigte, sondern sanft hinausfegte. Sie war überzeugt, alles würde sich zum Guten wenden, und warum eigentlich nicht, so kam es doch immer.

Ein weißes Festzelt parat für den Fall, dass es regnete (was garantiert nicht passieren würde). Zweihundertfünfzig weiße Korbstühle, gut zwanzig Tische plus einige in Reserve, tausend Origami-Kraniche in Pastelltönen (trotz Sophies sonderbarer Ablehnung), ein Hochzeitsbaldachin auf Stangen und das fleischlose Catering ihrer Cousine Eveline. Jotam hatte nichts dagegen, dass es ohne Fleisch sein würde, obwohl seine Mutter via Skype das Gesicht verzog. Und es störte ihn auch nicht, dass die Hochzeit im Moschaw stattfand.

»Wie du möchtest«, hatte er gesagt und ihr übers Haar gestrichen, während er mit seinem Telefon rummachte. Manchmal hätte sie es gern, dass er etwas sagte wie: »Kraniche? Kommt nicht infrage.« Ein Veto gegen die geblümten Teller einlegte oder gegen die monströsen Terrarien mit Sukkulenten. Irgendwas. Aber Jotam redete ihr nicht rein. Vielleicht weil ihm goldene Servietten und altes Besteck auf Organza-Tischdecken egal waren. Oder vielleicht wusste er bereits, dass er sie nicht heiraten würde.

Sie wiederum war höchst dankbar, denn all dem, was sie ringsum hörte, entnahm sie, dass die kommenden Wochen heikel und angespannt werden würden, während bei ihr alles wie am Schnürchen lief, Jotam mit ihr bei den Vorbereitungen einig war, ohne jeden Streit oder Widerspruch. Manchmal dachte sie, vielleicht dominiere sie zu sehr, sei eine Art dörfliche Bridezilla, aber Jotam hatte sie beruhigt, und sie war bis über beide Ohren beschäftigt. Sie hatte Julie sogar ihren Hochzeitsordner gezeigt, als sie wieder mal bei ihnen zum Abendessen eingeladen war, und Julie hatte ihr Komplimente zu dem Brautkleid aus Wildseide mit rotgoldenen Paspeln gemacht und zu den besonderen Ringen, die sie für beide ausgesucht hatte, ihr sogar eine Stuhlordnung während der Trauung vorgeschlagen, eine Seite für den Bräutigam, eine für die Braut – wie bei uns in Kanada üblich, hatte sie gesagt.

Wie dumm kann man bloß sein, wie klar war alles gewesen, und sie hatte es nicht gesehen.

Vor allem die Psychologin, zu der sie nach Jotams erstem Auszug gegangen war, hatte eine andere Theorie: Vielleicht hätte Gali es nicht wirklich wissen können, vielleicht müsse man nicht immer nach innen blicken und die Schuld bei sich suchen, vielleicht sei Jotam einfach bloß ein Betrüger, eine Art Maniac? Damals konnte sie ihn noch nicht als solchen betrachten, mit seinem geröteten Gesicht, den Tränen in den Augen und der Bitte: »Schreib mich noch nicht ganz ab, Gali, vielleicht kommen wir doch wieder zusammen.«

Ihre Psychologin fand, dies sei nur ein weiteres Symptom seines Narzissmus – er wolle sich alle Optionen offenhalten. Aber Gali klammerte sich zwei Monate daran, wartete auf einen Anruf, und obwohl sie mit anderen Männern ausging, vielen anderen Männern, hoffte sie unterdessen immer noch, er würde von Julies betörendem Einfluss loskommen und zu ihr zurückkehren.

Vor allem hoffte sie, das wäre dann lange genug vor Donnerstag, dem 14. September.

Und tatsächlich war er zurückgekehrt, lange vor September, als wäre er nie weggegangen. Er hatte die Wohnungstür aufgeschlossen, besaß noch den Schlüssel, und der Marathon auf den 14. September hin war erneut losgegangen. Es war nicht mehr dasselbe, zugegeben, aber es war ähnlich genug, der gleiche Kaffee am Morgen, der gleiche flüchtige Kuss, die gleichen Gespräche am Mittag und auf dem Rückweg von der Arbeit, als hätte es Julie gar nicht gegeben (oder George, oder Matthew, oder Dylan, oder Anthony) oder den schrecklichen Herzschmerz, der sie in tausend Stücke zerrissen hatte. Und seine Bitte, keinem etwas davon zu erzählen, hielt sie fest wie ein Verbindungsband, bis er sich entscheiden würde, irgendwann, wenn überhaupt.

Und jetzt steht sie wieder an derselben Stelle, nur ist es noch prekärer. Sie hätte auf ihre Psychologin hören sollen, hätte wissen müssen, dass es so kommen würde. Sie hätte ihn nicht zurücknehmen dürfen.

Er wisse nicht, was er machen solle, überdenke seine Schritte, hieß es in seiner Nachricht. Und ja, diese Schlampe ist mit ihm in Zypern – genau wie gedacht. Es sei zufällig geschehen, versicherte er ihr, er habe mit einem Kollegen fliegen sollen, der jedoch erkrankte, und so habe der Direktor ihnen Julie mitgeschickt. Ich muss diese Tage zum Nachdenken nutzen, sagte er halb erstickt. Ich weiß, es ist im letzten Moment, aber ich will keinen Fehler begehen, den wir beide ein Leben lang bedauern würden. Ich denke nur an dich, ich hoffe, du glaubst mir, wenn ich dir sage, dass ich nur will, dass du glücklich bist, auch wenn es nicht mit mir sein sollte.

All das hörte sie als Voicemail, als sie, vom Flug ganz geschafft, im Zug Richtung Norden saß, mit einem Kaffee und dem Sandwich, das ihr im Hals stecken blieb.

Als Gali auf dem neuen Bahnhof in Afula ausstieg, erkannten Jaeli und Eveline sie kaum. Sie blieb genau neben ihnen stehen, aber die beiden hielten weiter nach ihr Ausschau.

»Gali! Du bist ja nur noch Haut und Knochen, was soll das denn?«

Küsse und Umarmungen, und ein großes Geheimnis schreitet neben ihnen her, ohne dass eine von ihnen es bereits spürt.

◆ ◆ ◆

David wollte nie über seine Arbeit sprechen, »gähnend langweilig«, behauptete er. Er war Ingenieur bei einer großen Firma. Er wollte nur von ihr hören, wie sie nach Tel Aviv gelangt sei, wie es sich im Dorf lebte, und erzählte ihr, er habe immer davon geträumt, mal in einem Moschaw zu wohnen, mit einem Clementinenhain hinterm Haus.

Jaeli dachte an die staubigen Clementinen ihres Opas, die jeden Winter an den Bäumen verschrumpelten, wurde jedoch von seiner Begeisterung mitgerissen. Sie erzählte ihm vom Dorf, von den stinkenden Kuhställen, rang ihrem Gedächtnis lustige Geschichten über die alljährliche Grapefruitlese ab, zwei Wochen Schulferien für den guten Zweck, berichtete angesichts seiner strahlenden Augen ausführlich über die zerkratzten Arme und die von Wachs und Pestiziden klebrig schwarzen Finger, über Abstürze aus drei Meter Höhe, und wie man mit der beweglichen Leiter manövrieren musste, um möglichst wenig Schläge von Zweigen abzubekommen.

Schon bald waren sie zusammengezogen, sie erinnerte sich nicht mal mehr, wie es passiert war – ein schrittweises Einziehen in seine Wohnung, denn ihre Unterkunft im Studentenheim war zu eng für sie und ihn und ihre deutsche Zimmergenossin, eine Israelfreundin mit Nazi-Opas, ganz zu schweigen von den beiden Araberinnen im Nebenzimmer.

Morgens, bevor sie zur Uni aufbrach, strich sie mit einer Tasse Kaffee durch seine Wohnung und stöberte in den Schubladen und Schränken, in der Hoffnung, etwas zu finden, das etwas über ihn verriet, was sie noch nicht wusste.

Auch über seine verflossene Mitbewohnerin fand sie einiges heraus. Schiri. Sie und David kannten sich praktisch ihr Leben lang, vom Kindergarten an. In Grundschulzeiten wurden sie einige Jahre getrennt, weil Schiris Eltern ins Ausland entsandt wurden, doch im Gymnasium trafen sie wieder zusammen. Während des Studiums mieteten sie eine gemeinsame Wohnung, Ecke Arlosorov- / Schlomo-Hamelech-Straße – neben dem Supermarkt: gute Freunde, aus demselben Stadtviertel, mit ähnlichen Eltern und ähnlichen Auslandsreisen dreimal im Jahr. Alle waren sicher, sie würden letzten Endes heiraten.

»Und was ist mit dir?«, hatte sie gefragt. »Hast du das auch gedacht?« David gab keine Antwort.

Einmal fand sie in einer Küchenschublade einen kurzen Brief der Vorgängerin, die kindlich runde Handschrift kontrastierte stark mit den harten Worten: Obwohl gerade sie die Verbindung zwischen ihnen als unverbindlich bezeichnet habe, hätte sie entschieden mehr von ihm erwartet. Was mehr? Das stand nicht dort, aber der Brief endete mit: »Die andere kenne ich nicht, aber dich, und dich habe ich noch nie so bemüht und unnatürlich gesehen. Da liegt ein Widerspruch, ich hoffe, du wirst es am Ende nicht bereuen.« Nach der Lektüre hatte sie den Brief in die Schublade zurückgelegt. Heute versteht sie die da ein wenig.

Beim Stöbern fand sie auch seine Zeichnungen. In der Toilette, in der Küche, im Schlafzimmer.

Silvia hatte ihn sehr unterstützt. Einen Freitagabend erzählte sie Jaeli nach dem Kaffee und dem gekauften-aber-wie-selbstgebackenen Kuchen, dass sie David schon mit drei Jahren in teure Zeichenkurse geschickt habe, da er ihr an alle Wände wunderbare Bilder malte, die sie schrecklich gern gerahmt und wie ein echtes Gemälde an die Wand gehängt hätte.

»Wirklich?«, hatte Jaeli David gefragt, »warum machst du dann nichts daraus?«

Aber hoch in dem Wohnturm in Ramat Aviv, wo Steven und Silvia schon seit Jahren wohnen, gelten bestimmte Standards, die man einhalten muss (schwer zu sagen, ob man dich bei ihrer Überschreitung aus der Wohnung werfen kann, aber vielleicht ist es tatsächlich ein bisschen wie im Dorf: Man bringt dich dazu, ausziehen zu wollen): Man kann nicht alles tun, was man will. Ihre Frage blieb in der Luft hängen, mit den Kringeln aus Silvias dünner Menthol-Zigarette. David gab keine Antwort, ebenso wenig Silvia und Steven, die elegant das Thema wechselten.

Zu Hause begann sie ihm zuzureden: Lass uns das Material jemandem schicken, der etwas davon versteht, warum nicht?

Aber David lehnte nachdrücklich ab, bis sie eines Tages alle Bilder ohne sein Wissen einsammelte und sie an einen Freund ihrer Mutter schickte, Dozent an der Kunstakademie Bezalel, von dem sie eine faire und freundliche Beurteilung bekam.

Sie hatte gedacht, er würde sich freuen, und war daher nicht auf seinen heftigen Angriff gefasst: »Du treulose Schlange« und »du hast keinerlei Respekt für die Privatsphäre anderer Menschen« und »wie konntest du nur?«, dies nur einige seiner Anwürfe. Er lief tagelang aufgeplustert in der Wohnung herum, während Jaeli bereits schuldbewusst prüfte, ob sie ins Studentenheim zurückziehen könnte (nein, das ginge nicht, hieß es), bis er eines Tages mit einem thailändischen Take-Away heimkehrte, einen Brillantring hervorzog und sie nach erstem Schock und Tränen der Überraschung und Erleichterung fragte: »Meinst du wirklich, dass die Bilder was taugen?«

Sie heirateten sehr schnell. Eine schreckliche Hochzeit in einem kitschigen Hochzeitsgarten mitten in der Stadt. So schnell, dass Silvia es noch gar nicht schaffte, sie wirklich zu verabscheuen, so dachte Jaeli zumindest. Sie ahnte ja nichts von den Versuchen, David von dieser Verbindung abzubringen: Stört es dich nicht, dass sie ein bisschen »mollig« ist? Und wieso sei sie so rasch bei ihm eingezogen? Vielleicht sollte er es sich doch noch mal überlegen, und wovon würde sie wohl ihre Hälfte für die Wohnung bezahlen? Von ihrem Gehalt an der Universität? Und was sei mit dieser netten Assistentin, die vor Jaeli da war, der aus Afrika, habe David noch Kontakt zu ihr?

Steven – er war der Leiter der israelischen Filiale des Reißverschlüsse-Familienbetriebs – und Silvia fanden sich bereit, alles zu bezahlen, vornehmlich, weil eine Gartenhochzeit im Dorf (wie von ihren Eltern vorgeschlagen, als die Walters einen ersten und letzten Höflichkeitsbesuch bei ihnen abgestattet hatten) für sie ein schwerer Verstoß gegen die Standards bedeutet hätte, und »unsere Freunde können nicht so weit fahren, noch dazu durchs Wadi Arrah mit all den Arabern, *it's madness!*«

Ihre Eltern waren leicht verlegen, konnten nicht viel zur Hochzeit beitragen, gewiss nicht zu einer so eleganten im Stadtzentrum. Benzi wickelte gerade die Schauspielschule ab, die er nach dem Unfall mit den Entschädigungsgeldern aufgemacht hatte. Obwohl die Schule künstlerisch ein Erfolg gewesen war (die Immatrikulationszahlen schossen in die Höhe und die Kritiken waren hervorragend), litt sie unter mieser Leitung und einem unfähigen Buchhalter, und nun schuldete Benzi praktisch noch seine letzte Hose den Steuerbehörden, der Stadt und einigen anderen.

Silvia, die gekommen war, um die Sache abzuschließen, sagte, »macht nichts, jeder gibt so viel er kann«, und meinte damit, dass sie gab und Jaelis Eltern nicht. Genau da wachte Joske, der zuvor perfekt mit seinem abgeschabten Sessel verschmolzen war, abrupt auf und sagte: »Wenn ich nur eines im Leben gelernt habe, dann dass es keine Gratisgeschenke gibt!«, womit er alle verlegen machte, bis ihre Mutter es schaffte, das Thema zu wechseln, alle erleichtert aufatmeten und man zu Kaffee und

Kuchen überging, unter demonstrativer Missachtung des Alten, der aussah, als sei er wieder geistig weggedämmert auf seinem Sessel.

Jedenfalls dachte Jaeli noch nicht an all das und war hingerissen von diesen kultivierten Stadtmenschen mit dem internationalen Flair, den betont britischen Umgangsformen und dem makellos aufgeräumten Zuhause, im krassen Gegensatz zu dem ewigen Familienchaos bei ihr im Dorf – die Häuser vollgestopft mit Büchern und Waffen und weiteren Ansammlungen, die doch keiner wirklich brauchte, und einem Haufen Staub, nebst Schuppen voller Gegenstände, von denen kein Mensch mehr wusste, wozu man sie aufhob, und der Esstisch immer mit den Forschungsaufsätzen ihrer Mutter oder den Prüfungsarbeiten und Schauspielen ihres Vaters beladen, so dass man zum Essen alles vorsichtig beiseiteschieben und sich mit der übrig bleibenden Tischfläche begnügen musste.

Durch all das geblendet, achtete sie nicht auf die Rolle, die sie unwissentlich spielte: Sie gab David den Mut, etwas zu riskieren, seinen Eltern die Stirn zu bieten und sich eine ganz und gar unpassende Frau auszusuchen.

Nicht, dass sie sich nicht bemüht hätte. Im Gegenteil. Sie hatte bei den regelmäßigen Freitagabendessen nie ihre Meinung gesagt, immer nur höflich genickt und der Hochzeitsfeier zugestimmt, auf der sie sich ebenso fremd fühlte wie ihre gesamte Familie. Danach tolerierte sie auch die ständigen Banküberweisungen an David, der nicht mehr arbeitete, sondern sich ganz der Malerei widmete, ohne dass sie überhaupt merkte, wie sehr man sie korrumpierte.

Am Tag ihrer Hochzeit bekam sie eine Perlenkette. »Wir hoffen, dass du sie tragen wirst«, sagte Silvia. »Sie passt wunderbar zu der weißen Spitze deines Brautkleids« – jenem Spitzenstoff, den Silvia gegen ihren Willen ausgesucht hatte, unter starkem Naserümpfen der Verkäuferinnen in dem Geschäft auf der Dizengoff-Straße, die enttäuscht auf ihr Becken blickten und seufzend Maß nahmen.

Aber David schwärmte für sie, und das war ein berauschendes Gefühl. Er wusste vielleicht nicht, was sie schrieb, gab mit ihr an, ohne sicher zu sein, ob sie Kurzgeschichten oder Gedichte verfasste (beides), und worüber sie promovierte, aber jeden Morgen küsste er sie und fuhr ihr begehrlich mit den Händen über den Körper.

Nach der Hochzeit nahm er unbezahlten Urlaub, von dem er nie zurückkehrte. Bei seinem Aufstieg als vielversprechender Künstler entwickelte er Künstlerattitüden, leichte Depressionen, tage- und nächtelange Manien, in deren Verlauf er in seinem Atelier malte, nicht immer nach Hause kam und vor allem beide Walters verrückt machte, beide waren dem Nervenzusammenbruch nahe.

»Denk an die Zukunft, Jael«, probierte Silvia eine neue Taktik, um sie listig in ihr Lager, das der Schwiegereltern, zu locken. »Wie wollt ihr Kinder großziehen ohne finanzielle Sicherheit?«

Jaeli antwortete unverfroren: »Erstens haben wir keine solche Pläne für die nähere Zukunft. Zweitens wird David entscheiden, wann es so weit ist. Drittens ist Geld nicht alles im Leben!« Vielleicht nicht genau in dieser Wortfolge, aber im selben Geist, womit sie, ohne es direkt geplant zu haben, die Revolte gegen die Standards ausrief.

Als sie Silvia damals mit der Arroganz, die den Schönen, Jungen und Kühnen vorbehalten ist, antwortete, wusste sie nicht, dass an den Worten der Schwiegermutter was dran war und dass das Leben komplizierter ist als gedacht.

So begann unter höflichem Lächeln und mit vielen Freitagabendessen der kalte Krieg, den selbst die Tel Aviver Juli- und Augusthitze kaum zu erwärmen vermochte. Ein leiser Krieg mit schallgedämpften Gewehren, entsicherten Handgranaten und verstreuten Tretminen.

Was war sie erleichtert, als all das explodierte.

◆ ◆ ◆

Rubi flüchtete mit seinem Kastenwagen, der eine mächtige Staubwolke hinterließ. Er hatte Jaeli mit Bauch und Taschen vor Zippas Tor abgesetzt und war völlig verwirrt weitergefahren. Der Wagen fuhr Richtung Fischteiche, wo Rubi was zu erledigen hatte, doch um diese Uhrzeit würde dort niemand sein, und so hielt er kurz an, um wieder zu Atem zu kommen.

»Keine Sorge, wir reden noch«, hatte sie gesagt, als hätte es gar nichts mit ihm zu tun, was dachte sie sich denn, verdammt noch mal? Aber vielleicht hatte es tatsächlich nichts mit ihm zu tun? Er zählte im Kopf die Monate. Er hatte sie im März in Eilat getroffen, jetzt war August, und dieser Bauch – Rubi verstand nicht viel von Schwangerschaftsbäuchen, aber dieser war wirklich groß.

Ist er der Vater? Könnte er der Vater sein? Und Jaeli? Ist sie deshalb zurückgekehrt? Seinetwegen?

Auf der kurzen Strecke von der Dorfeinfahrt, wo er ihren Bauch bemerkte, bis zum Haus, sah es nicht danach aus, dass sie dieses Gespräch oder überhaupt eine Aussprache mit ihm geplant hatte. Nein, danach sah es nicht aus. Sie hat ihn schweigend angelächelt, denkt vielleicht gar nicht daran, dass er der Vater sein könnte, wie soll man das überhaupt wissen, ehe das Baby da ist? Geht das denn?

Rubi versuchte, am Smartphone alle Möglichkeiten zu prüfen, und fand heraus, ja, es ließ sich feststellen, war aber kompliziert, der Partner musste mitmachen, das heißt, David müsste davon erfahren, ihn, Rubi, hatte sie ja gar nicht erst angerufen.

Okay, dann war es höchstwahrscheinlich nicht von ihm. Doch statt der erhofften Erleichterung brummte sein Schädel immer noch, sein Magen rumorte, und er spürte einen säuerlichen Geschmack im Mund. Schließlich musste er die Autotür aufstoßen und die Falafel-Portion vom Mittag in hohem Bogen von sich geben. Die Magensäfte hinterließen einen bitteren Geschmack. Er stieg aus dem Wagen, um die Lache Erbrochenes mit Sand zu bedecken, ging zum Laderaum, nahm den Wasserkanister heraus, den er dort verwahrte, um Schlammspritzer von den Wagenfenstern zu spülen, und goss sich das trübe Wasser über Gesicht und Haar.

War ihm jetzt leichter ums Herz? Rubi wusste darauf keine Antwort. Er hatte Jael monatelang nicht mehr gesehen, hatte er an sie gedacht? Die Antwort war kompliziert. Ja, er hatte manchmal an sie gedacht, vor allem an jene Nacht, aber kaum darüber hinaus. Und als Jatir ihn anwies, alles zu tun, um das alte Haus abzureißen, hatte er nicht an sie gedacht, kein bisschen, als gäbe es sie gar nicht.

Tatsächlich hatte Jaeli schon in den Ferien zwischen dem ersten und zweiten Semester die ersten Schritte zur Trennung unternommen. Das neue Semester begann spät, und sie hatte mehrere Wochen Ferien, bis Mitte März, der angenehm frühlingshaft war. Seit Tagen hatte sie David nicht mehr gesehen, da er sich in seinem Atelier verschanzte, um eine Bilderserie für eine Ausstellung fertig zu machen. Sie fragte gar nicht mehr nach und wusste nichts Näheres. Auch er hatte nicht gefragt.

Der Brief von dem Kassenarzt, zu dem sie mit dem Schreiben des Privatarztes zurückgekehrt war, brannte ihr in der Handtasche. Er steckte ordentlich gefaltet in einem empfohlenen Buch, das sie nicht hatte lesen können. Überweisung zum Schwangerschaftsabbruch stand darauf samt Begründung: ein

Syndrom mit furchterregendem Namen. Trotzdem wollte sie den Arzt erst nach ihrer Rückkehr aufsuchen.

Ja, sie würde fahren. Wohin? Das tat wirklich nichts zur Sache.

Sie hatte einen Zettel auf der Arbeitsfläche in der Küche hinterlassen, vielleicht weil sie hoffte, er würde sie suchen. Letztlich hatte sie sich entschieden, so weit wie möglich wegzufahren, nach Eilat. Sie bestellte ein überteuertes Hotelzimmer, setzte sich im freizügigen Kleidchen an den Strand und trank kalten Kaffee und süße Shakes. Das Wetter war genau richtig, um sich von langen, angstvollen Wochen mit häufigem Erbrechen zu erholen.

Zwei Tage später traf sie Rubi am Strand und freute sich riesig, ihn wiederzusehen. Eigentlich freute sie sich jetzt über jedes bekannte Gesicht, das ihr in ihrer Einsamkeit begegnete, und sein Gesicht war halt als Erstes aufgetaucht. Anfangs erkannte sie ihn gar nicht, und als er nähertrat und an dem Liegestuhl stehen blieb, auf dem sie sich seit den Morgenstunden räkelte, fertigte sie ihn ab mit ihrem »alles gut, bin aber nicht interessiert«, das sie sich in den Tagen allein am Strand angewöhnt hatte.

»Nicht interessiert woran?«, hatte er gefragt, und sie hatte die breite Sonnenbrille abgenommen, um besser zu sehen, wer ihr da vor der Sonne stand.

»Nicht interessiert. Punkt«, antwortete sie und versuchte herauszuhören, woher ihr die Stimme bekannt vorkam.

»Jaeli, Jaeli, du hast dich kein bisschen verändert, greifst dir immer noch an den Hintern und reckst die Nase hoch«, lachte er, zerrte den nächsten Stuhl heran und setzte sich neben sie. Er trug geblümte Strandhosen bis zum Knie, und sein nackter Oberkörper war ein praller Bauch und eine wohlgeformte Brustpartie mit dichter heller Behaarung.

»Rubi?«, fragte sie zögernd. Er schenkte ihr ein Lächeln, das perfekte weiße Zähne entblößte. Sie musterte sein schütter gewordenes Haar, schon jetzt hatte er den Großteil seiner Tolle verloren, auf die er so stolz gewesen war, sah aus wie ein Gockel mit orangefarbenem Kamm.

Er hätte ein gut aussehender Typ sein können, dachte sie, schwarzes Haar und Augen blau wie das Meer vor ihnen. Aber die breite Adlernase, genau wie bei seinem Vater, der schmale Mund und die steile Falte über der Nasenwurzel zwischen den Augen, verliehen ihm ein verschlagenes oder gar boshaftes Aussehen. Rubi, Anführer sommerlicher Schleichtouren zum nächtlichen Schwimmen im kühlen dunklen Schwimmbad voll toter Libellen, der gern in den kleinen Kiosk einbrach, um alle mit Eis am Stiel direkt aus der Gefriertruhe und gekühlten Getränken zu versorgen.

Rubi lud sie zum Mittagessen ein und war überraschenderweise so bezaubernd, dass sie ihn in ihr Hotelzimmer mitnahm und mit der Erfüllung eines Jugendtraums entschädigte – oder so hoffte sie zumindest. Schon in der Grundschule hatte sie geglaubt, er möge sie, aber da war noch etwas, ein Wille, ihr zu schaden, wenn er sie an den Zöpfen zog, ihr den Arm verbog oder ihre Hefte ramponierte.

»Na, er mag dich bloß«, sagte ihre Mutter Anati, Doktor der Pädagogik, auf dem Weg zu einer weiteren Vorlesung an der Uni, und Sophie, die ihr und Gali fünfmal die Woche das Mittagessen machte, wenn Anati bei der Arbeit war, zog die lädierten Hefte aus der Schultasche und zischte, »du Neunmalkluge, tut man so was, wenn man jemanden mag?«

Als er sie später auf dem Gymnasium wieder anzumachen versuchte, wenn sie an warmen Abenden mit der Clique in den Baracken der Tagelöhner und der thailändischen Arbeiter saßen, ließ sie ihn abblitzen und konnte es meistens vermeiden, mit ihm allein zu sein. Aber als ihre beste Freundin eines Abends mit einem der Jungs in die Baracke kam und dann wegen eines – erfundenen oder echten – Stromausfalls plötzlich das Licht ausging, saß er eng neben ihr, umschlang sie von hinten mit seinem Arm.

»Rubi, lass das«, fauchte sie, »das ist echt nicht …«

»Schsch«, sagte er, »alles in Ordnung«, und seine Finger spielten mit ihrem Haar, damals nach spontanem jugendlichen Aufbegehren kurzgeschnitten. Jaeli überlegte, denn bisher hatte sie keinerlei Erfahrungen gesammelt, alle in ihrer Altersstufe hatten offenbar längst einen festen Freund, und hier machte ihre Freundin, viel schöner und lockerer als sie, mit einem in der Baracke rum, und was war mit ihr selbst? Deshalb ließ sie ihn ein bisschen fummeln, und er beugte sich über sie, schob ihr die Hände unter die Bluse und versuchte, ihre Hose zu öffnen, aber als sie seinen warmen Atem spürte, während er nach ihren Lippen suchte, überkam sie Übelkeit und auch ein bisschen Prüderie, worauf sie ihn wegstieß und mit dem Fahrrad flüchtete.

Keiner außer ihr wusste, wer zwei Tage später auf die Idee gekommen war, ein schwarzes Graffito auf das Silo mitten im Dorf zu sprayen – »Jael treibt's mit allen« – eine Schmiererei, die Benzi später mit weißer Farbe auf dem metallenen Silo überstrich (»die war halt auf Lager«), womit er alle genau an das erinnerte, was er verdecken wollte.

In dem breiten Hotelbett in Eilat klebte sein behaarter Leib an ihrer weißen Haut, und ehe ihm noch einfiel, sie zu fragen, ob sie die Pille nehme, und ehe sie ihn bitten konnte, was überzustreifen, war es schon vorbei. Sie schlief ziemlich bald ein, ohne zu merken, dass er noch eine ganze Weile neben ihr wach lag.

Am Morgen war er gegangen, und sie sehnte sich, voll nagender Schuldgefühle, plötzlich nach all dem, was sie verlassen hatte, bastelte sich im Geist eine Beziehung zurecht, die es nie gegeben hatte, und rief David an. Er versprach, am nächsten Tag zu kommen. Sie hatte nicht vorgehabt, ihm irgendwas davon zu erzählen. Es war wie ein kleiner Ungehorsam, von dem keiner wusste, wie eine Demo im Stockdunkeln, von der niemand erfahren musste. Sie hatte mitgemacht, und nun konnte alles wieder genauso werden wie zuvor.

Als sie am nächsten Morgen ein paar Dinge in dem kleinen Lebensmittelladen neben dem Hotel einkaufen ging, traf sie Jonathan.

»Was ist denn hier los? Ist das ganze Dorf nach Eilat runtergefahren?«, lachte sie, und er lächelte verlegen, ohne zu begreifen. Daraufhin lud sie auch ihn zu einem kalten Kaffee am Strand ein.

Komisch, diese Geschichte mit Jonathan.

Nach der Affäre letzte Nacht mit Rubi nun plötzlich Jonathan zu begegnen, den sie seit Jahren nicht gesehen hatte, schien mehr zu sein als ein komischer Zufall. Als sie im Gehen seinen Blick erhaschte, erkannte sie ihn sofort, obwohl sein blondes Haar weiß, seine Sommersprossen blass geworden waren und jetzt ein anderer anstelle des Kükens dastand, das er einst gewesen war. Er und Benni, eineiige Zwillinge. Beide hatte sie als gelbe flauschige Küken, fast Albinos, in Erinnerung. Einen Kopf kleiner als die übrigen Kinder, trottelten sie den anderen hinterher wie nervende kleine Brüder, obwohl sie in Wirklichkeit einige Monate älter waren als alle.

In der Mittelstufe machten sie plötzlich einen Wachstumsschub durch, beide gleichzeitig natürlich, überragten die anderen bald um zwei Kopflängen, sahen jedoch immer noch aus wie Küken, nur in Übergröße.

Mit Benni hatte sie eigentlich nie richtig gesprochen, obwohl sie in dieselbe Klasse gingen. Gali, zwei Jahre jünger als die beiden, war bis über beide Ohren in ihn verliebt gewesen, hatte ihn lichtsüchtig umkreist, als wäre er die Sonne höchstpersönlich. Jaeli musste ihr jeden Tag nach der Schule berichten, was er gemacht hatte (nichts), mit wem er gesprochen hatte (woher sollte sie das wissen??) und wo er gewesen war (wo denn wohl? Der steckt dauernd in der Landmaschinenwerkstatt – das weißt du doch!). Keine der beiden, weder Gali noch Jaeli, hatten Jonathan ernstgenommen, den hellen Mond, der sie beide umkreiste.

Bis zu dem bewussten Brief. Dem Liebesbrief, den Jonathan ihr geschrieben hatte, ohne jemals Antwort zu erhalten. Oder besser gesagt, ihr Antwortbrief war auf einer Bank im Dorfzentrum liegen geblieben, nachdem sie und ihre beste Freundin den Text gemeinsam gelesen hatten, was ihnen wochenlang Stoff zum Tuscheln bot. Dort konnte jeder ihn finden, oder um ganz genau zu sein, besonders Rubi, der ihn zum Spott ans Schwarze Brett ihrer Jahrgangsstufe heftete.

Jonathan hatte ihr nicht noch einmal geschrieben, und sie hatte nicht übermäßig viele Gedanken an ihn verschwendet, abgesehen von ein paar fadenscheinigen Schuldgefühlen, gewebt von ihrer moralisierenden Mutter, der sie aus Versehen alles erzählt hatte. Bei der Einberufungsparty war er schon stark und muskulös, nach einem Sommer der Schufterei auf dem Acker. Da sagte sie ihm, das Geschehene täte ihr echt leid, die ganze Sache sei wirklich nicht mit Absicht passiert. Allerdings wollte sie vor allem ihr Gewissen reinwaschen, denn sie war gerade in dem Stadium, in dem sie unbedingt allseits beliebt sein und seine kalte Schulter nicht länger dulden wollte.

»Du hast mir nicht geantwortet«, hatte er ihr darauf gesagt, sich abgewandt und sie stehen gelassen.

Nach dem Kaffee am Strand fiel ihr plötzlich der Brief ein, und wieder war ihr unwohl dabei, aber Jonathan schien ihr weder etwas nachzutragen noch sich überhaupt an diese Geschichte zu erinnern. Er war offen, lustig, klug und geistreich. Wieso hatte sie nicht gewusst, dass er so klug war? Maschinenbau am Technion kommt auch den Kühen zugute, lachte er. Er erzählte, die Fahrt runter nach Eilat sei für ihn genau zur richtigen Zeit gekommen. Denn Jonathan war völlig klar, dass er sobald er die Leitung des Kuhstalls übernehmen würde, genau wie sein Vater nie wieder spontan einen Tag Urlaub einschieben könnte. Im Kuhstall müsse man melken, füttern, ausmisten, pflegen, Jod auf die zarten Euter streichen und die Kälber versorgen. Die Milchkühe würden nicht auf ihn warten, bis er aus dem Urlaub zurück sei. Und genau das hatte sein Vater seiner städtischen Mutter zwanzig Jahre zuvor erklärt, als sie ihren urzionistischen Traum von der Ehe mit einem gestandenen Landwirt in Israel verwirklichte: ein hübsches Haus mit großem Garten in traumhafter Ruhe. Bis sie verrückt wurde. Eines schönen Morgens verließ sie das Haus auf Nimmerwiedersehen, ließ die Zwillinge Jonathan und Benjamin bei ihrem Vater zurück, der nie mehr als einen kurzen Satz mit ihnen wechselte: »Staffiere das Lager der Kälber gut aus, es wird kalt heute Nacht« oder »im Hühnerhaus Nummer sieben gibt es drei Kadaver, da muss mal jemand hin« oder »dein Bruder hat die Amerikanerin geheiratet, ruf an und wünsch alles Gute.«

In derselben Woche kam Benni ohne Vorwarnung aus den Vereinigten Staaten, wo er die letzten zehn Jahre gelebt hatte: Die übliche große Tour nach dem Wehrdienst hatte sehr viel länger gedauert als erwartet. Er sagte zu Jonathan, er selbst würde gern ein bisschen im Kuhstall arbeiten. Der Bruder könne in den nächsten Tagen etwas für sich tun, vielleicht ein wenig Tauchurlaub im Sinai.

Das genau machte er nun.

Er hatte einen Nachtbus genommen und war am Morgen angekommen. Vorher hatte er eine Nachricht an Rubi geschickt, der bei seiner Schwester in Eilat war, und die beiden Männer vereinbarten, gemeinsam in den Sinai weiterzureisen. Als er einen kleinen Lebensmittelladen im Stadtzentrum betrat, um sich was zu trinken zu kaufen, sah er Jaeli an der Kasse anstehen, ein Bananeneis am Stiel schlecken und am Zeitungsstand in einer Zeitung blättern. Sie kratzte sich mit einem Fuß, der in einer Zehensandale steckte, die Ferse des anderen, und in dem Moment blickte sie sich um.

»Und das ist die ganze Geschichte«, schloss er.

Danach gingen sie einen Kaffee am Strand trinken, und sie berichtete ihm von ihren Plänen, von ihrer festgefahrenen Doktorarbeit und ihren Träumen, ernsthaft zu schreiben und ein

Gästehaus aufzumachen, um den Traum zu finanzieren. Dann erzählte sie ihm in einer Welle der Offenherzigkeit von David und von Rubi, und er hörte zu, ohne Ratschläge geben zu wollen. »Klingt, als hättest du viel zum Nachdenken«, sagte er, und sie genossen die Stille zwischen zwei Menschen, die sich seit vielen Jahren kennen. Danach fragte er: »Und was ist mit deiner Schwester? Die war auch sehr lange im Ausland.«

Nun erzählte sie ihm von Gali und Jotam und von der für den kommenden Sommer geplanten Hochzeit im Garten.

»Benni war mal ein bisschen verliebt in sie, aber er war furchtbar schüchtern – waren wir beide«, sagte er. »Wenn er in ihrer Nähe war, blickte sie immer durch ihn durch, sah ihn überhaupt nicht, und ging dann weg.«

Jael lachte. Wie die Dinge doch immer anders waren als gedacht. Gali war so verliebt in Benni gewesen, dass sie ihn gar nicht anschauen konnte. Gut, was war, ist vorbei, richtig?

Ja, sagte er. Was war, ist vorbei. Und erwähnte nicht den Brief.

Als es später dunkel wurde und er Rubi immer noch nicht erreichte, bot sie ihm an, auf der Couch in ihrem Hotelzimmer abzuhängen. »Das wird nett, wir gucken die ganze Nacht lang Filme«, versuchte sie ihn zu überreden, aber Jonathan lehnte ab. »Ich will nicht dazwischen grätschen«, sagte er, und sie umarmten sich zum Abschied. Die Nacht über wälzte sie sich in ihrem übergroßen Bett und wartete auf den Morgen, der ihr David bescheren und ihr Leben wieder ins Lot bringen sollte.

Als sie aus Eilat zurückkehrten, wirkte es tatsächlich, als hätte sich etwas zwischen ihnen zum Guten gewandelt. David war bezaubernd, seine Eltern benahmen sich vorbildlich, vielleicht hatte er ihnen erzählt, dass sie ihm weggelaufen war. Er kam früh aus dem Atelier zurück, vergaß nicht anzurufen und brachte ihr an den schlechten Tagen sogar Tee und Toast ans Bett. Das sah vielversprechend aus, hielt jedoch erwartungsgemäß nicht lange an. Vielleicht waren es die Hormone, die ihr ganzes Dasein bestimmten, die ständigen Brechanfälle, lange über das erste Trimester hinaus. Oder vielleicht war es die Lüge, die auf ihr lastete, sie wie die rostigen Gewichte einer altmodischen Händlerwaage von einer auf die andere Seite zog, die rechte Waagschale wollte befreiend offenbaren und erzählen, die linke sammelte noch mehr Gewicht zugunsten des Verschweigens.

Und sie war die ganze Zeit verärgert, unversöhnlich, jede Kleinigkeit brachte sie in Rage. Sogar die Studenten merkten es. Zum Semesterende schrieben sie über sie: »Die Kursleiterin war nervös. Vielleicht, weil sie schwanger ist, aber die Atmosphäre im Kursraum war echt nicht angenehm.«

»Jaeli, so kann es nicht weitergehen«, sagte David, »das ist schlichtweg unmöglich.«

Unterdessen musste sie Bemerkungen über ihren wachsenden Körperumfang einstecken. »Ich bin aus dem Kreißsaal gleich wieder in meine alten Hosen gestiegen, das ist nur eine Frage der Disziplin«, sagte Silvia, und Jaeli hatte das Gefühl, dass ihr freitagabends bei Davids Eltern jetzt kleinere Portionen aufgefüllt wurden. Sie begann Davids Abneigung zu spüren, der letzten Endes wohl schlanke Frauen bevorzugte. Wie Amalia zum Beispiel.

Dazu die Nächte mit Träumen und Ängsten und Sorgen, in dem Wissen, dass sie all das hätte vermeiden können, wenn sie nur einen Augenblick lang vernünftig überlegt hätte, worauf eine zweite Stimme fragte, ob man denn immer vernünftig sein müsse. Und was war mit diesem anderen Empfinden, neben der Angst, die sich ihrer völlig bemächtigte, diesem Gefühl, das sie kaum zuließ, der kleinen Hoffnung, die sie stets mit Freude erfüllte, wenn sie es erlaubte.

Neunzehn, zwanzig, einundzwanzig, zweiundzwanzig und dann dreiundzwanzig Wochen.

Und das ernste Gesicht des Kassenarztes, der das Schreiben des berühmten Experten studierte und sie fast überlaut fragte: »Sagen Sie, verstehen Sie wirklich, was hier steht?«

◆ ◆ ◆

Türen fallen ins Schloss, Fenster öffnen sich, und die große Jalousie im Wohnzimmer, zum Garten hin, wird aufgemacht. Sie ist da. Sophie und Joske beobachteten das Geschehen jeder von seinem Fenster – er vom Wohnzimmer, »Sophie!« und sie von der Küche, »Joske!« – und wegen der gebotenen Eile hasteten sie zueinander und rempelten sich dabei im Flur kurz an.

»Sie ist da!«, schnaufte ihm Sophie ins Gesicht.

»Worauf wartest du denn? Geh hin«, konterte er und zog seine Pyjamahose hoch, die wegen der blinden Hast etwas runtergerutscht war.

»Ich? Ich geh nicht rüber. Wenn du willst, geh selbst, ich muss das Mittagessen kochen«, sagte sie, zog ihren Kittel zurecht und ging wieder in die Küche.

Dort setzte Sophie sich an den Tisch und begann, Kartoffeln und Karotten für den Mayonnaise-Salat zu schnippeln, den Jaeli gern mochte. Der Haushaltshilfe sagte sie, sie solle die Zimmer saubermachen, denn sie wollte nicht, dass sie ihr jetzt zwischen den Beinen rumfuhrwerkte. In gewisser Hinsicht war es gut, dass Jaeli nun zurückkehrte. Sie hatten hier niemanden außer Eveline, mit Benzi und Anati im Ausland.

Gut, dass sie zurück war. Bei dieser Geschichte konnten nur sie helfen, nicht dieser Kerl, auf den kein bisschen Verlass war. Auch ihre Mutter müsste in die Gänge kommen und aus England zurückkehren, um zu helfen, Sophie konnte nicht mehr alles allein machen. Jahrelang hat sie die Mädchen großgezogen, während die Mutter herumreiste und dort Vorlesungen hielt, hat ihnen jeden Tag das Mittagessen gekocht, sich Galis Beschwerden und Geschichten angehört und versucht, Jaeli zum Reden zu bringen, die die Nase immer in ein Buch steckte.

Sie hat die beiden nicht immer verstanden, vor allem Gali nicht, die dauernd lichterloh brannte. Später, als Eveline in der Mittelstufe zu ihr zog, lastete ihr noch eine weitere Sorge auf den Schultern. Ein Mädchen ohne sorgende Mutter ist ein verlorenes Kind. Sophie weiß nicht, wieso ihre beiden Töchter, die stets fürsorglich und gut erzogen worden waren, sich zu solchen Kuckucksmüttern entwickelt hatten, die ihre Eier bei anderen ablegten, um auf und davon zu fliegen. Gut, eigentlich weiß sie es schon. Das war, weil Joske sie so verwöhnte, klar, Verhätschelung verdirbt den Charakter. Früher gab man mal einen Klaps und fertig, heute geht das nicht mehr, und die Kinder wachsen auf wie Unkraut, das man nicht rechtzeitig erwischt – zuerst sieht das Kräutlein aus wie ein schöner, guter Grashalm, aber später merkt man, dass es flächendeckend wuchert und alle anderen Pflänzchen erstickt – ohne Unterlass.

Jaeli war immer das Oma-Kind, so sagten Zippa und sie, meist ruhig und geduldig, aber wenn sie doch mal den Mund aufmachte, vor allem gegenüber ihrer Mutter, musste Sophie sich noch zwei Häuser weiter die Ohren zuhalten. Normalerweise war sie jedoch bereit, sich die Geschichten von früher anzuhören, was sie natürlich zu leichter Beute für Joske machte, der sie stundenlang bei sich sitzen ließ und endlos von der Familiengeschichte quatschte, von den Schwertern und Seuchen; sein Standardsatz: »Die Spanische Grippe von 1918 war die tödlichste Epidemie, die die Menschheit gekannt hat, alles andere war ein Kinderspiel«.

Wieso hat sich gerade Jaeli so verrannt? Von Eveline hat sie alles erwartet, auch von Gali, beide gute Mädchen, aber die eine war leichtsinnig und die andere nervös. Doch ausgerechnet Jael? Allerdings hat sie in Bezug auf Männer nie viel guten Geschmack bewiesen. Erst nach dem Wehrdienst hat sie den ersten Freund nach Hause gebracht, einen weichlichen Kerl mit wässrigen Augen, der wie Leim an ihr klebte – einer ohne Rückgrat. Sophie hatte gleich erkannt, dass er ein infantiler Typ war, der ihr am Hals hängen würde, bis er eines Tages nicht mehr klebte, sondern spurlos verschwand und Jaeli gebrochen zurückließ.

Danach schleppte sie David an, der sofort einen guten Eindruck auf Sophie machte, höflich, groß und schön. Joske war weniger begeistert, allerdings nur, weil er nicht genug Geduld aufbrachte, um sich sein Gequatsche anzuhören – aber ehrlich, man muss schon nahezu ein Heiliger sein, um sich das freiwillig anzutun. Als dann jedoch seine Eltern zu Besuch kamen, mit all dem Pomp (die Mama) und der Selbstherrlichkeit (der Papa, Reißverschlussfabrik!), gewannen Sophie und Joske, unabhängig voneinander, einen weniger positiven Eindruck, sagten aber nichts.

Sophie fand damals nicht, dass man sich einmischen müsste, und Anati und Benzi waren geradezu verzaubert von ihm und seiner Familie. Tatsächlich hatte sie in diesem Fall nicht so heftig empfunden wie seinerzeit bei Claude und Nili. Manchmal muss man zugeben, dass man nicht alles weiß, und manchmal kann auch eine Frau wie Sophie mit ihren tiefen, geradezu animalischen Instinkten etwas übersehen. Sie weiß bloß nicht, warum Jael sich nicht einen netten und ruhigen, klugen und bescheidenen Jungen aussuchen konnte, wie etwa den Sohn der Bermans, Namen kann sie sich schlecht merken, der sagt schön guten Tag, hält mit dem Traktor an und fragt, ob Sophie was brauche, ganz anders als all die jungen Schnösel hier. Er hat sogar einen Abschluss vom Technion, schade, dass er nichts daraus machen konnte, wegen der verrückten Mutter, die abgehauen ist, und dem Bruder, der sich ins Ausland abgesetzt hat. Da musste er halt bleiben und seinem Vater helfen, der auch einmal klug und nett gewesen war, und wenn Sophie sich recht erinnert, Anati oft nachgeguckt hatte.

Sophie kann nie verstehen, warum Menschen sich das Leben schwermachen. Statt geradeaus zu gehen, wählen sie den krummen Weg, und statt das Naheliegende zu wählen, ziehen sie ins Abenteuer. Nili und Claude, Anati und Benzi, Jaeli und David, Gali und Jotam.

Nun ist es also an der Zeit, für die Fehler zu bezahlen. Alle müssen letzten Endes zahlen. Auch Sophie.

◆ ◆ ◆

Als Jaeli die Rosenhecke passiert, geht sie leise, um Joske nicht zu wecken, denn dann müsste sie sich zu ihm setzen. Die trockenen Gräser knacken, aber glücklicherweise wacht er nicht auf. Sie muss vorher Sophie guten Tag sagen, das als Erstes. Sie geht durch die Küchentür, den »Dienstboteneingang«, wie Sophie sagt, und findet sie auf ihrem Sessel dösen. Der Fernseher läuft, und aus dem kleinen Nebenzimmer, das mal Evelines war und jetzt der Haushaltshilfe gehört, tönt russische Popmusik. Sophie wacht auf und lächelt sie an, tastet nach ihrer Brille in der Ritze zwischen Oberschenkel und Armlehne.

Wie lange hat sie nicht mehr in dieser Küche gesessen? Jahre. Auch wenn sie unterdessen ab und zu mal herkam, besuchte sie meist Anati und Benzi, und auch das nur flüchtig, für eine Stunde oder eine halbe, da sie sich immer noch bemühte, ihrer hochtrabenden Ankündigung, nie mehr einen Fuß hierherzusetzen, wenigstens halbwegs zu genügen.

Auch das Haus von Anati und Benzi wirkt eigenartig still. Als sie sich an den Tisch setzen, Sophie mit einem Glas Tee und Jaeli mit dem Mayonnaise-Salat, fragt sie: »Wohnt da jetzt jemand?« Und Sophie antwortet: »Nein, bloß das nicht. Deine Mutter wollte es vermieten, aber ich will auf keinen Fall, dass mir hier jemand Fremdes im Garten rumwandert, gewiss nicht mit deinem Opa, der den ganzen Tag in Unterhosen rumläuft. Ich hab ihr gesagt, wenn du ohne die Vermietung kein Geld zum Reisen hast, dann fahr halt nicht. Das ist alles.«

Ja, von Sophie war nichts anderes zu erwarten. Auch das hat sie vergessen.

In den letzten Monaten hatte sie ihre dummen und schicksalsschweren Entscheidungen zu rechtfertigen versucht, doch jetzt erkannte sie, dass ihr größter Fehler die törichte Romantisierung ihrer Rückkehr ins Dorf war. Sie erlebte wieder, was sie immer schon gewusst hatte: Diesem Ort mit seinen grünen Feldern, Pflanzungen und Orangenhainen, die momentan ohnehin alle verdorrt und staubig waren, fehlte jegliche Romantik. Es war ein bescheuerter Fehler, wieder herzukommen zu den kleinlichen Streitereien und endlosen Wortgefechten, in ihrer Familie, aber auch sonst, an diesen feindseligen Ort, wo einem alle die Wahrheit ins Gesicht sagen oder wahlweise direkt in die Eingeweide rammen – eine Wahrheit, die immer gerechter und richtiger ist als deine eigene – eine absolute Wahrheit, auch wenn man dafür pausenlos lügen muss.

Als sie weggegangen – um nicht zu sagen, um ihr Leben geflohen – war, hatte sie bei David und seiner Familie eine stille und klimatisierte Kühle gefunden, eine Wahrheit, die auf dünnen Porzellantellern und in teuren Kristallgläsern gereicht wurde, angenehm perlend leicht durch die Kehle floss, und was machte es schon, wenn sie – durch diese Gläser betrachtet – gebrochen und zersplittert aussah.

Aber schließlich konnte sie auch das nicht ertragen, und was sollte nun aus ihr werden?

Die Träume. Die hatten sie letzten Endes hierher zurückgeführt.

Die Kraniche und die Pinguine waren immer dagewesen. Aber mit den neuen Träumen ging es gleich nach ihrer Rückkehr aus Eilat los, als David noch neben ihr schlief, und sie kamen auch, als er ausgezogen war.

Immer der gleiche Traum mit geringen Abweichungen.

Sie fährt durchs Emek, die Straße entlang. Beiderseits gesäumt von braunen und grünen Feldern. Diese Straße kennt sie so gut, als sei sie Teil ihres Körpergewebes, und jetzt ist sie nass, weil es überall regnet, außer in ihrem Dorf.

Diese Straße führt irgendwo hin, im Traum weiß sie nicht genau, wohin. Beim Fahren sieht sie einen gewunden ansteigenden Nebenweg, und obwohl sie das Lenkrad nicht bewegt – es gar nicht zu berühren scheint –, biegt der Wagen dort ein.

Der Weg führt auf die Anhöhe und ist jetzt übersät mit Kadavern von Hunden und Katzen, Hunden und Katzen, Hunden und Katzen, die sie unwillentlich und unweigerlich zermalmt. Abrupt hält der Wagen, eine Ente steht vor ihr, Brust an Brust, der Vogel ist gerettet, aber völlig gerupft. Er watschelt davon. Sie tritt aufs Gas, will zurück auf die Hauptstraße, bloß weg von hier, aber nichts geschieht. Der Motor ist abgewürgt.

Sie spürt Angst das Rückgrat raufkriechen, pumpt noch ein paarmal das Gaspedal, der Wagen springt wieder an. Jetzt ist er nicht zu stoppen, sie tritt auf die Bremse, aber nichts geschieht, das Auto saust abwärts, als sie in der Ferne einen riesigen, schwarzen Klumpen entdeckt – einen Stier, der auf der Straße steht und die Gräser am Rand abweidet. Er schaut sie dümmlich an – gleich wird sie mit ihm zusammenstoßen, und alles ist aus. Sie drückt ganz fest die Augen zu und entspannt sich am ganzen Körper. Gibt auf.

Mehrmals erwacht sie genau an dieser Stelle aus dem Traum, ihr Nacken schweißnass. Doch manchmal geht er weiter. Mehrmals ist sie nach dem Unfall ihrer Tante Nili begegnet, völlig ausgemergelt, die eine Zigarette rauchte, bläuliche Rauchringe ausstieß und ihr sagte: »Schön, dass du da bist, gib mir die Hand und komm mit«, und Jaeli spürte, dass sie ihr gerne folgte. In den letzten Träumen vor ihrer Abreise war sie plötzlich im Kreißsaal und bekam ihr Baby überreicht, einmal nichts als eine zum Origami-Baby gefaltete Wolldecke und ein andermal ein großer zappelnder Fisch in einer Decke des Krankenhauses HaEmek in Afula.

Jetzt, da sie auf genau der Straße hergekommen ist, die in ihren Träumen stets wiederkehrt, werden die Träume sie vielleicht in Ruhe lassen. Denn Jaeli fürchtet sich mehr denn je, ist wütend, vor allem auf sich selbst, und findet nachts nur schwer in den Schlaf – wegen der Träume, aber auch wegen der Lügen. Möglich, dass Lügen kurze Beine haben, aber sie hofft inständig, dass sie keine Kiemen oder Fischschwänze aufweisen.

◆ ◆ ◆

Am Morgen erwacht sie in Anatis und Benzis Haus, das ihr fremd und ungewohnt vorkommt, obwohl sie darin aufgewachsen ist. Sie liegt tief in den Daunen, ihre Nase trieft wegen der alten Allergie gegen Staub und Federn, die in Vancouver gar nicht zu spüren war, und ihr Haar, das dort immer großartig aussah, ist jetzt kraus und widerspenstig. Die Klimaanlage läuft auf Hochtouren, und sie schafft es nicht, aufzustehen und sich all dem zu stellen, was es zu bewältigen gilt.

Aus Tante Zippas verrücktem Haus kommen Arbeitsgeräusche. Sie richtet sich auf, schaut aus dem Fenster und sieht Jaeli im Jeansoverall mit mächtigem Bauch. Stechender Neid durchzuckt sie angesichts dieses Bauchs, vielleicht prahlt auch Jotams Julie schon mit einem. Jaeli hat wieder mal alles und sie nichts. Gut, das stimmt nicht ganz, das weiß sie. Die ganze Sache mit dem Baby und auch mit David, diesem Maniac. Aber momentan scheint sie selbst doch in einer schlimmeren Lage zu stecken als Jaeli, oder zumindest fühlt es sich so an.

Bei Benzi und Anati ist keiner zu Hause. Sie kommen in einigen Tagen aus England zurück, wo ihr Sabbatjahr um ein halbes Jahr verlängert worden war. Ihre Mutter arbeitet an der Studie über Ehescheidungen, und ihr Vater schreibt das seltsame Theaterstück, das er schon seit ihrer Geburt oder so in der Schublade liegen hat. Sie fehlen ihr nicht wirklich, da sie ohnehin nicht aus Sehnsucht hier ist, aber das Haus ihrer Eltern macht trotz der altvertrauten Möbel, den vollen Bücherregalen und sogar den Papieren, auf den Tischen liegen gelassen, einen tristen und verlotterten Eindruck. Bestimmt kein Heim, das Trost spendet.

Und dieses Dorf erst. Seit ihrer Ankunft hier steckt ihr etwas im Hals. Vielleicht die Allergie. Oder vielleicht nur die Lüge.

Vielleicht, aber nicht nur.

Sie versteht es wirklich nicht. Bei allem Bemühen kann sie kaum nachvollziehen, dass man diesem Ort, diesem Emek einen Ehrenkranz verleiht, dem Zionismus und den Werten und so weiter. Wenn Leute hören, wo sie herstammt, sind sie immer überrascht, und dann gesellt sich eine gewisse Hochachtung dazu. Doch obwohl sie hier geboren wurde und ihre ganze Familie an diesem Ort verwurzelt ist, hat Gali sich immer fremd gefühlt. Vielleicht, weil Fremdheit eine Geisteshaltung ist, vielleicht, weil sie von Anfang nicht hierher gepasst hat, eigentlich nie richtig in die geschlossene, familiäre, sogar grausame Gesellschaft der Kinder aufgenommen wurde. Sie war zu hart, zu unflexibel, neigte zu Wutanfällen, mit Schluchzen in der Kehle und geballten Fäusten. Und da half es erst recht nicht, dass Anati, ihre Mutter, den Don Quixote spielte, der gegen Windmühlen kämpft, oder in ihrem Fall gegen die Wasseruhren. Das machte Gali zum leichten Ziel.

Als sie später für die vier Gymnasialklassen auf die Bezirksschule wechselte, fand sie Freundinnen aus entlegenen Ortschaften und wechselte kein Wort mit ihren Mitschülern aus dem Dorf, bis dort die traditionelle Abschlussfeier für die einheimischen Abiturienten stattfand. Auch da fürchtete sie, angegriffen zu werden, und war heilfroh, als man vergaß, sie aufzurufen, um ihr Abschlussgeschenk entgegenzunehmen. Doch Anati lief natürlich sofort zu den Organisatoren, die bedauernd mit den Zungen schnalzten: »Oje, tut uns furchtbar leid. Ja klar, wird sofort nachgeholt.« So zwang Anati sie, auf die Bühne zu steigen und mit allen »Flieg gen Himmel, junger Vogel« oder etwas in der Art zu singen, und sagte später, schade, dass du nicht mit der Gitarre raufgegangen bist, das wäre großartig geworden. Gali wäre lieber zehnmal gestorben als mit der Gitarre aufzutreten, hatte damals ohnehin seit Jahren nicht mehr gespielt. Aber das hatte Anati vergessen – oder nie gewusst.

Im Gegensatz zu Jaeli mit ihren Phantastereien denkt Gali nicht mal im Traum daran, hierzubleiben. Sie sitzt vorerst wie auf Stacheldraht und wartet, und wenn es vorbei ist, fliegt sie auf und davon, verletzt zwar, aber frei.

Bisher hat sie von Anati schon an die zwanzig Fotos von Kleidern erhalten, die sie bei Marks & Spencer anprobierte – alle tantenhaft und in Pastelltönen.

Was, gibt es denn keine anderen Geschäfte in England?, hatte sie gefragt, worauf Anati schrieb, sie sei keinesfalls bereit, lange zu suchen, Gali solle sich schnell entscheiden, *gleich machen die Geschäfte zu.* Daraufhin suchte Gali ein hellblaues Kleid im Stil der Königin Elizabeth für sie aus, nur Hut und Handschuhe fehlten noch.

Und was ist mit Benzi? Trägt er Anzug oder kurze Hosen? Dazu eine Emoji mit Freudentränen, die zu beiden Seiten spritzen.

Als Antwort schickte Benzi ein Foto seiner Titanenbeine in Sandalen und schrieb: *Wie immer, kurze Hosen und Sandalen, in England wie in Israel!*

Sie hatte gute Lust, ihnen was Sarkastisches zu schreiben, entschied sich jedoch für einen hochgestellten Daumen in Begleitung eines Smileys.

Sie hört die Haustür aufgehen, schnelle Schritte, die Schlafzimmertür öffnet sich einen Spalt, und Evelines Kopf lugt herein.

»Na, ist Dornröschen schon aus dem Schlaf erwacht?«, fragt sie und macht die Tür ganz auf. Sie setzt sich aufs Bett, legt einen dicken Aktenordner auf den Nachtschrank und reißt Gali die Decke weg.

»Was machst du da?«, protestiert Gali.

»Los, raus aus den Federn, glaubst du denn, die Hochzeit organisiert sich von selbst?« Als Gali sich im Bett aufsetzt und die Decke wieder hochzieht, mustert Eveline sie von Kopf bis Fuß. Gali tut umgekehrt das Gleiche, aber Eveline hat sich kaum verändert: große, leicht vorstehende Augen, sehr schlank und stets sonnengebräunt, das schwarze Haar stark blondiert und die operierte Brust gut im Opa-Unterhemd verstaut.

»Was ist das denn, sag mal«, fragt Eveline, »gibt es in Kanada nichts zu essen? Oder ist der Rinderwahn auf dich übergesprungen – in Form von Brautwahn?!«

Gali prustet los, Brautwahn, das bringt sie um, sie bebt in sonderbar schrillem Gelächter, das aufs Zwerchfell drückt und einen kaum atmen lässt. Die Lachtränen, die ihr aus den Augen fließen, schlagen in echtes feuchtes Weinen um, begleitet von Schluchzen und Muhgeräuschen.

»Lass, genug, das kommt von der Aufregung«, sagt Eveline, die als Inhaberin einer erfolgreichen Catering- und Event-Firma derartige Gefühlsausbrüche ihrer Kundschaft gewöhnt ist. Gali nickt und wischt die vor Tränen und Allergie tropfende Nase am Zipfel des Bettbezugs ab. Obwohl sie das geradezu körperliche Verlangen nach Beichte verspürt, beschließt sie, nichts zu sagen, die Sache bis zum Ende durchzuziehen, komme, was wolle.

◆ ◆ ◆

Am Morgen nahm sie Anatis Auto, das abgedeckt auf dem Parkplatz stand. Da es sofort ansprang, musste jemand den Wagen vor ihr angelassen haben, einer, dessen Führerschein schon vor Jahren eingezogen worden war. Aber an einem Ort, wo zehnjährige Kinder Moped fuhren und der Paketpostbote die Einbahnschilder nach seiner täglichen Zustellrunde ausrichtete, bezweifelte sie, dass es jemanden störte, wenn ein halbblinder Greis ohne Fahrerlaubnis fuhr. Er war gewiss nicht der Erste.

Sie fuhr zur Tankstelle, wo die palästinensischen Tagelöhner saßen. Früh morgens kamen sie von der Ostseite des Bergzugs, unter geschickter Umgehung israelischer Grenzposten, und warteten auf Arbeitgeber. Doch wer bis sieben Uhr nicht abgeholt war, würde es auch nicht mehr werden, und jetzt war es halb neun. Sie konnte zwei engagieren, die nach dem morgendlichen Einsammeln übrig geblieben waren, gemächliche ältere Männer. Sie fand sie hinter dem Gebäude mit den Tankwarten beim Kaffee sitzen. Vielleicht waren sie sogar ein wenig enttäuscht über ihr Kommen.

Tünchen, Neuverlegung der abgesunkenen Terrassenfliesen, Streichen der Fensterläden und sämtliche Designphantasien mussten warten. Erst ein zweiter Kaffee bei ihr in der Küche, noch ein wenig untätig rumsitzen auf umgestülpten Tonnen im Hof, und dann fingen sie an.

Um zwölf Uhr kam der Möbelwagen. Sie bat die Packer, die Kisten reinzutragen, aber einer lehnte gleich aufgebracht ab. »Der Boss hat gesagt, nur bis auf den Bürgersteig.«

Später fand er sich doch bereit, als sie ein großzügiges Trinkgeld für alle fünf versprach, die sich im Hintergrund versteckt gehalten und nur auf ein Zeichen gewartet hatten. Die Araber grinsten, die Russen schnauften und spuckten zur Seite.

Auch die Farbeimer und Spachtel kamen mit dem Möbelwagen. Sie ging an die Arbeit, in der Hoffnung, die Kerle würden den Wink mit dem Zaunpfahl verstehen, und tatsächlich bequemten sie sich nach einer Weile, mitzumachen, vielleicht aus Mitleid für oder Verwunderung über die junge Frau mit dem mächtigen Bauch, die alles allein zu machen versuchte. So oder so fingen sie an, und das war schon mal was.

Dass Autos und Mopeds langsamer fuhren, um zu sehen, was in Zippas Haus vor sich ging, überraschte sie nicht. Klar würde es nicht lange dauern, bis alle von ihrem Eintreffen wussten und langsam eintrudelten. Die Neugier ließ ihnen keine andere Wahl. In langsamer Folge, unter dem Vorwand eines Nachbarbesuchs, mit einem Kuchen und einem Körbchen frischem Obst.

Sie konnten nicht anders.

Wie Giraffe und Löwe würden sie draußen stehen, versteckt hinter einem breiten Busch oder hohem Baum, und darauf warten, einen weißen Fuß oder ein paar glatte Ohren zu Gesicht zu bekommen. Sie hatte nicht vor, sie zu ignorieren, wollte sie aber auch nicht mit Himbeersoda in hohen Gläsern bewirten.

Am Nachmittag kam das mäuseartige Paar, das das Haus gegenüber gekauft hatte. Sie hätten gezögert, ob sie so schnell vorbeischauen sollten, hätten von ihren Plänen gehört (von wem genau?), Gästehaus und all das, und wollten nur wissen, ob Jaeli Parkplätze vorsehen werde, oder sollten die Gäste an der Straße parken? Und wie vertrage sich das mit den Plänen für das Geschäftszentrum, das hier für den neuen Ortsteil gebaut werden sollte? Sie wollten sie keineswegs bedrängen, aber es würde hier ein bisschen voll werden an den Wochenenden, mit all den Fremdenzimmern ringsum, und doch unterstützten sie Jaeli, die diese blödsinnigen Pläne gewiss nicht mittragen würde.

Ein Geschäftszentrum? Von welchen Plänen redeten sie?

Interessant, dass sie frage, sagten sie. Was? Sie wisse echt nichts davon? Hätten Benzi und Anati ihr nichts erzählt? Gut, sie seien schon lange im Ausland. Sei ihre Rückkehr bereits abzusehen? Gerade habe einer ihrer besten Freunde gefragt, ob hier vielleicht ein Haus zu vermieten sei.

Jedenfalls krieche diese Erweiterungsfläche auf das alte Dorf zu und drohe, es zu verschlingen. Das sei wegen dem Regen. Der nicht fiele. Nur hier nicht. Man wandle verdorrte Ackerböden in ein großes neues Wohnviertel um. Wer hierherziehen wolle? Sie würde staunen, aber der Bau der Eisenbahn, der bald zum Abschluss kommen solle, treibe jetzt schon die Immobilienpreise in die Höhe, was komisch sei, denn sie hätten ja erheblich mehr bezahlt, um im alten, verwurzelten, echten Teil zu wohnen. Sie seien Ex-Kibbuzniks, hätten nicht im Traum daran gedacht, dort im Erweiterungsviertel zu leben mit all den »man weiß ja, wem«, und nun seien die Preise explodiert. Gerade dort.

Sie hätten all die Geschichten gehört – die Mäusin lächelte und ihre großen weißen Zähne blitzten – von Zippas verhextem Haus und den geheimnisumwitterten Vorgängen im Obergeschoss. Es spuke ein Gespenst im Haus, wenn sie sich recht erinnere. Egal, ob es stimme oder nicht, könnte es doch eine irre Attraktion sein, meinte sie. Sie führe eine kleine Werbeagentur im Keller ihres Hauses, wenn Jaeli wolle, würde sie mit Freuden helfen. Sie hinterließ eine edle Visitenkarte neben dem ofenwarmen Apfelkuchen, den sie mitgebracht hatte.

Ein Gespenst.

Was für Unsinn die Leute sich ausdachten. Kaum zu glauben.

Sie betrachtete die Stufen, die ins Obergeschoss führten, einige davon würde sie austauschen müssen.

Seltsam. Nur die Kraniche hat sie von ihm in Erinnerung.

Später wollte sie die Mäusin im Internet suchen, konnte aber die Visitenkarte nicht finden. Sie hoffte, sie nicht versehentlich mit dem Kuchen vertilgt zu haben.

Egal, was sie vor ihrem Eintreffen gedacht und ob sie die Nachteile dieses Hauses (die offenbar die Phantasie eines bestimmten Menschentyps anregten) einbezogen hatte, real gab es hier eine Menge zu regeln, und das erwies sich mittlerweile als zu schwer für eine einzelne Frau.

Sie setzte sich mit von sich gestreckten Gliedern, völlig durchgeschwitzt im fleckigen Overall, neben den vollen Eimer Farbe. Die arabischen Arbeiter machten alle halbe Stunde Pause, und als sie sie darauf ansprach, taten sie, als verständen sie nicht. Doch als sie sie bat, jetzt zu gehen und am nächsten Tag wiederzukommen, verstanden sie sehr gut und verschwanden im Nu. Danach ging sie in den zweiten Stock hinauf, um zu sehen, was sie dort geschafft hatten.

Weiße Origamifiguren, sorgfältig bemalt, der Hals schwarz, der Nacken weiß, Flügel und Rumpf dunkelgrau, Schädeldecke rot. Sie sind überall, am Fensterrahmen an feinen Nähfäden baumelnd, im Badezimmer zwischen den Handtüchern, die Tante Zippa ihr hingelegt hat, auf den Betttüchern der Grinsekatze, derentwegen sie unbedingt bei ihr wohnen soll, zwischen den Büchern für Erwachsene, die sie insgeheim aus dem Bücherschrank im Wohnzimmer mitgenommen hat.

Ein Zimmer ist zur Hälfte gestrichen, und das bläuliche Badezimmer hat weißliche Flecke, wo die alte Tünche abblättert. Es gibt wahnsinnig viel zu renovieren, was zum Teufel hat sie sich bloß gedacht? Sie betritt das Gästezimmer daneben, das Zippa manchmal für Gali und sie hergerichtet hatte, wenn sie bei ihr schlafen wollten, zumeist an langen Feiertagen. Nichts war verändert, die Bettcouch aus der Kibbuz-Fabrik in Hasorea, eine kugelförmige Nachttischlampe überm Kopfende und an der Wand ein gerahmtes Schwarz-Weiß-Foto, das Zippa einmal aus einer abonnierten deutschen Illustrierten ausgeschnitten hatte.

Drei Pinguine warten auf den Bus.

Trotz des putzigen Bildes bekommt sie beim Betrachten eine Gänsehaut, die beiden erscheinen ihr so menschlich, wie sie da auf ihren Flossen watscheln. Die Flügel verstümmelt, wie zu kurze Arme. Sie erinnert sich, dass sie damit einst nicht einschlafen konnte, das Bild vorsichtig vom Nagel gehoben und über Nacht vor die Tür gestellt hatte.

Am Morgen waren es wieder bloß drei Pinguine, die auf die Abfahrt warten.

Einen Moment, und nicht zum ersten Mal seit ihrer Ankunft, bereut sie die ganze Sache, überflutet von einer Welle der Erschöpfung angesichts der noch bevorstehenden Schwerarbeit. Bauchschmerzen links, der Rücken brennt von innen her, nicht genau das, was sie sich vorgestellt hatte, bevor sie herkam.

Sie geht vom Gästezimmer hinüber ins kleine Zimmer. Öffnet die Fenster, die auf die große Rasenfläche und auf den Freiplatz blicken, um den die Häuser angeordnet sind, das von Joske und Sophie, das renovierte Hühnerhaus von Anati und Benzi und daneben die Scheune, in der Eveline ihre Cateringfirma betreibt. Sie blickt in die Runde. Das Zimmer ist so klein, nicht viel größer als das Bad, kein Wunder, dass er ständig rauswollte.

Wenn sie bei Tante Zippa übernachtete, träumte sie immer den gleichen Traum über den Kranichmann. Der Kranichmann ist ein kleiner gebeugter Mann mit schmalem Gesicht, die eine Gesichtshälfte gerötet, das Auge dort geschlossen, die Ohren sehr groß und das Haar weiß. Er trägt einen gebügelten Pyjama und an den Füßen karierte Hausschuhe. Der Kranichmann schneidet auf dem Fußboden energisch Seiten aus einem großen Heft, blickt nicht zu ihr auf, obwohl sie genau neben ihm steht, seine Gesten verfolgt.

Er faltet rasch die Papierbögen, schneidet einige in der Mitte durch, und jetzt liegen auf dem Teppich zig Kraniche in mehreren Größen. Ab und zu drückt er die Hände auf die Ohren und murmelt etwas. Dann tritt ein Lächeln auf sein Gesicht, entblößt seine Zähne, die im Gegensatz zu seiner verwachsenen Gestalt mustergültig weiß und gerade sind.

»Bring mir bei, so zu falten wie du«, bittet sie im Traum, aber der Kranichmann reagiert nicht.

»Hier«, sie hält ihm einen Bogen Papier hin. »Bitte«, beharrt sie und greift nach dem Heft, das jäh verschwindet, genau wie der Kranichmann.

Manchmal kam Tante Zippa herein und brachte sie zurück ins Bett.

»Die Kraniche«, murmelte sie dann, und Tante Zippa sagte, »schsch, schlaf jetzt«, und setzte sich zu ihr, bis sie eingeschlummert war.

Am Morgen dann suchte sie den Kranichmann unterm Bett, im Schrank, hinter dem großen Schreibtisch, fand ihn jedoch nicht. Wenn sie Tante Zippa fragte, erntete sie nur Achselzucken. Auch Gali wusste nicht, wovon sie redete, schlief immer so fest.

Ihre Mutter, Anati, sagte, es sei völlig in Ordnung, wenn sie einen imaginären Freund hätte, mit dem sie Dinge, die sie bekümmerten, teilen könnte, und wenn sie wolle, dass sie, Anati, ihn kennenlernte, würde sie sich sehr freuen.

Nur Joske, ihr Opa, schnalzte mit der Zunge und sagte: »Kraniche, was? Früher gab es auch Kamele und Esel. Deine alte Großtante wird uns noch allesamt kaputt machen.«

Und schickte sie nach seinem Gemüsegarten schauen und die Pfauen verscheuchen.

Sie blickt erneut auf den großen Rasen und die Freifläche, sieht im Geist ihre Tochter dort aufwachsen, unter dem alten Grapefruitbaum lagern, dort an den wurmstichigen, alten Stamm gelehnt, genau wie Jaeli vor Jahren. Sie denkt an das Kind, was für Phantasien spinnt sie da aus? Wird die Kleine mal Bücher unter dem Grapefruitbaum lesen, wie einst Jaeli und Gali? Wird sie überhaupt lesen können? Sie springt auf und schüttelt die Gedanken ab wie lästige Fliegen. Sie nützen jetzt nichts.

Sie notiert in ein kleines Notizbuch, aus der Tasche des Overalls gezogen: Renovierungsfachmann – dringend! Jemand, der was von Fundamenten versteht.

Schon seit acht Monaten vergisst sie alles Mögliche, daher das Notizbuch, aber Jaeli erinnert sich noch bestens, was Joske ihr an dem Tag gesagt hat, als sie die Schlüssel des Hauses erhielt, wie er sie am Telefon anschrie, damit sie begriff, dass dieses »beschissene Haus«, das sie geerbt hatte, auf wackligen Fundamenten stehe und man ja wisse, dass der Boden in der Gegend weich und sumpfig sei.

»Ich habe die Anbauten dieses Hauses, den hinteren Teil und das Obergeschoss, mit eigenen Händen errichtet«, sagte er, und im Geist sah sie ihn seine runzligen, gelben Hände wie trockene Weinblätter vor ihr ausbreiten.

»Ich wäre im Leben nicht bereit gewesen, dort zu wohnen, aber deine Tante Zippa hat es nie geschert, dass sich unter allem Tünchen und Instandsetzen immer eine große Grube befand, die tiefer und größer wurde.«

Jaeli hatte geschwiegen und auch er einen Moment, anscheinend war Oma an ihm vorbeigegangen, denn danach flüsterte er: »Dieses verruchte Haus belügt dich ständig, genau wie deine Oma. Man kann nie wissen, ob sie die Wahrheit sagt oder sie übertüncht und schönfärbt.«

Sie wollte ihm sagen, dass man auch bei ihm kaum wissen könne, wann er phantasiere und wann er sachlich sei, aber sie sagte nichts, schon gar nicht über die Pfauen.

◆ ◆ ◆

Da Jair, Rubis Vater, sie nicht zurückrief und sie ohnehin nicht viel tun konnte, nachdem sie die Arbeiter in den Feierabend geschickt hatte, hätte sie den Tag gern unter der Dusche von sich abgespült, wollte jedoch erst mal versuchen, den Garten nach Anweisungen der Tante anzugehen. Die Leiter, die sie bei den Wäscheleinen hingeworfen fand, war etwas rostig, sah aber noch sicher aus. Sie stellte sie am letzten Brustbeerbaum in der Reihe auf und mühte sich, die undankbaren Bäume abzudecken, die ihr die Arme blutig kratzten.

Sie achtete nicht darauf, wie die Zeit verging, aber die Sonne neigte sich bereits, als sie immer noch mit dem ersten Baum kämpfte. Es gab nicht mehr viel Licht im Freien, als heiseres Bellen vom Eingang erklang, gefolgt von schweren Schritten, die die trockenen Halme und Disteln ums Haus knacken ließen.

»Was machst du denn hier?«, fragte sie.

»Ich bin Jairs Thailänder. Du hast doch angerufen, oder?«

»Du siehst mir nicht wie ein Thai aus«, reagierte sie, wütend auf das, was sie für ein Grinsen auf Rubis Visage hielt.

»Komm, steig runter, in deinem Zustand solltest du nicht auf Leitern klettern. Was meinst du? Vielleicht brauchst du doch Hilfe mit dem Abdecken?«

Sie kletterte langsam von der Leiter, schleifte den langen Schleier mit, zog sich unterwegs noch eine fiese Schramme von dem verflixten Baum zu.

Seine beiden großen Hunde streiften durch den Hof, schnüffelten umher und sackten schließlich unter den Granatapfelbaum, den sie gerade gewässert hatte.

»Ist feucht da«, sagte sie.

»Denen ist heiß«, sagte Rubi. »Gib mir bitte den Schleier.« Er schüttelte den weißen Stoff, warf ihn mit der Präzision eines geübten Fischers, der sein Netz auswirft, und schon war der Baum abgedeckt wie eine Braut unterm Hochzeitsbaldachin. Er ging weiter zum nächsten Baum, und sie ihm nach, bis er alle fruchttragenden Bäume abgedeckt hatte, getreu dem letzten Willen von Tante Zippa, an die dreihundert Kilo Brustbeeren pro Saison, die in Ostasien in kleinen Holzkisten zu Phantasiepreisen über die Ladentheke gingen.

»Jetzt würde ich mich über ein Glas Wasser freuen«, sagte er, als er von der Leiter stieg und sich auf einen der verwitterten Korbstühle auf der Terrasse setzte, seine Hunde bei Fuß pfiff. Als sie mit der Kanne und dem, was vom Kuchen der Nachbarn übrig geblieben war, herauskam, war Rubi verschwunden und die Hunde desgleichen. Jaeli sank erleichtert auf einen Stuhl. Sie war nicht vorbereitet auf dieses Gespräch, hatte gar nicht überlegt, was sie sagen sollte. Deshalb konnte sie, als Rubi plötzlich von der anderen Seite des Hauses auftauchte, mit dem Mund voller Kuchen nur murmeln: »Ah, ich dachte schon, du wärst weggegangen.«

Er setzte sich ihr gegenüber und zündete eine Zigarette an. »Ich musste das Handy aus dem Auto holen, ich erwarte eine Sendung Jungfische. Was ist das denn? Hast du mir gar nichts übriggelassen vom Kuchen?«

Er nahm ihre Kuchengabel, schaufelte das letzte Stück auf und verschlang es im Ganzen. Seine Augen verengten sich, als er sie ansah, und musterten ihren Körper mit einem Blick, der ihr unangenehm war.

»Anscheinend bist du etwas runder geworden, seitdem ich dich zum letzten Mal gesehen habe.« Ein wenig Puderzucker vom Kuchen klebte ihm an den Stoppeln.

»Wirklich? Ist es dir aufgefallen? Das kommt, wenn man für zwei isst«, sagte sie schnippisch.

»Was du nicht sagst. Hätte ich im Leben nicht erraten«, erwiderte er leicht spöttisch, »gibt es auch einen Papa in dieser Geschichte?«

»Genug damit, Rubi, sei kein Aas«, erwiderte sie ernst und verschränkte die Arme überm Bauch.

»Ich? Ein Aas?«

»Ja, du, ich weiß, dass wir …«

»Sag mal, hörst du überhaupt, was du sagst? Ich ein Aas? Ich entdecke jetzt, nach wie vielen? Monaten? Diesen Zustand? Erklär mir mal, wieso ich auf einmal der Böse in dieser Geschichte sein soll.«

Jaeli drehte nervös an ihrem Ehering. Schon seit einem Monat kriegt sie ihn nicht runter, weder mit Öl noch mit Seife. Was soll sie jetzt mit Rubi anfangen? Was immer sie sagte, würde nicht gut klingen. Er blickte sie unverwandt an, verengte die Augen, zündete eine neue Zigarette an und inhalierte tief. Dann streckte er sich auf dem Stuhl, und seine Stimme wurde weicher.

»Meinst du nicht, dass ich eine Erklärung verdiene?« Den Rauch blies er fern von ihr.

»Okay, vielleicht hast du eine Erklärung verdient, hör zu, es ist alles in Ordnung, ja?«, sagte sie, doch ihre bebende Stimme verriet, dass momentan nichts wirklich gut war. »Das Ganze hat nichts mit dir zu tun und schon gar nichts mit Jonathan. Schlag dir diesen schmutzigen Gedanken aus dem Kopf. Da gibt's nichts richtigzustellen. Was geschehen ist, ist geschehen, Rubi, eine Nacht, man muss nicht so viel Aufhebens um einen Fehltritt machen.«

Fehltritt? Rubi drehte sich erneut der Magen um. Die Zigarette fiel auf den Rasen, er trat sie mit dem Schuh aus. Er hatte nicht gemein werden wollen, vielmehr fest vorgehabt, nett zu ihr zu sein und der Sache unaufgeregt auf den Grund zu gehen, aber er hatte sich jetzt nicht mehr ganz in der Hand. »Was phantasierst du da über Jonathan? Was hat der mit der ganzen Sache zu tun, bist du noch normal?«, fauchte Rubi, während die Wut seinen Körper ergriff. Er ballte die Fäuste und spürte, wie sich die Zacken der Schlüssel in seiner Rechten ins Fleisch bohrten.

»Gut, ich war sicher, du wüsstest davon, beste Freunde und all das? Ich habe Jonathan doch am selben Tag in Eilat getroffen, als du gegangen warst. Er sagte, ihr wärt zum Tauchen verabredet. Da habe ich angenommen, du wüsstest alles, aber hör zu, wir …«

Rubi blickte sie entsetzt an. »Hör mal, du …«, das Wort »Hure« lag ihm auf der Zungenspitze, »bist wirklich ein eigener Typ.« Seine Stimme wurde heiser, als er aufstand und seinen Hunden pfiff. Er fuhr sich mit den Fingern durchs Haar und verharrte einen Moment so, die Hände auf dem Kopf.

Jaeli musterte ihn besorgt, aber auch neugierig. Er schien wirklich geglaubt zu haben, sie sei von ihm schwanger. Lächerlich. Hatte er sich gedacht, sie hätte die Sache verheimlicht, um dann im letzten Moment hier aufzukreuzen? Gut, eigentlich war das gar nicht so weit von dem, was sie tatsächlich getan hatte, allerdings nicht mit ihm, nicht ihn betreffend. In dieser Angelegenheit war sie zufällig sauber, völlig schuldlos. Was nagte dann an ihm?

»Na, Rubi, setz dich, lass uns reden, mach es nicht größer als es ist.«

Er winkte ab. »Lass, ich kann nicht länger dableiben, mir ist wieder übel«, und damit verschwand er hinterm Haus.

Bald hörte man den nervösen Motor des Toyota und ein besonders schrilles Reifenquietschen.

◆ ◆ ◆

Als die Abenddämmerung ihre Schatten warf, nahm Jaeli ruhig den Kuchenteller und die Limonadenkanne vom Tisch und trug sie zurück ins Haus. Rubis Besuch hatte sie fast aus der Bahn geworfen, oder vielleicht war es die nahende Geburt, die sie empfindlicher machte, verbunden mit der unbekannten Zukunft, die sie völlig unvorbereitet treffen könnte. Was für sie keine große Angelegenheit gewesen war, war ihm offenbar recht ernst. Ihr schwindelte kurz, sie hielt sich an der rechten Wand fest, um nicht umzufallen, aber die Plastikkanne fiel ihr aus der Hand und rollte den Gartenweg hinunter, kam erst am umgekippten Korbstuhl zum Halten.

Hier war es losgegangen, auf diesem Weg war der Trauerzug des Kranichmanns losgezogen, als sei nichts natürlicher und logischer als das. Am Straßenrand hatten ein paar Neugierige gestanden und die Bahre angeschaut, die von eigens bestellten Männern der frommen Beerdigungsgesellschaft getragen wurde. Tante Zippa, schwungvoll und frisch in ihrem schwarzen Kleid, das schwarzgefärbte Haar zu einem festen Knoten hochgesteckt, die Augen mit dickem schwarzem Lidstrich und die Lippen dunkelrot geschminkt, führte den Trauerzug an, sie und die anderen weiblichen Verwandten folgten. Joske und Benzi sagten, sie kämen schneller mit dem Traktor hin, und verschwanden. Jaeli spürte, wie die Hitze sich über ihre Wangen ausbreitete, oder vielleicht war es das Schuldgefühl. Ihr Blick wich den Blicken der Leute aus. Sie wusste genau, was sie von ihr, von ihnen allen, hielten. Wie schämte sie sich der Verwandtschaft mit diesen Frauen, die mit ihr die Bahre begleiteten. Zippa, Sophie, Anati und Nili – alle gleich schuldig.

Erwartungsgemäß kam kaum jemand in der Trauerwoche. Am ersten Tag erschien ein entfernter Onkel aus Beer Scheva, der auf der Rückreise vom Urlaub am See Genezareth einen Kondolenzbesuch abstattete, und auch eine freundlich lächelnde, kleine Frau, vor Jahren mit Sophie im Krankenhaus in Afula ehrenamtlich tätig, die Kuchen mitbrachte.

Man sah gleich, dass Sophie sie nicht ausstehen konnte, aber sie musste dennoch mit ihr zusammensitzen, bis sie sie mit der Warnung verjagte, die Mücken würden sie »bei lebendigem Leib auffressen«, wenn sie nicht schnell aufbrach.

Auch am zweiten Tag rechneten sie noch mit Trauerbesuchern, saßen daher um den weißen Plastiktisch im Garten und warteten, aßen die Kuchen der Lächelnden vom Vortag (außer Sophie: »Der ist mit Zucker, sie will mich umbringen, diese Frau«), und das Obst, das die Tante vorsorglich angerichtet hatte, und schwiegen.

Am dritten Tag ging Gali zum Militär zurück, und als Anati und Jaeli vom Einkaufen heimkehrten, fanden sie Zippa in der

Küche emsig das Mittagessen zubereiten und Oma Sophie im Wohnzimmer ihre Fernsehserien gucken.

Am vierten Tag fand Jaeli drei Papierkraniche auf dem Rasen im Hof. Sie hob den Blick und sah das kleine Fenster im zweiten Stock offen stehen und eine dicke Decke zum Lüften raushängen. Später kam Zippa die Treppe herunter, mit zwei schwarzen Plastiksäcken, zum Bersten gefüllt mit papiernen Pinguinen, Kranichen, Straußenvögeln, Kamelen, Segelbooten und endlosen Girlanden aus Schmetterlingen und Käfern.

Der Kranichmann war gestorben, ohne dass jemand etwas von seiner Existenz gewusst hatte. Oder vielleicht hatte nur sie nichts gewusst? Anscheinend hatten alle um sie her Schweigen gelobt: Ihre Großeltern und Eltern, und wer noch im Dorf hatte nichts geahnt? Wieso hatte sie nichts gewusst?

Am fünften Tag begannen sie, die Bilder zu sortieren.

Sie saßen im Erdgeschoss am großen Küchentisch und ordneten vergilbte alte Fotos in neue Alben, die sie in Afula gekauft hatten. Sophie reichte Jaeli einen Packen, von einem spröden Gummi zusammengehalten, und deutete auf zwei gut gekleidete, etwa sechsjährige Kinder, die brav vor der Kamera standen.

»Bitteschön, das hier ist Zippa und das da Schimele.«

Beide gleich groß, einander ähnlich, aber doch wieder nicht. Schimele, Zippas Zwillingsbruder, der Bruder, dessen Seele mit ihrer verbunden war und dessen sie sich dennoch so sehr schämte – mit seinem verschlossenen Blick, den asymmetrischen Zügen, dem ovalen Gesicht, den großen Ohren und dem Speichel, der ihm manchmal aus den Mundwinkeln rann –, dass sie flüchten musste, um sich zu retten.

»Er war unser Bruder, nicht, dass du denkst, es täte uns nicht weh«, sagte Sophie und schnitt sich noch ein Stück zuckerarmen Kuchen ab. Zippa, überraschend von hinten aufgetaucht, sank auf einen der Stühle, schenkte sich ein Glas kalten Tee ein und sagte, ohne das geringste Zögern in der Stimme: »Genau! Es war nicht leicht, ihn hierzuhalten, was glaubst du denn? Er wollte doch dauernd abhauen, der Schimele, du weißt ja selbst, dass er nachts manchmal zu dir gekommen ist. Am Ende blieb uns keine Wahl, wir mussten ihn bei Nacht ein bisschen frei herumlaufen lassen. Und nicht, dass wir nicht fürchteten, er könnte euch Mädchen und den Leuten hier im Dorf Angst einjagen.«

»Nun gut«, sagte Sophie, »es gibt Dinge, die besser ungesagt bleiben …« Und sie wechselten vielsagende Blicke miteinander.

»Viele Jahre lang!«, sagte Jaeli. Sophie und Zippa nickten.

»Sagt mal, was hat er denn so Böses verbrochen, dass er es verdiente, dort eingesperrt zu sein?«, schrie Jaeli beinahe heraus.

»Böses? Schimele hat nichts Böses getan!« Sophie und Zippa lachten, und Zippa wischte sich mit einem Papiertaschentuch den Schweiß von der Stirn und putzte sich dann geräuschvoll die Nase.

»Ich versteh nicht, was daran lustig sein soll! Ich will eine Erklärung!«, verlangte Jaeli.

»Man war böse zu ihm, das war's! Und es gibt nichts mehr zu sagen über diese Angelegenheit!«, beendete Zippa das Gespräch, und Sophie nickte zustimmend.

Später sagte sie: »Du verstehst das jetzt vielleicht noch nicht, Jaelinka, vielleicht begreifst du es erst, wenn du selbst Mutter bist. Aber sich um ein Kind zu kümmern, ist eine wichtige Aufgabe, und ich musste mich um Schimele kümmern, der sein Leben lang im Geist ein Kind geblieben ist. Wir alle haben dafür einen Preis bezahlt, deine Großeltern, Anati und Nili, wir alle. Das ist der Preis, den man für Kinder zahlt, mal mehr, mal weniger. Aber immer hat es seinen Preis.« Und als Sophie, die wie ein Falke über Zippas Zuckerkrankheit wachte, nicht hinschaute, stibitzte Zippa noch einen Butterkeks aus der blauen Dose.

»Das reicht nicht. Gali, findest du nicht, dass wir mehr Informationen brauchen?«

»Ich bin raus, zieh mich da nicht rein.« Gali nahm einen Pfirsich aus der Schale. »Alle hier sind verrückt, da kann man mit keinem reden«, sagte sie und ging mit ihrem neuen Freund, Jotam, telefonieren, der auf dem Stützpunkt geblieben war, nicht über Schabbat kommen würde.

Beredtes Schweigen. Geräuschvolles Teeschlürfen. Sophie verstummte vor der Mattscheibe, und Zippa eilte die zwanzig Stufen zum Obergeschoss hinauf, um mit der Reinigungsaktion weiterzumachen. Danach kamen Nili und Eveline, und kein Mensch redete mehr von Schimele, dem Kranichmann, und nicht über all die Jahre, die er in seinem Zimmer neben dem Dachboden eingesperrt gewesen war, seine Papierfiguren vom Zimmerfenster ins Freie hatte fliegen lassen und nachts das kleine Mädchen besuchte, das sie damals war.

All diese Jahre, und sie hat niemals gefragt. Hatte sie wirklich nichts gewusst? Wie war das überhaupt möglich? Und wie hatte sie sich die Origami-Figuren erklärt, die sie auf dem Rasen fand, und die komischen Klopflaute bei Nacht?

Der Kranichmann. Schimele. Der vielleicht an demselben Defekt gelitten hatte, der jetzt dem Baby drohte, das gerade in ihrem Schoß strampelte, Jahre später. Das Kind, das David in die Flucht geschlagen hatte, und jetzt würden wir wohl niemals erfahren, was Schimele tatsächlich gehabt hatte.

Am sechsten Tag hatten alle äußerst wichtige Dinge zu erledigen und konnten nicht kommen.

Monat Tischre

Zweiter Teil

Heimatkunde

»Regen, Regen fällt vom Himmel, viele kleine Wassertropfen, ping, ping platschen, alle in die Hände klatschen …«

Solche Lieder singt man noch in unserem Kindergarten, der längst zu einem Verbund mehrerer Kindergärten angewachsen ist. Lieder dieser Art, dazu Herbstblumen, Heimatkunde, ein Geschenk zum bevorstehenden Neujahrsfest und das Lied »Hammer, Nagel« zum Laubhüttenfest und wo bleibt der Regen?

Kein Mensch spürt sein Fehlen außer uns. Wirklich. Die Gärten sind noch grün, auch wenn die Rasenflächen schon verschwunden sind, Kunstrasen, Holzplanken mit wer weiß was drunter, Gott behüte, glatter Beton, Blumen in Kübeln.

Im ganzen Land fließt schon fades, entsalztes Meerwasser aus den Hähnen, und unser Boden wird von Tag zu Tag salziger, die Bäume ächzen unter der dicken Staubschicht, und wir bewässern sorgenvoll weiter, Wasser ist nicht mehr so billig wie einst, und die nun schon alltäglichen Diebstähle, Tribute an die Diebe jenseits des Bergzugs, gehen ins Geld.

Man dreht uns alle Wasserhähne ab. Wir sind auf uns selbst gestellt. Ihr habt vergessen, wer hier Morast und Mücken und

Malaria gefressen hat, während ihr in Tel Aviv und Haifa Kaffee getrunken habt. Aber wir vergessen es nicht – und auch nicht der Regen, der uns vorerst verlassen hat, der kehrt noch wieder.

Lügen und Geheimnisse bringen angeblich mehr Schaden als Nutzen, alle wollen jetzt ehrlich sein, die Büchsen der Pandora und die Sündenregister öffnen, die Skelette aus den Schränken holen, das diene der Läuterung der Seele, heißt es. Unsere Kinder überhäufen uns mit unberechtigten Vorwürfen, genau wie bei unseren Nachbarn in den Kibbuzim, dort jammern sie über ihre verlorene Kindheit in den Kinderhäusern, über die Nachtwächterinnen und die hartherzigen Eltern, und bei uns vergießen sie Krokodilstränen, weil wir sie angeblich zu hart rangenommen haben, auf dem Acker, an den Fischteichen, in Kuhställen und Hühnerhäusern.

»Wir hatten keine Zeit, uns individuell zu entwickeln«, klagen sie und bilden Selbsthilfegruppen, die sich donnerstags im Volkshaus treffen, und wenn man dort vorbeiradelt, hört man manchmal lautes Schluchzen aus dem kleinen Saal.

Ein Witz.

Aber wir kennen die Wahrheit.

Was sie Lügen und Geheimnisse nennen, nennen wir »sich mit dem eigenen Kram befassen und die Nase nicht in anderer Leute Angelegenheiten stecken«. Wir sind Experten darin, und vielleicht ist das ja das Geheimnis unserer Resilienz hier auf der schweren sumpfigen Erde; die Toten und die Lügen und die Geheimnisse liegen tief vergraben und erlauben uns weiterzuleben, ohne dass wir übermäßig viel an sie denken müssen. Nicht an sie und nicht an die paar Araber, die wir von hier vertrieben haben, und auch nicht an diejenigen unter uns, die verrückt geworden sind und sich umgebracht haben, oder an die gestorbenen Kinder und die verbotenen Seitensprünge.

Worin unterschied sich dieses Geheimnis?

Nicht, dass im Dorf nicht darüber geredet worden wäre, es gibt immer jemanden, der redet, seine Zeit mit Klatsch und Verleumdung vergeudet. Die Natur des Menschen ist böse von Jugend an, lehrte uns der legendäre Lehrer Kipnis, ein Verwandter des berühmten Dichters, der in der alten Baracke wohnte, die schon damals baufällig war und noch heute junge Leute und Bettelarme aufnimmt.

Es ist ja auch nicht so, dass wir kein Herz hätten. Schließlich haben wir eine große Fläche mitten im Dorf für das staatliche Kinderheim zur Verfügung gestellt. Eine Fläche groß wie ein halbes Fußballfeld vom teuren Gemeinschaftsboden für verwahrloste Kinder, damit sie ein bisschen saubere Luft atmen können. Später haben wir sie mit einem großen Zaun umgeben und ebenfalls vergessen. Unsere Kinder kannten sie nicht, und die Enkel werden auch die Nachfolgenden nicht kennenlernen, denn es kommen immer welche nach. Es gibt Dinge, die uns nichts angehen.

Wir verdrängten, schlossen die Augen, hielten uns die Ohren zu, sahen auch ihn nicht, wenn er nachts umherstreunte, beim nächtlichen Melken wie ein Schatten an uns vorbeihuschte, die schlammigen Wege mit Hunderten von Papierfiguren übersät waren. Wir haben uns nicht eingemischt, es ging uns nichts an, es gibt Dinge, über die man besser schweigt, und wir schwiegen viel, über neunzig Jahre oft und lang.

Und doch gibt es Dinge, die man nicht verschweigen darf, auch die gibt es.

Dächer ohne Ziegel zum Beispiel. Restaurants in Hühnerhäusern, Pizzerien auf dem Hof, Boutique-Molkereien, zu Stundenhotels umgebaute Pferdeställe. So geht das Dorf unbemerkt vor die Hunde. Ja, wegen des Regens, aber auch wegen anderer Dinge.

»Kommt, ihr Wolken, bringt Wasser den Gärten, tropf, tropf wacker, bringt Regen dem Acker, der Ähre, dem Baum, und auch dem Blümchen am Gartensaum.«

Die Kleinkinder singen in den Kindergärten, und wir kommen mit den Treckern vorbei und halten kurz an, um zu lauschen. Danach springen wir schnell in den Dorfladen, um Dickmilch und Mischbrot zu kaufen, und fahren weiter auf die Felder, um die Bewässerung anzuschalten und zu retten, was zu retten ist.

• • •

Sophie weiß, wenn sie morgens früh genug aufsteht, sieht sie die Honigsauger den Morgentau aus den Rangunschlingerblüten trinken. Vielleicht entdeckt sie auch einen Blutspecht, der dicke Würmer aus der absterbenden Zypresse in der Mitte der Reihe angelt. Früher schützten die Zypressen ihren Orangenhain vor dem bösen Nordwind, doch jetzt, da der Hain nicht mehr ist, säuern sie nur den Boden unter sich und weiter nichts.

Es gibt auch ein Bülbülpärchen, das sich an Zippas Brustbeeren gütlich tat, bevor Jaeli die Bäume abdeckte, aber Sophie war es egal. Zum einen ist Zippa nicht mehr, und auch zu deren Lebzeiten hatte Sophie die Vögel nie verjagt, nicht von den Brustbeeren und nicht von den Wollmispeln. Sie schaute ihnen gern zu, wenn sie morgens früh genug wässerte, damit Joske nicht mit seinem Gezeter anfing. Überhaupt komisch, dass sie sich an die Vogelnamen erinnerte, wohl noch von Schimele, der ihr mit seinen Listen das Hirn vollquatschte.

Früh morgens ist es still im Dorf, selbst den Lärm der Melkmaschinen hört sie nicht, nicht, weil er nicht da wäre, sondern weil sie daran gewöhnt ist. Hier und da stört ein Traktor die Ruhe, aber das macht ihr nichts aus. An so einem ruhigen Morgen, wenn sie gießt oder jätet oder pflückt, kann sie einfach ihrem Sehnen nachhängen. Sehnsucht ist ein Gefühl, das sie von Kopf bis Fuß erfüllt. Sie sehnt sich nach dem, was einmal war, aber auch in der Gegenwart ist jede Minute, die vergeht, eine verpasste Minute, und auch nach diesen Versäumnissen sehnt sie sich. Zum Beispiel ihre Töchter, Nili, die gestorben ist, und Anati, die für ein ganzes Jahr im Ausland sitzt – beide *fehlen* ihr, aber wirkliche Sehnsucht hat sie nach der Zeit, als sie klein waren, kleine Mädchen. Als sie ihr am Morgenrockzipfel hingen und in den Garten nachliefen. Sie sehnt sich nicht nach den Frauen, die sie geworden sind, Erwachsene, die nichts mit ihr gemeinsam haben: Die geschiedene Nili, deren Mann sie mit drei Kindern für eine andere Frau sitzen gelassen hat, raucht Kette an ihrem Küchenfenster gegenüber dem Geschäftszentrum, schaut vorbeifahrenden Autos nach und liest Liebesromane vorm Fernseher. Nicht nach dieser Nili sehnt sie sich, sondern nach dem kurzen Wuschelkopf, der mit aufgeschürften Knien und schlammverschmierter Kleidung nach Hause kam – manchmal mussten sie sie bestrafen wegen ihres ungestümen Verhaltens –, aber Nili lachte auch danach noch, und Sophie schnitt zwar ein böses Gesicht, lachte innerlich jedoch mit.

Auch die ernste und stille Anati, die sie in der Sportkarre oder im Laufstall manchmal schlichtweg vergaßen, weil sie sich stundenlang mit etwas beschäftigen konnte, was sie ihr in die Hand gedrückt hatten. Doch so ruhig und ausgeglichen sie als Kleinkind gewesen war, so unerträglich wurde sie als erwachsene Frau – Vegetarierin, Feministin mit verrückten Ideen, die an der Universität offenbar gut ankamen, Sophie aber um den Verstand brachten.

Sophie sehnt sich nach ihren Töchtern als kleine Mädchen, die ihre Tage unaufhörlich mit Arbeit füllten, sie ständig außer Atem brachten. Seltsamerweise ist ihr später, als die beiden groß waren, die Sehnsucht nach diesem Gefühl geblieben, das ihr seinerzeit so zugesetzt hat, sie daran hinderte, auch mal sie selbst zu sein. Heute sehnt sie sich nach diesem Empfinden, denn sie ist viel zu viel *sie selbst*, was ihr kein Mensch auch nur kurz mal abnehmen möchte.

Nach Zippa sehnt sie sich noch nicht, das ist nicht lange genug her für Nostalgie. Aber nach Schimele schon. Sie gießt die Geranien, betrachtet seinen roten Korbsessel, erinnert sich, wie er einst darauf saß, ein Katzenjunges oder einen Welpen auf dem Schoß, und den Mädchen zuschaute, die kindlich froh auf dem Rasen spielten. Das war vor dem, was später geschah, als er noch frei war wie alle Kinder, obwohl selbst dem Kindesalter längst entwachsen. Manchmal stand er auf und machte mit, und als sie klein waren, freuten sie sich daran, sprangen ihm auf die Schultern und spielten mit ihm Packesel oder ließen sich wie einen Sack Mehl schultern. Manchmal durfte er in den langweiligen, heißen Mittagsstunden der großen Ferien als Statist bei einem ihrer Theaterspiele mitmachen, und er war immer bereit, mit geradezu hündischer Begeisterung. Aber dann wurden die Mädchen größer, konnte ja nicht anders sein, und mit dem Größerwerden kamen die Blicke und das Kichern, und sie sahen ihn mit den Augen der Außenstehenden. Diese Blicke hatten ihr damals den Magen umgedreht und tun es noch heute, wenn sie an ihn denkt.

Auf Schimeles Korbstuhl kann man nicht mehr sitzen, das Korbgeflecht ist brüchig und ausgeleiert, und die schöne tiefrote Farbe hat sich in verblichenes Rotbraun verwandelt. Sie hat ihn umgekippt neben Zippas Haus gefunden und stellt jetzt eine große Topfpflanze darauf, der die pralle Sonne nicht gutgetan hat, hofft, dass sie sich dort erholt. Der Gärtner, den Eveline bestellt hat, um den Garten für die Hochzeit herzurichten, hat regelrecht darin gewütet, hier etwas zurückgeschnitten, dort etwas ausgerissen, ohne sich mit Sophie zu beraten. Sie hatte überhaupt nichts von seinem Eintreffen gewusst, und als sie von Besorgungen zurückkam, mit einer neuen lila Bluse für die Hochzeit (sie hatte auch fünf Dosen ihrer Creme gekauft – alle, die im One-Dollar-Shop auf Lager waren), war ihr das Haus plötzlich wie verändert erschienen. Der Gärtner hatte die langen Äste der Araukarie, die den Eingang beschattete (und laut Eveline auch einen Haufen Dreck machte), gekürzt, die Zitrusbäume zurückgeschnitten und einen Teil des Efeus entfernt, der in die Beete gewandert und von dort die Araukarie emporgeklettert war. Alles war jetzt zu hell und blendete die Augen.

Hätte man Sophie gefragt, hätte sie gebeten, die Finger von dem Efeu zu lassen, von ihr eigens am Fuß der Araukarie gepflanzt. Letzten Winter hat sie unter dem Baum Kapseln kleiner wilder Alpenveilchen ausgestreut, gekauft bei irgendeinem Machertypen, nachdem ein ganzer Hügel voll damit für eine neue Straße abgeräumt worden war. Die Efeuranken am Baum und das Knospen der schüchternen Blümchen erinnerten sie an das Haus am Saum verschneiter Tannen, das sie einst besessen hatte. Ein kleiner Trost. Eveline hatte gesagt, sie *liebe* zwar den Anblick des verwilderten Gartens, aber für die Hochzeit müsse man doch ein wenig Ordnung schaffen – für eine Hochzeit, von der sie spürt, dass sie nicht stattfinden wird –, aber sie schweigt, denn böse Worte sollten schlichtweg ungesagt bleiben.

So steht Sophie denn frühmorgens auf, bevor die Sonne zu heiß wird ohne den wohltuenden Schatten der Araukarie, und sehnt sich. Nach Schimele, und nach ihren kleinen Töchtern, und nach ihrer Mutter, die Schimele schnell, schnell mit ihr fortgeschickt hatte, bevor es hier eine Katastrophe gebe. Seinerzeit hatte Sophie gedacht, es ginge um Zippa, ohne etwas von der Katastrophe zu ahnen, die sich tatsächlich anbahnte. Jetzt erkennt Sophie bei sich auch Sehnsucht nach dem noch ungeborenen Baby, oder nach jenem Baby, das zur Welt kam und zu etwas anderem heranwuchs. Sie kennt nicht genug Worte im Hebräischen, um dieses Gefühl auszudrücken, aber auch nicht in ihrer Muttersprache, die sie vor sechzig Jahren aufgegeben hat, ist gefangen in der Sehnsucht, dem einzigen ihr bekannten Wort, das in etwa beschreibt, was sie empfindet.

Das Baby.

Sophie würde alles dafür tun, damit es nicht so wird wie Schimele.

Wirklich?

Was war denn so schlimm an Schimele? Ein Mensch ohne eine Spur Bosheit, mit einer Künstlerseele und geschickten Händen. Er passte nicht in diese Welt voll dreckiger und grausamer Menschen. Wie die schwarze Erde hier, die alles Gute und Schöne verschlingt, sind auch die hiesigen Menschen wie Erdschollen nach dem Pflügen, harte und trockene Klumpen nach einem weiteren endlosen Sommer, gespickt mit scharfen kleinen Steinen, die nach dem Aufklauben der großen verblieben sind. Sie warten bloß auf den Regen, der endlich kommen möge, und sonst interessiert sie nichts. Sie haben nur Irdisches im Kopf: pflügen, säen, bewässern, jäten. Es lockt sie überhaupt nicht, mal zum Himmel aufzublicken und die weiten Kreise der großen Vögel zu sehen, oder einen Moment dem kühnen Sprudeln der Quelle zu lauschen, die immer weniger Wasser führt. Sie halten keinen Augenblick inne, um sich auf den Rücken zu legen und in die Wolken zu schauen, die über den Himmel segeln oder dort mal verweilen.

Vielleicht ziehen die Wolken, die im Vorübersegeln kurz anhalten, sich zu fragen scheinen, ob sie hier über freiem Feld bleiben und ergrauen sollen, dann doch lieber weiter, um ihre vielen großen Tropfen anderswo über den Feldern anderer Menschen abzulassen. Das kommt alles, weil sie nicht hinschauen, und wenn doch, dann nur mit dummem, verschlossenem Blick. Letzten Endes hatte Schimele, um diesem Blick seiner Mitmenschen zu entkommen, in den zweiten Stock raufziehen müssen, aber das will keiner wahrhaben.

Als der Morgen mit der knallheißen Septembersonne aufgeht, blickt Sophie auf das alte Haus, sieht Arbeiter am Werk und weiß, dass es so nicht weitergehen kann. Die Vergangenheit muss in der Vergangenheit bleiben, und da Sophie nur einen kleinen Anteil an der Zukunft hat (sie wird ja nicht lange genug dableiben, um zu sehen, was geschieht), muss man jetzt handeln, damit Jaelis Zukunft mal anders aussieht als die von ihnen hier. Obwohl das Dorf mit seinen grünen Höfen und großen Häusern und den Jeeps, die auf dem Parkplatz stehen, jetzt ganz anders aussieht als das dürftige staubige Dorf, in das sie mit dem verbeulten, keuchenden Pickup gekommen waren, weiß sie, dass sich im Grunde nicht viel verändert hat und die Menschen dieselben Menschen sind, hart wie Erdklumpen nach dem Pflügen, auch wenn sie heute Handys und Internet haben und zweimal im Jahr ins Ausland fliegen.

Man muss das Baby schützen, und Sophie ist entschlossen dazu. Als sie hörte, dass Jaeli ihren Teil am Haus im Grundbuch eintragen lassen wollte, hatte sie ihre Schwester Zippa erst im stillen Herzen (und dann an ihrem Grabstein) mit allem verflucht, womit man einen toten Menschen verfluchen kann. Was sollte das wohl, warum hatte sie das Haus nicht einer vererbt, die es verdiente (denn sie wüsste genau, was damit zu tun sei, so Joske). Danach hatte sie Joske zweimal zu diesem Anwalt geschickt, und es gibt frohe Kunde, vielleicht kann das Dorf, mit ihrer und Joskes stillschweigender Einwilligung, einen Abrissbeschluss für das Haus erwirken. Sie hofft, Jaeli werde, mit dem Neugeborenen, nicht die Zeit oder Kraft haben, vor Gericht zu ziehen. Ihnen bleibt keine andere Wahl, Jaeli will ja nicht hören.

Keiner hört auf Sophie in diesem Haus. Sophie hat mehrmals angerufen, um zu erklären, aber Jaeli blieb stur. »Genug endlich mit dem Aberglauben, es reicht! Nichts ist verflucht an diesem

Haus. Alles, was hier war, ist allein wegen euch geschehen, also steht dafür gerade.«

»Jaeli, Liebes«, bettelte Sophie, »du weißt doch, dass wir immer dein Bestes wollen, aber dieses Haus ist nicht gut, es ist nicht gut, mit einem Neugeborenen in so ein Gebäude mit all den schlechten Erinnerungen einzuziehen«, erklärte sie sanft. Aber Jaeli schnaufte nur unwirsch am anderen Ende der Leitung und wollte nichts weiter hören. Jetzt klang sie immer mehr wie ihre Mutter, obwohl Anati mit Sophie übereinstimmte – ganz was Neues zwischen ihnen.

Von jenseits des Hofs hörte sie die Klimaanlage in Anatis und Benzis Haus röcheln und husten, bald würden sie aus dem Ausland zurückkehren, was Sophie, die hier allein die ganze Familie schmeißt, einige Last von den Schultern nehmen wird.

Sie war von Anfang an gegen die Reise gewesen. Wofür haben wir hier den Staat gegründet, damit ihr wegfahrt? Wir sind hergekommen, damit wir nie, nie wieder auf die Gnade der Gojim angewiesen sind, was fehlt euch denn hier? Und nichts von dem, was Anati und Benzi vorbrachten (jeder ernst zu nehmende Wissenschaftler muss eine Zeit lang an einer guten Universität im Ausland verbringen, um voranzukommen – Anati), »Ich habe keine Illusionen in Bezug auf London« (Benzi, einen hebräischen Song zitierend), war hilfreich.

Wenn Anati zurückkam, würde sie viel Arbeit haben und viel helfen müssen, bis alle verstanden, was Sophie schon längst wusste, aber nicht hatte sagen wollen – dass es keine Hochzeit geben und dieser rotgesichtige Städter nicht aufkreuzen würde. Woher sie das wusste? Sie hat ihre eigenen Wege. Noch hat ihr keiner was gesagt, keiner beachtet sie oder glaubt ihr Rechenschaft schuldig zu sein.

Das gilt auch für Joske.

Aber einen kurzen Moment, bevor sie beide von dieser rachsüchtigen Erde verschwinden, werden Joske und sie ihre letzten Kräfte für ein gemeinsames Ziel vereinen, und deswegen wohl fühlt Sophie sich plötzlich ein wenig jünger und glücklicher, auch wenn das eine Illusion ist. In ihrem Alter besteht kein Grund, sich Illusionen und Wunschträumen zu verweigern, keiner.

◆ ◆ ◆

Die familiäre WhatsApp ist voll mit Fotos von Jaelis Renovierungsarbeiten, sie fotografiert begeistert jeden Quatsch. Im Schlaf hat Gali einige Voice-Nachrichten erhalten. Ihr Boss wünscht ihr alles Gute zur Hochzeit und erwartet sie in einem Monat zurück. George erkundigt sich nach ihrem Befinden, gratuliert mit bebender Stimme dem glücklichen Paar und fügt musikalische Glückwünsche von allen Mitarbeiterinnen im Büro an. Zwei Nachrichten von Jotam. Die erste stammt von gestern Nacht, als sie in Selbstmitleid versank: *Gali, melde dich bitte.* Die zweite ist aus den frühen Morgenstunden: *Gali, ich muss wirklich mit dir reden!!!* Und: *Drück mich nicht weg, es ist wichtig!!!*, mit vielen Ausrufezeichen. Drück mich nicht weg! Wer hat denn wohl wen weggedrückt, als sie ihn nach seiner sonderbaren Nachricht anrief??? Hier gelandet zu sein und vier Tage vor der Hochzeit so eine Nachricht zu hören??? Zigmal hat sie ihn angerufen, und er hat nicht geantwortet, und auch jetzt, wenn er sie erreichen will, warum gerade zu Uhrzeiten, bei denen er weiß, dass sie dann schläft??? Für seine Ausrufezeichen hat sie mindestens ebenso viele Fragezeichen.

Und doch darf man auf gar keinen Fall übereilte Schritte tun. Sie legt sich wieder aufs Bett, ihr Herz klopft wie wild, und ihre Phantasie versucht, die Lücken zu schließen, seit sie ihn zum letzten Mal den Anzug, der für Arbeitstreffen wie auch für die Hochzeit passte – die dieser Hund vielleicht da schon nicht wollte, oder damals vielleicht doch –, einpacken sah, wie er sie auf die Stirn küsste, als wäre sie seine Tante, und dann hastig das Haus verließ, und vor allem, wie sie an der Tür stand und ihn pfeifend die Treppen runterspringen sah, sichtlich froh, von ihr wegzukommen. Ja, das stand ihr die ganze Zeit vor Augen. Und jetzt schickt er ihr Nachrichten und will sie sprechen. Warum?

Die Schwärmerin in ihr vervollständigt sofort das rosige Bild – Jotam hat entdeckt, dass dieses untreue Stinktier, Julie, einen anderen hat (das ist die vollendete Phantasie: einerseits süße Rache an dem untreuen Jotam, andererseits zwei nach ihm ausgestreckte Arme, wer sollte ihn wohl trösten, wenn nicht sie?). Sie stellt sich Jotams gerötetes Gesicht und seine traurigen Augen vor, wie damals, als er auf der gemeinsamen

Couch gesessen und ihr tiefunglücklich mitgeteilt hatte, dass er sie zum Teufel jagt – vielleicht sieht er jetzt endlich ein, was das für ein fataler Fehler gewesen war.

Aber Gali ist ein vernünftiger Mensch, manchmal zu vernünftig, und sie weiß, dass Jotam sie sehr wahrscheinlich so eilig sprechen wollte, um sicher zu gehen, dass sie verstand, was er nicht mal in seiner ängstlichen Nachricht zu sagen wagte: Das heißt, dass er gar nicht zu überlegen braucht, es eigentlich die ganze Zeit wusste, er nämlich keinerlei Absicht hat, zur Hochzeit zu erscheinen. Zu ihrer, Galis. Dieser Mistkerl! Selbst wenn er sie zu erreichen sucht, um ihr mitzuteilen, dass er seine Meinung erneut geändert hat und sie nun doch heiraten will – sie kehrt nicht zu ihm zurück. Zumindest nicht, ohne sich via Skype vorher mit ihrer misanthropischen Psychologin zu beraten. Kurz denkt sie, sie sei vielleicht endlich hinweg über diese Sache mit dem ersten Freund, mit-dem-du-viel-zu-lange-zusammengeblieben-bist, sei vielleicht im letzten Moment gerettet worden. Doch selbst, wenn sie bereits gelernt hat, alle anderen zu belügen – sich selbst belügen ist komplizierter. Wenn letztlich ein Wunder geschehe und Jotam zu der Hochzeit erschiene, die sie wie ein rasender Zug zu überrollen droht, würde sie ihn zurücknehmen, ohne es sich zweimal zu überlegen.

Den ganzen Nachmittag war sie unruhig, ging mehrmals raus und rein und vergaß jedes Mal etwas: das Telefon, den Kaffee, die Nagelschere. Schließlich setzte sie sich auf einen Plastikstuhl an den schmutzigen, schmalen Gartentisch und begann, sich die Nägel zu schneiden. Danach ging sie wieder rein, rieb sich von Kopf bis Fuß mit Mückenschutz ein und kehrte sichtlich besorgt an den Tisch zurück. Jaeli rief aus Zippas Haus: »Kommst du gleich Kaffee trinken? Ich muss die Arbeiter zur Tankstelle zurückfahren.« Gali nickte und starrte weiter auf die Hecke des Vorgartens, die stinkenden Blüten des Rangunschlingers, als ohrenbetäubender Lärm vom Sandweg ertönte.

Jonathan hielt mit dem Traktor kurz an der Hecke. »Hi«, rief er, »bist du auch da?«

»Warum, wer ist noch hier?«

Jonathan geriet kurz durcheinander. »Ah, hm, ich meinte deine Schwester, Jaeli.«

»Ach«, seufzte sie lustlos. »Dann ja, ich bin da.«

»Eine Hochzeit im Garten! Bist du schon aufgeregt?« Gali rang sich ein Lächeln ab, in der Hoffnung, damit vom Reden entbunden zu sein, Jonathan war ja an schweigsame Menschen gewöhnt und noch mehr an Schweigepausen.

»Gut, ich muss weiter, sag Eveline, dass ich morgen Abend die Strohballen bringe, jemand soll mir zeigen, wo ich sie abladen soll, es ist eine Drecksarbeit, sie rumzuschieben.«

Sie sah ihn fragend an.

»Für die Hochzeit?« Jonathan drehte am Seitenspiegel und pumpte ein wenig das Gaspedal.

»Stimmt, ja klar«, jetzt fiel es ihr wieder ein. Die Requisiten für ihre Hochzeit, Dorfhochzeit und all das, ja, dazu gehörten auch Strohballen, genauso kitschig wie es sich anhörte, aber damals sah sie das nicht so.

◆ ◆ ◆

Auf dem Dreschplatz war es jetzt gegen Mitternacht still. Sogar der Container, in dem Pizza gebacken wurde, wirkte verlassen, und die bunten Lämpchen, die sonst die ganze Nacht ringsum flimmerten, waren ausgeschaltet. Nur die blaue Mückenleuchte brannte ewig, von März bis Oktober.

Zehn Container standen in einigem Abstand voneinander im Halbrund, aber alle nannten das hier »das Rund«, allerdings auch kein offizieller Name, denn Rubis improvisierter Container-Park, der mal ein Luzernefeld für die Kühe gewesen war (jetzt gibt es hier ja keine Kühe mehr), war eher halblegal. Etwas, das man geflissentlich übersah, solange es keine Strategie gab, mit all den erwachsenen Söhnen umzugehen, die keine Hoferben waren und daher eigentlich nicht im Moschaw bleiben durften. Sie wohnten, teils allein, teils mit Frau und sogar einigen Kindern in den kleinen Kisten aus Holz und Resopal, warteten darauf, dass das Gesetz geändert wurde (man arbeitete intensiv daran) und man ihnen erlaubte, auf dem Hof der Familie ein Haus zu bauen.

Auch Rubi hatte einen Container, seit der kaukasische Pfleger seines Vaters das Extrazimmer im Haus belegte und Rubi sich dort nicht mehr heimisch fühlte. Die meiste Zeit wohnte er allein, aber gelegentlich gesellte sich für ein paar Monate eine junge Frau dazu, und sein Container verwandelte sich für einige Zeit in den ordentlichsten und schmucksten auf dem Rund, mit Blumentöpfen und Hängematten und fröhlichen Girlanden. Abends saßen all die jungen Leute bei ihm auf der breiten Holzterrasse, die er an seinen Container gebaut hatte, und obwohl Rubi nicht mehr ganz zu den jungen Leuten gehörte, waren die Frauen in seiner Gesellschaft zumeist durchaus diesem Kreis zuzurechnen.

Zu zweisamen Zeiten kümmerte er sich um das Rund, sorgte für Beleuchtung, jätete das Unkraut und harkte den Kies auf den Wegen. Alles bestens, bis die jeweilige Partnerin wieder verschwand, jede aus ganz eigenem Grund (manchmal nach einem überraschenden Gewaltausbruch, bei dem er ein paar Teller zerschlug oder einen Stuhl zerlegte). Dann verwandelte sich sein Container wieder in einen traurigen Kürbis und mit ihm der ganze Platz.

So war die Situation in den letzten Monaten, und der erbarmungslose Sommer, den das Emek durchlitt, machte sie nicht besser. Die Einwohner begannen die mangelnde Landschaftspflege, Schädlingsbekämpfung, Sicherheit zu beklagen. Kluge und lebenserfahrene Mitmenschen versuchten, das ein oder andere nette Mädchen mit ihm zu verkuppeln, aber erst, nachdem man zwei Vipern in der Spielzeugkiste eines der Container fand, wurde der formelle Antrag gestellt, das Terrain von Wildwuchs zu befreien, das ganze Areal ringsum zu spritzen, einen starken Leuchtstrahler anzubringen und Mäusefallen aufzustellen, denn mit den Mäusen kamen bekanntlich die Schlangen.

Rubi errechnete, dass die monatlichen Ausgaben für das Gelände seine Mieteinnahmen übersteigen würden, und sagte sich, bald müsse er entscheiden, was ihm der Platz wert sei. Er hatte die Container für ein paar Groschen erworben und alle selbst renoviert, in der Hoffnung, dies würde ihm finanziell den Rücken stärken, um mit Jatir und den schmutzigen Geschäften des Dorfrats aufzuhören. Nicht dass Rubi ein Tugendbold gewesen wäre, weit gefehlt, und damals waren ihm auch all die Dummköpfe, die unter die Räder gerieten, herzlich egal gewesen, solange das feste Gehalt, das er vom Dorf bezog, ihn so weit über Wasser hielt, dass er nicht absoff. Aber letzthin genügt das Rubi nicht mehr, dessen gesamtes Leben sich um Wasser und Fische dreht. Er möchte oben schwimmen – was heißt schwimmen? Surfen, segeln, vielleicht sogar fliegen. Er braucht Abwechslung, und dieses Bedürfnis juckt ihn am ganzen Leib wie die Bisse der Forellen in den Fischteichen.

Abends, nachdem er gejätet und abgebrannt und gespritzt und installiert hatte, streckte Rubi sich erschöpft auf dem Sofa vorm Fernseher aus, ein Auge auf das Programm gerichtet, das andere halb geschlossen, als es an der Tür klopfte. Die Hunde spitzten die Ohren, Rubi blickte auf die Uhr, halb elf, wer war das jetzt? Wieder das Klopfen, nunmehr deutlicher. Die Hunde bellten, und Rubi rappelte sich notgedrungen auf, leicht schwindlig im Kopf, bahnte sich seinen Weg durch Haufen feuchter Kleider (mit denen er heute Morgen von den Fischteichen zurückgekehrt war und die er morgen wieder anziehen würde), leeren Bierdosen und dem Abfall, den die Hunde verstreut hatten, weil er sie heute Mittag allein eingeschlossen hatte. Vor der Tür stand Jatir, gekleidet, als käme er geradewegs aus dem Büro.

»Guten Abend«, sagte er, und Rubi nickte.

»Darf ich reinkommen?«

Rubi sagte, »lieber nicht, die Hunde«, und schlüpfte durch die Tür, damit sie nicht mit rausliefen. Jatir setzte sich an den Tisch auf der Holzterrasse.

»Was ist los?«, fragte er und zündete sich eine Zigarette an.

»Mach das aus, ausmachen«, blaffte Jatir und legte seine Tasche auf den Tisch. Rubi nahm einen langen Zug von seiner Zigarette und drückte sie dann in dem Blumentopf aus, der ihm als Aschenbecher diente.

»Schau, die Sache mit der Wasserleitung wird heute Nacht unter Dach und Fach gebracht. Jetzt gerade installieren Arale und Degani die Abzweigung unter Steinmanns Hof, damit die ihre Hochzeit feiern können, haben uns ja den Kopf damit vollgequatscht. Noch eine letzte Anstrengung, und wir haben die volle Kontrolle über das alte Rohr. Ohne Teilhaber. Aber ich will, dass du hingehst und mit Hand anlegst.«

»Wieso das denn nun?«, fragte Rubi. »Du und Degani wollten mich nicht mal *in der Nähe* dieses Projekts haben, und jetzt braucht ihr mich plötzlich?«

»Melnik!« Jatir hob die Stimme, wer hätte gedacht, dass dieser schmale Mann so einen Resonanzkasten hatte. »Rede keinen Unsinn! Was, bist du ein kleines Mädchen? Wenn man dir sagt, man braucht dich, dann ist das so! Wenn man dich nicht braucht, dann nicht! Du hattest andere Dinge um die Ohren, und auch mit denen bist du noch nicht fertig.«

Jatir stand auf und klopfte sich die Hose ab, die Staub und weiße Haare von den Pyrenäenberghunden abbekommen hatte. Er legte Rubi eine überraschend starke Hand auf die Schulter: »Ich bin jetzt auf dem Weg nach Tel Aviv, habe dort ein wichtiges Treffen am Morgen, raff dich auf, geh dorthin und tu, was nötig ist.« Danach stieg er in seinen Chevrolet, startete und fuhr so quietschend an, dass die Hunde erneut wild bellten. Rubi blieb noch eine Minute draußen sitzen, und nachdem er einige Mücken zerquetscht hatte, die auf seinem Nacken gelandet waren, ging er hinein, um sich anzuziehen.

Es gefiel ihm gar nicht, dass Jatir ihm diese Aufgaben aufhalste, immer in allerletzter Minute. Aber was blieb ihm anderes übrig? Von der Fischzucht konnte man nur so gerade eben leben, die Miete, die er von den Bewohnern auf der Tenne einnahm, deckte den Kredit, den er für den Kauf der Container aufgenommen hatte, reichte jedoch nur knapp, um den Pfleger seines Vaters zu bezahlen. Aber es war nicht nur das. Man musste ganz ehrlich sein. Es war nicht nur das Geld oder der Wunsch, obenauf zu sein. Auch nicht die Geringschätzung, die er den Losern um ihn her entgegenbrachte, die nicht wussten, was unter ihrer Nase vor sich ging. Dem Bauernrat, dem Dorf vertrauten.

Es ging mehr um das *Survival of the Fittest* – es gab so ein Programm bei *National Geographic* –, alle möglichen Typen, die unter unmöglichen Bedingungen durchhielten. Das Überleben der Starken, die natürliche Auslese. Seit er hier ein kleiner Junge gewesen war, der niemandem etwas durchgehen ließ, auch nicht den Kindern, hatte Rubi begriffen, dass er nicht Opfer der natürlichen Auslese sein würde. Er musste sie *vornehmen*, dort, wo die Schwachen zerdrückt wurden genau wie zarte Pflanzen, die in die Baumwollernter gerieten, stets nachts, immer im Geheimen, vielleicht, damit sie nicht merkten, dass sie gleich hilflos zermalmt werden würden in dem Ballen, den die Maschine hinten auswarf, gut verpackt in blickdichtes Plastik.

Die Schwachen.

Wie Arale zum Beispiel. War mit haufenweise Geld von einer Erbschaft, die seiner Frau zugefallen war, ins Dorf gekommen, hatte alle umschmeichelt, um ein Grundstück im alten Dorfteil zu bekommen, und sie hatten ihn dafür mit offenen Armen empfangen, seine Geldspende angenommen und damit das alte Volkshaus von 1935 saniert. Hatten sogar ein schönes Schild mit dem Namen des Vaters seiner Frau in Goldlettern angebracht. Doch als er später wegen einiger missglückter Immobiliengeschäfte in Afula verarmte, ließen sie ihn fallen, das heißt, sie halfen ihm scheinbar, bestellten ihn zum Nachtwächter, zu dem Mann, der den Räuberbanden als Erster begegnen muss und den man beschuldigt, wenn sich am Morgen herausstellt, dass Kälber und Lämmer verschwunden sind.

Auch Rubis Vater ist so einer, ein anständiger und ehrlicher Landwirt, steht morgens auf, geht in den Kuhstall, kommt aus dem Stall zurück, beschäftigt ein paar Arbeiter auf dem Acker und in den Obstplantagen und stimmt in den Versammlungen ab wie es sich gehört. Kurz gesagt, er ist schwach. Auch ihn betrog und beklaute man, als Rubis Mutter erkrankte und Vater zu sehr mit der Pflege beschäftigt war. Rubi wartet nicht ab, dass ihm das Gleiche passiert, er ist keiner von diesen Idioten hier, die die Wahrheit selbst dann nicht glauben, wenn sie ihnen ins Gesicht schlägt. Genau wie die Sache mit dem Wasserrohr. Ein Ding von verrückt großen Ausmaßen. Hat schon vor Jahren mit den Wasseruhren angefangen, und nun ist Jatir wieder da.

Seit dem Tag, an dem die Gründer hier Fuß gefasst hatten, war man im Dorf sehr stolz darauf, auf keinen von außerhalb angewiesen zu sein, schon gar nicht auf das nationale Wasserwerk *Mekorot*. Sie hatten diesen Ort ursprünglich gewählt, weil es die Quelle da oben gab. Die heimischen Araber sagten ihnen, die tauge nichts, sei unzuverlässig, und lachten über die Irren, die den flachen trockenen Boden auf der Anhöhe besiedeln wollten.

Tatsächlich sah diese Quelle von außen klein und schwach aus. Doch so klein sie auch wirkte – durch eine Felsritze entdeckte man zufällig das Quellbecken. Schnell ließen sie einen besonders schmalen Jugendlichen an einem Seil hinunter. Wieder oben, sagte er: »Hört mal, die sieht nur klein aus, das Becken ist riesengroß, eine Menge Wasser.« Daraufhin installierten sie eine Leiter und beschworen alle Beteiligten, den Mund zu halten, denn sie wollten nicht, dass die Nachbarn ringsum mit Forderungen kämen. Danach gruben sie den Brunnen nahe der Verbindung zu dem Bach, der neben der Eisenbahnlinie verlief, und gründeten ein privates Wasserwerk, das bis heute besteht.

Auch die Wassertarife sind privat. Geheimsache.

Arale und Degani hatten unter anderem die Aufgabe, von Haus zu Haus zu gehen und die Wasseruhren abzulesen. Danach berichteten sie dem Sekretariat, das dann Rechnungen ausstellte – alles über den Rat des Bauernverbands und von ihm überwacht. Als Benzi beispielsweise zum Kassenwart ernannt wurde, hatten sie einige Bedenken – einer von außen, auf diesem Posten –, aber sehr schnell erfassten sie, dass Benzi mit seiner städtischen Prägung auch nach Jahren bei ihnen im Dorf gar nicht mitkriegte, was unter seiner Nase vorging, keine Fragen stellte und alles unterschrieb, was sie wollten, sogar auf Blankoschecks, im Schließfach des Rates verwahrt.

Arale und Degani gingen die Häuser und Höfe ab und notierten bei jedem Ablesen ein paar Kubikmeter mehr, als die Uhr anzeigte, Big Deal, ein großer Hof verbraucht massenweise Wasser, und kein Mensch, wirklich keiner, achtet auf ein paar Kubikmeter mehr oder weniger. Für die, die doch nachfragten, und das waren nur Vereinzelte, gab es den Trick mit dem Magneten, und »wirklich ein Fehler, wird sofort korrigiert.« Das überzählige Geld verwahrten sie in der Verbandskasse für »Anleihen an Ratsmitglieder« (so hatte Degani den allerneusten SUV kaufen können, der alle vor Neid erblassen ließ). Die überzähligen Kubikmeter, zehn, zwanzig, dreißig von jedem Hof, leitete man Leuten zu, die sie brauchten.

So kam es, dass zu einer Zeit, als die meisten Zitrushaine dursteten (nicht wir bestimmen die Wasserkontingente, das tut der Staat!) und die Orangen und Grapefruits zwischen den welken, staubigen Blättern an den dürren Bäumen verschrumpelten, zwei oder drei Haine volle aromatische Früchte zwischen gesunden, glänzend grünen Blättern trugen. Warst du ein leitendes Mitglied des Bauernverbands standen die Chancen gut, dass einer dieser Zitrushaine dir gehörte.

Der Verband besaß noch ein Recht, von dem Rubi nicht wusste, ob es legal war oder nicht, aber wann immer es einen Fall zu entscheiden galt, sagen wir, zwei Nachbarn über die Grundstücksgrenzen stritten oder Eheleute über die Aufteilung ihres Eigentums debattierten, dann ging Degani hin und stellte der einen Partei das Wasser ab, einfach so, ohne Vorwarnung.

Beim letzten Mal hatte er einem zerstrittenen Ehepaar das Wasser mitten beim Baden ihrer Kinder abgestellt. Die Frau, Schiran, eine ehemalige Klassenkameradin von Rubi, kam mit seifigen Händen rausgerannt und kreischte: »Ich hab kein Wasser, kein Wasser, jemand hat mir das Wasser abgedreht!« Ihre Nachbarin, Alisa Feinmann, die zufällig draußen war und den Garten goss, füllte ihr die Waschwanne und sagte: »Geh schnell rein, ehe es jemand sieht.« Aber Degani und Rubi hatten es gesehen. Sie saßen unweit in Deganis Mitsubishi und riefen umgehend Alisas Ehemann, Michael, an. Der kam schnell aus dem Haus gelaufen, stellte seiner Frau, die immer noch goss, den Wasserhahn ab und zerrte sie trotz ihrer lauten Proteste ins Haus. Nach einer Woche ohne Wasser erklärte Schiran, die mit den kleinen Kindern, sich bereit, das Hühnerhaus auf den Namen von Aki, ihrem getrennten Ehemann zu überschreiben, der Mitglied im Orts- und im Landesverband war, und dann erst hatte sie wieder Wasser. So laufen die Dinge hier schon seit Jahren.

Bis die Steinmanns den Mund aufrissen.

Genauer gesagt, bis Anati eines Tages die Wasserrechnungen des Hofs überprüfte. Das war, nachdem Sophie ihr erzählt hatte, es sei seltsam, dass sie immer noch so viel für Wasser bezahlten, obwohl Joske die Böden nicht mehr bewirtschafte, die Zitruspflanzung aufgegeben und die Hauptleitung gekappt habe, damit keiner auf die Idee käme, mit seinem Wasser rumzumachen. Sophie hatte ihn natürlich losgeschickt, um nachzusehen, ob zufällig jemand das Rohr angezapft hatte, aber nichts da, nur Brache umgab das gekappte Rohr, was Joske veranlasste, sich noch mehr einzuigeln. Vielleicht hatte da schon der Abbau begonnen. Und doch trafen die Wasserrechnungen weiterhin ein. Daraufhin ging Anati aufs Sekretariat und fragte, was Sache sei, und Nira, die Sekretärin, antwortete ihr, »das ist sicher ein Irrtum«, und riet ihr, »zahl jetzt, damit du kein Bußgeld auferlegt bekommst, notfalls kriegst du eine Rückerstattung, ich werde der Sache nachgehen, sei unbesorgt.« Aber sie prüfte nichts nach, und Anati hatte noch ein paar Dinge am Hals außer den Nörgeleien ihrer Eltern.

Als die nächste Rechnung eintraf, ging Anati erneut zum Sekretariat, und wieder sagte Nira, »ich prüfe das.« Aber diesmal gab sich Anati damit nicht zufrieden, platzte in Deganis Büro, wo der gerade mit Arale bei einer Tasse starken schwarzen Mokkas saß, und zeigte ihm die Rechnungen. »Was ist hier los?«, fragte sie, »was soll das?« Degani antwortete ihr: »Alles in Ordnung, Majdale, das ist sicher ein Irrtum, wir bringen das in Ordnung«, und trank einen Schluck von seinem schwarzen Kaffee.

Aber als Anati »Majdale« hörte, brannten bei ihr sämtliche Sicherungen durch. »Ich versteh nicht. Wie könnt ihr hier Wasserverbrauch notieren, wenn der Zitrushain schon ein halbes Jahr aufgegeben ist?«

»Vielleicht fließt das Wasser dort, ohne dass Joske es gemerkt hat«, meinte Arale. Darauf konterte Anati, Joske habe das Rohr gekappt und alles versiegelt, und vielleicht sollte Arale seine Aufzeichnungen mal gut danach durchschauen, wem er die falsch abgerechneten Kubikmeter zuschriebe, denn diesmal käme er nicht durch damit, sie würde nicht aufgeben.

Degani, ein untersetzter, dunkelhaariger Bartträger, war einen Kopf kleiner als Anati, erhob sich aber trotzdem ganz aufgeblasen von seinem Stuhl.

»Ich rate dir, dich mit den Anschuldigungen in Acht zu nehmen, mit denen du hier um dich schmeißt«, sagte er in drohendem Ton und kam auf sie zu, aber Anati blieb unerschrocken.

»Oder was? Meinst du, ich hätte Angst vor dir? Du Grobian!«, schrie sie, und Degani trat noch einen Schritt näher.

»Du solltest dich abregen, oder du kriegst die hier ab«, sagte er und bremste seine Faust nur zentimeterbreit vor ihrem Kinn. Anati war kreidebleich im Gesicht und zitterte vor Wut. Arale packte Degani und zerrte ihn weg.

»Genug, Moischele, immer mit der Ruhe, keiner will hier Unannehmlichkeiten, ist doch einfach nur ein Missverständnis, ein Irrtum.«

Arale wandte sich fast flehend an Anati: »Anati, geh nach Hause, ich verspreche dir, mich drum zu kümmern, wirklich! Man muss es nicht zu solchen Situationen kommen lassen!« Aber Anat beruhigte sich nicht.

»Du!«, drohte sie Arale mit erhobenem Zeigefinger, »nenn du mich nicht Anati. Wir sind keine Freunde! Für dich bin ich Dr. Anat Steinmann-Tabor! Ihr Mafiosi!« Damit sammelte sie ihre Papiere ein und verließ den Raum mit Türenknallen, das man im ganzen Dorf hörte.

Damit hatten die Probleme angefangen.

Erwartungsgemäß schickte Anati am nächsten Tag ein scharfes Schreiben, das mit einer Drohung vom Anwalt des Verbandsrats beantwortet wurde. Daraufhin schrieb sie einen Brief von der Länge der jüdischen Verbannung mit hochgestochenen und ausgeklügelten Worten, in dem sie genauestens die Daten der Wasseruhren auflistete, und steckte den Umschlag in die Briefkästen, die zentral neben dem Dorfladen angebracht waren. Arale, der unter seinen vielen Jobs auch die Post verteilte, öffnete frühmorgens seinen privaten Briefkasten und fand das Schreiben darin. Mit außergewöhnlicher Geistesgegenwart, die auch Jatirs Bewunderung erregte, gelang es ihm, einen erheblichen Teil von Anatis Briefen aus den Briefkästen zu fischen, bevor die Einwohner ihre Post abholten, und warf sie in die Verbrennungsanlage dahinter.

Als Anati begriff, was geschehen war, schickte sie ihre Töchter mit dem Fahrrad los, um ihre Briefe im Dorf zu verteilen. Wo es keine Hunde gab, gelangten sie ganz bis an die Tür, und wo abgeschlossen war, ließen sie ihn aufgerollt am Gartentor. Am ersten Tag schafften sie das Rund und die Erweiterung, aber am zweiten Tag kehrten sie wütend und verweint zurück, mit Eiern und Schlamm im Haar und an der Kleidung. Gali weinte, und Jaeli erzählte, ein paar Kinder seien ihnen nachgelaufen und hätten sie als »stinkende Ratten« und »Spitzelinnen« beschimpft. Keiner der Erwachsenen, die im Freien standen und zuguckten, hatte eingegriffen. Rubi war eins von diesen Kindern, und auch sein Vater, der schon am Morgen bei einem Zwischenhalt am Dorfladen von dem Brief erfahren hatte, hob das vor dem Tor herabgefallene Blatt nur auf, ohne Rubi ein Wort zu sagen.

So begannen die Probleme, und ein Mini-Weltkrieg tobte fortan zwischen Anati und ihren Unterstützern und dem Verband mit seinen Leuten, die natürlich zahlreicher waren. Rubi war sicher, dass seine Eltern auf der richtigen Seite standen, derer, die Anati verabscheuten, aber eines Abends hörte er seinen Vater seiner Mutter etwas erzählen, was ihn leicht verwirrte. Rubis Vater berichtete, als er gerade bei Jatir saß und plauderte, sei plötzlich Avrumale Harari eingetreten, habe die Wasserrechnung aus der Brusttasche seines abgewetzten blauen Hemds gezogen, das Blatt mit seinen schwieligen Fingern etwas glattgestrichen, und gesagt: »Hör mal, Jatir, was ist hier los, jetzt kriege ich auch überhöhte Wasserrechnungen, muss ich mir Sorgen machen?«

Jatir bot ihm sofort einen Stuhl an, zapfte ihm Kaffee aus der neuen Espressomaschine, die er fürs Büro gekauft hatte, und nach einigen Schluck sagte Harari in seinem ruhigen, langsamen Ton: »Also was nun? Was ist mit dieser Rechnung?«

Jatir trank noch einen Schluck Kaffee und sagte dann in seinem ernsten Ton: »Avrumale, du weißt, dass wir hier stark sein müssen, man kann einer Frau Universität nicht erlauben, uns zum Narren zu halten, sitzt hier seit Jahren ohne Landwirtschaft und ohne alles (obwohl Benzi, ihr Ehemann, wirklich völlig in Ordnung ist, *beinahe* einer von uns). Tu mir einen Gefallen, wenn man sich Sorgen machen muss, dann wegen Menschen, die hier nichts beitragen, rein gar nichts. Habe ich recht oder nicht, Melnik?«

Und Rubis Vater nickte wie die meisten schweigsamen Landwirte, und auch Harari nickte und trank seinen Kaffee, nahm auch von den Keksen, die Nira, die Sekretärin, ihnen reingebracht hatte. Danach blickte er wieder auf seine Wasserrechnung und sagte: »Gut, weißt du, man muss nicht übertreiben, es stimmt nicht so ganz, was du da sagst, Joske gehört ja zu den Alteingesessenen, es gibt hier doch eine gewisse …« Er hielt kurz inne, und Jatir nutzte sofort die Pause.

»Wenn ich nicht irre, war es dein Großvater, der hier gemeinsam mit Melniks Großvater in den zwanziger Jahren eingetroffen ist und Fuß gefasst hat, stimmt doch, oder?! Dein Großvater hat von dieser Anhöhe Ausschau gehalten und diesen Berg da gesehen«, Jatir deutete auf das große Bild des Berges, das an der Wand rechts von ihm hing, »und was hat er dann getan? Hat ein paar Fedajun erledigt und seinen Namen von Grinberg in Harari geändert! Das waren die Gründer, die ohne alles herkamen und hier den Grundstein für die zweite Alija legten! Erzähl mir nichts von Gerechtigkeit! Dieses ganze Emek sieht dank der Grinbergs und der Melniks heute so aus wie es ist!« Danach streckte er sich auf seinem Stuhl und schaukelte ein bisschen. »Ganz sicher nicht wegen denen, die hier nach dem Krieg eingewandert sind und alles auf dem Silbertablett präsentiert bekamen, Haus und Hof und was nicht alles! Und was war dann? Die haben ihre Ciorba und ihren Kukuruz genommen und sind abgehauen – die waren wir los zum Glück! Abgesehen von denen natürlich, die geblieben sind. Einige davon waren völlig in Ordnung, klar, und die anderen – das wisst ihr selbst.«

So saßen die drei zusammen und nickten und aßen Kekse. Die Sekretärin schaute herein und fragte, ob sie noch Kaffee bringen sollte, schloss auf einen Blick von Jatir hin die Tür jedoch schnell wieder. Nach einigen Minuten Schweigen stand er auf und sagte: »Lieber Harari, du musst dir keine Sorgen machen, auch Steinmann ist ein Ehrenmann, wie du klugerweise gesagt hast, gegen ihn habe ich nichts. Aber seine gelehrte Tochter, die die Klappe aufreißt, wo es sie nichts angeht – so etwas muss man unterbinden. Man kann hier nicht jeden über Sachen reden lassen, von denen er nichts versteht.«

Sie beide, Rubis Vater und Harari, begriffen, dass das Gespräch beendet war. Sie schnappten sich einen weiteren Keks im Rausgehen, und Hariri fügte doch noch hinzu: »Gut, hoffen wir, dass diese Angelegenheit gelöst wird«, und setzte seine Mütze auf, Rubis Vater rückte seine auf dem Schädel zurecht, und beide brummten sich einen Abschiedsgruß zu, als sie in die pralle Sonne draußen hinaustraten, stiegen in ihre Trecker und verschwanden jeder zu seinem Tagewerk.

Rubi weiß nicht mehr, wie das alles ausgegangen war, erinnert sich nur, dass Jaelis Mutter, Anati, noch Jahre später jedem Glückspilz, dem es glücklich gelungen war, das Aufnahmekomitee zu überzeugen und Grundstücke im Erweiterungsviertel zu erwerben, geraten hatte, eine spezielle Wasseruhr zu kaufen, deren Messungen sich nicht mal mit einem starken Magneten manipulieren ließen. Jahrelang hatte sie ein paar davon auf Lager, falls jemand eine kaufen wollte, aber nur wenige griffen zu. Die Dorfbewohner senkten die Häupter und wollten sich nicht mit Arale und Degani anlegen, und die von draußen waren so angetan von der malerischen Umgebung und den freundlich auftretenden Urzionisten, dem »Salz des Landes«, dass sie ihr keinen Glauben schenkten.

◆ ◆ ◆

Das Einzige, was die Lage jetzt retten kann, ist Regen.

Ein echter Starkregen, der den Erdboden überspült und einen Schlammstreifen um die Häuser legt. Regen, der den Staub von Jahren wegwischt und in die harte Erdschicht sickert. Regen, der den Geruch prickelnden Ozons und Moders mitbringt. Ein Regen, der Jahre der Dürre überwinden oder eine Hochzeit verhindern kann, die ohnehin nicht stattfinden wird. Oder doch. Oder nicht. Wahrscheinlich nicht.

Aber der Himmel ist wolkenlos, so blau, wie am 15. September, kurz vor Rosch Haschana, dem Beginn des neuen jüdischen Jahres zu erwarten. Ihre Eltern sind schon gelandet und auf dem Weg, und sie steckt in dem Brautkleid aus Naturseide, das etwas locker sitzt. Alle machen sich an ihr zu schaffen, korrigieren, schminken, ordnen, und eigenartigerweise scheint keiner es seltsam zu finden, dass Jotam immer noch nicht da ist. Alle haben diese – wirklich fadenscheinige – Ausrede akzeptiert, er käme heute, im letzten Moment, in letzter Sekunde, auf die Minute genau. Alle außer Sophie, die sie skeptisch anschaut, gut, auch sie selbst hatte ihm geglaubt, und sieh einer an, wo sie damit gelandet ist.

Ja, niemand um sie her sieht besorgt aus, vielleicht mag keiner glauben, dass ihr süßer Bräutigam sie dermaßen fies versetzen könnte. Daher erlaubt sie sich fünf Minuten Ruhe, gibt sich der Visagistin und der Fotografin hin (mich bitte von unten fotografieren, ohne Doppelkinn!) und schließt die Augen, während die Kosmetikerin ihr Gesicht bemalt. Zum Schluss wird sie umwerfend aussehen! (Also echt nicht wie sie selbst, versprochen!)

Aber auch in diesen ruhigen fünf Minuten, die sie sich gönnt, sind ihre Augen unruhig unter den Fingern der Visagistin, die großzügig Lidschatten aufträgt.

Was tust du? Was tust du? Was tust du?

Interessant: Wie bei Schrödingers Katze (ja, auch sie hat ein bisschen Richard Feynman auf dem Gymnasium gelesen) lässt sich sagen, dass auch hier und jetzt zwei Hochzeiten gleichzeitig stattfinden – eine ja und eine nein. Und solange man die Kiste der bedauernswerten Katze nicht öffnet, oder in Galis Fall, solange sie die Nachricht nicht öffnet, die Jotam ihr sehr früh morgens geschickt hat, kann man annehmen, dass die Hochzeit wie versprochen stattfindet. Oder nicht.

Solange Gali es nicht weiß, lügt sie auch nicht, und man kann ihr keine Schuld geben.

Was tust du? Was tust du? Was tust du?

Als Jotam bei ihrer großen Trennung die Wohnung verließ, war sie am Boden zerstört, aber er hatte sie gebeten, geradezu angefleht, nichts davon zu erzählen, hatte sie gezwungen, die Last von Geheimnis und Lüge auf sich zu nehmen. Und diese Lüge verband sie, oder so empfand sie es zumindest. Sie würde nichts ausplaudern, und er würde zurückkehren, ja, er war nur kurze Zeit weg, er ist durcheinander, er kommt wieder, muss ja, hat sie hier doch mit dem Geheimnis zurückgelassen, das ihr auf der Seele brennt. Nichts erzählen, nicht der Familie und nicht den Freundinnen, sogar sich selbst hatte sie es möglicherweise nicht ganz bis zu Ende erzählt, und gewiss nicht Eveline, die ihr E-Mails schickte – vom Dorf nach Vancouver mit einem Klick.

Einmal hätte sie ihr beinahe zurückgeschrieben, die Sache sei beendet, es würde keine Hochzeit geben. Aber dann schaute sie noch mal auf das Geschriebene, ihre Finger trommelten einen Moment sanft auf die Tastatur, unschlüssig, was tun, und dann markierten die Finger alles mit einem Kurzbefehl. Der Zeigefinger drückte auf »Entfernen«, und die Finger tippten eine sachliche Antwort an Evi, und zum Schluss klickten sie auf »Senden«.

Sie schauderte vor Aufregung. Gewissensbisse. Sie klappte den Laptop zu und ging sich einen Tee machen, von der Zitronenverbene im Blumentopf, und versicherte sich bei jedem würzigen Schluck, dass es gar nicht so schlimm sei. Sollte er doch nicht zurückkommen, bliebe noch genug Zeit zum Absagen, und vorerst brach sie nicht alle Brücken ab. Und dann war er wirklich zurückgekehrt, und er ist an allem schuld, daran gibt es nichts zu rütteln, nur warum kommt sie sich immer noch wie eine Lügnerin vor?

Was tust du? Was tust du? Was tust du?

Jetzt mit den hin und her flitzenden Augen unter den geübten Händen der Kosmetikerin holt Gali ganz tief Luft – kurzes Aufflackern: ein beruhigender weißer Meeresstrand, heißer Apfelmost an einem kalten Wintertag, ein Feld voller Wiesenblumen kurz vor dem ersten Chamsin, pralle Kornähren rauschen im Wind und flüstern ihr zu: *Qué será, será, whatever will be, will be.*

* * *

Sophie sitzt im Wohnzimmer, umgeben von Benzis und Anatis Geschäftigkeit, auf einer Couch, die zu niedrig für ihr Alter ist. Sie trägt ihren guten Morgenrock, hält die Arme über dem

Bauch verschränkt und verfolgt träge die Hochzeitsvorbereitungen. Vielleicht hat sie sich getäuscht, vielleicht wird es zum Schluss doch eine Hochzeit geben, es passiert ja schon ordentlich was. Manchmal trügen Sophies Gefühle. Gut, eigentlich trügen sie nie, aber wenn Sophie etwas ganz stark empfindet, redet sie sich selbst noch stärker ein, dass es in Wirklichkeit gar nicht sein kann. Und wenn das Geahnte dann doch geschieht, verbucht sie ihr prophetisches Empfinden nicht immer für sich (»hatte ich euch doch gesagt, nicht wahr?«).

Ohnehin glaubt ihr ja keiner oder hört auf sie.

Jetzt, da Gali sich vor ihren Augen in eine Braut mit weißem Kleid und zartem Schleier verwandelt, will Sophie lieber nichts Schlechtes denken – obwohl schon dieses »lieber nicht« die Möglichkeit für schlechte Gedanken schafft. Und doch: Vielleicht ist da etwas, was sie nicht weiß, vielleicht findet noch eine Hochzeit statt, entgegen ihrem Bauchgefühl, denn ihr Bauch tut ein bisschen weh, und auch die Schulter. Na, wird schon alles gut gehen, solange es wenigstens nicht regnet.

Sie weiß wirklich nicht, warum man das Zelt stornieren musste, Sophie hatte doch so sehr gebeten, geradezu *gebettelt* hatte sie, es zur Sicherheit zu bestellen. Aber Gali hatte stur behauptet, das sei rauschgeschmissenes Geld und schade drum (was war denn so schade, sie haben ohnehin schon ein *Vermögen* ausgegeben, aber noch ein paar Tausend, um die Hochzeit vor Regen zu schützen, das hätte sie arm gemacht?). Und weiter hatte sie behauptet, hier würde sowieso in einer Million

Jahre kein Regen fallen (stimmt nicht, nur zwölf Jahre), und seit wann regne es denn im September? Es sei doch so heiß jetzt.

Aber Sophie ist lange genug hier, zu lange sogar, um zu wissen, dass es im September sehr wohl regnen kann, und das gar nicht so selten, und er immer genau dann runterplatscht, wenn man ihn nicht erwartet – der Regen schleicht sich gen Abend an, nachdem du schon drei Ladungen Wäsche aufgehängt hast, fängt morgens an zu tröpfeln, wenn du gerade den Garten fertig gießt, und prasselt auf dich nieder, wenn du keinen Schirm dabeihast oder in einem dünnen Kleid und mit unpassenden Schuhen an der Bushaltestelle wartest.

Sophie spürt schon seit zwei Wochen abendliche Kühle herankriechen, und es kann durchaus sein, dass der Herbst dieses Jahr früher anbricht. Ehrlich gesagt, fühlt sie sich schon seit zwei Wochen unwohl, wacht nachts schweißgebadet auf, zittert jedoch vor Kälte. Die Schulter setzt ihr sehr zu, und im Bauch hat sie ein komisches Gefühl. Sie schiebt das auf ihre bösen Hochzeits-Vorahnungen, aber als sie jetzt hier auf dem Sofa sitzt und Gali sich vor ihren Augen übertrieben aufhübscht, meint sie langsam, es seien vielleicht doch nicht nur Ahnungen, und morgen, wenn sie die Hochzeit hinter sich hätten, würde sie die Ärztin aufsuchen, wenn auch ungern.

Die neue Ärztin hat sie vor einigen Wochen mit einem kleinen Mädchen an der Hand in den Dorfladen kommen gesehen. Die beiden streiften zwischen den niedrigen Ladenregalen umher, wo die Ärztin gelegentlich das Gesicht verzog, den Kopf aus einem der Gänge streckte und fragte: »Habt ihr kein Ketchup von Heinz?« Oder: »Wann kommen die Koko-Schmoko-Cornflakes wieder rein?« Oder auch: »Habt ihr keine TK-Gemüsebratlinge?«

Schließlich an der Kasse, wollte die Kleine, dass die Mama ihr einen bunten Lutscher kaufte. Die Ärztin weigerte sich zunächst, erklärte, der schade den Zähnen und der Gesundheit. Na gut, sie ist ja immerhin Ärztin. Sophie stand mit verschränkten Armen hinter ihr, die Einkaufstasche am Ellbogen und darin ihr täglicher Einkauf: einfaches Mischbrot, zwei Becher Dickmilch, ein Toastbrot für die moldawische Hausgehilfin, Feta-Käse für sich und Teewurst für Joske. Jeder hat seine eigenen Sünden.

»Nein, meine Süße, darauf verzichten wir diesmal.«

Erwartungsgemäß fing das Mädchen an, zu kreischen, und machte die Nummer auf dem Fußboden, wie alle kleinen Kinder irgendwann, wobei es darauf ankommt, ihnen eine Grenze zu setzen. Tatsächlich ließ die Ärztin die Kleine fünf Minuten lang schreien, was allen außer Sophie höchst unangenehm war. Sophie blieb aufrecht stehen, als das Kind auf dem Fußboden tobte, bekam langsam Respekt für die Ärztin, dachte, dass trotz ihrer Skepsis wegen des Ärztewechsels letztlich doch etwas daran gut sein könnte und Dr. Wie-hieß-sie-noch, die Dr. Loboda ablöste, in Ordnung sei.

Als das Kind jedoch nicht aufhörte, zu schreien, redete ihre Mutter, das heißt die Ärztin, zwar zunächst noch weiter über Zucker, kapitulierte aber schließlich und kaufte ihr den Lolli.

»Dann gibt's aber keinen Riegel am Nachmittag«, sagte sie, und die beiden verließen rasch den Laden.

Sophie blickte ihnen nach und war derart enttäuscht, dass sie vergaß, um die Gratis-Zeitung zu bitten. Konnte sie sich so einer Frau zur Behandlung anvertrauen?

»Soll ich es anschreiben?«, fragte der junge Mann an der Kasse.

Sophie zog einen Geldschein aus dem Portemonnaie und bezahlte. Seit der Inhaber hier gewechselt hatte, würde sie nicht mehr anschreiben lassen. Beim letzten Mal hatte er ihr eindeutig alles Mögliche mit auf die Rechnung gesetzt. Nach Verlassen des Ladens ging sie zum Zeitungsstand, gut, dass es draußen noch Gratiszeitungen gab. Auf der Bank neben dem Stand saßen die Ärztin und ihre Tochter, lachten und lächelten, die Kleine leckte an dem großen Lolli, den sie bekommen hatte, und winkte ihr zum Abschied. Sophie zog ihren Kittel zurecht, kehrte ihnen den Rücken und marschierte schnell nach Hause.

Nein, meine Dame, zu Ihnen gehe ich nicht!

Sophie lehnte sich auf dem Sofa zurück, das Wohnzimmer wimmelte von Menschen, die sie weder kannte noch kennen wollte. Sie wollte einfach verschwinden, aber das war ihr unangenehm, denn die Brautmutter, Anati, war noch nicht eingetroffen, und jemand von der Familie musste ja da sein, das gehörte sich so. Daher blieb sie auf dem Sofa sitzen und spürte, wie der Raum sich lautstark um sie drehte und ihre Fußsohlen leichte Stöße erhielten. Ein Erdbeben, dachte sie. Sie waren nicht weit vom Jordangraben, und die Erde hatte schon öfter gebebt. Sie blickte sich um, aber es sah nicht so aus, als ob jemand anders es bemerkte. Jaeli, vor einigen Minuten eingetroffen, saß neben ihr übers Telefon gebeugt. Daher bat Sophie sie, im Internet nachzugucken, ob es ein Erdbeben gegeben habe. Jaeli beendete ihr Tippen auf dem Handy und sagte, sie hätte nichts gespürt, schaute aber für Sophie trotzdem auf die Webseite des Seismologischen Instituts.

»Nichts«, sagte sie.

»Bist du sicher?«, fragte Sophie, spürte immer noch leichtes Beben, wie früher das Pferdetrappeln. Nichts, *gurnischt*, alles nur in ihrer Phantasie offenbar, oder dieser Halswirbel machte wieder Fisimatenten. Schließlich stand sie auf und sagte, sie ginge sich waschen und anziehen, und Jaeli fragte, ob sie Hilfe brauche. Sophie lachte, klopfte leicht auf Jaelis voluminösen Bauch: »Spar dir deine Kräfte, Mamale«, und ging ins Freie. Draußen spürte sie noch ein Erdbeben und leichten Schwindel, die Schulter tat ihr wieder weh, und sie dachte, es würde ihr nicht leichtfallen, allein die lila Seidenbluse mit den Knöpfen anzuziehen. Sie würde die Haushaltshilfe rufen müssen, und möge Gott ihr helfen, mit deren Grimassen fertigzuwerden.

Im Haus angelangt, ging sie geradewegs ins Schlafzimmer, Joske war natürlich nicht da. Bald musste er sich auch fertig machen, und sie hoffte, er würde bereit sein, sich zu waschen, was nicht immer der Fall war. Sie setzte sich auf die Kante des breiten Betts gegenüber dem großen Fenster und versuchte, die Pantoffeln abzustreifen, schaffte es aber nicht. Sie wollte sich nur ins Bett legen und ausruhen. Wie blöd, seit wann hielt sie denn Mittagsschlaf? Nie. Abgesehen von kurzen Nickerchen vor ihren Fernsehserien erlaubt sie sich das nicht. Aber jetzt ist sie müde, und deshalb wird sie den Kopf ein paar Minuten aufs Kissen legen, ein wenig Kraft für ihre letzte Hochzeit sammeln.

◆◆◆

Rubi gab den Hunden Futter und wartete, bis sie aufgefressen hatten. Er rauchte noch eine Zigarette und trank einen Kaffee zum Aufmuntern, dann pfiff er den Hunden, die ins Auto sprangen, und fuhr los. Seit ein paar Monaten wird die Kanalisation des Dorfs einer gründlichen Renovierung unterzogen, die weißblauen Schilder, die man im Ort aufstellte, versprechen ein Enddatum – Oktober, und alle paar Wochen erschien ein überraschendes Häufchen schwarze Erde, wie ein Maulwurfshügel, mitten auf einer Straße, einem Hof oder Acker, und versackte dann genauso plötzlich, als wäre es nie dagewesen.

Allen war klar, dass man irgendwann alle Rohre auswechseln müsste. Nach der Affäre mit den Wasseruhren war ein wenig Ruhe eingekehrt, und die meisten standen auf der Seite des Verbands und nicht auf der von Anati und den wenigen Outsidern, die sich ihr angeschlossen hatten. Aber ein paar übermäßige

»Versickerungen«, die einige Mitglieder zu viel Geld gekostet hatten, erhitzten die Gemüter auch auf der Seite des Verbands. Man musste etwas unternehmen, und das möglichst schnell. Die Sache kam in der Ortsversammlung auf den Tisch, und kein Mensch widersprach dem Austausch der Leitungen mit Ausnahme von Anati, die bei der Versammlung nicht anwesend war (die Ankündigung dazu ging nur von Mund zu Ohr, ohne ihr Ohr zu erreichen), worauf sie am nächsten Tag einen geharnischten Brief schrieb, der ungelesen geschreddert wurde.

Zunächst legte man die alte Wasserleitung frei, die überraschenderweise sogar überwiegend heil war. Doch zur Verwirrung der Arbeiter wusste niemand, wo dieses Rohr anfing oder endete. Das war natürlich geplant gewesen, von jenen ersten Tagen an, als man die Quelle mit ihrem voluminösen Quellbecken fand und alle, die davon wussten, darauf einschwor, nichts zu verraten. Das Geheimnis wurde offenbar zu gut gehütet, denn jetzt gab es keine einzige Karte, die Klarheit geschaffen hätte.

Die Arbeiter versuchten den Schieber hinter der Schnellstraße zu schließen, aber nichts geschah. Das heißt, das Wasser strömte weiter, und kein Mensch wusste, wo der Schieber war, mit dem man es hätte abstellen können. Die Suche danach nahm zwei Wochen in Anspruch und verzögerte die Arbeiten, bis Jatir den Vorarbeiter in sein Büro bestellte und ihm sagte, seiner Meinung nach müsse man vielleicht jetzt mal kreativer denken.

»Anscheinend hat dieses Rohr ein Eigenleben und damit Umgehen ist eine heikle Angelegenheit«, sagte er. Nun winkte er Rubi, der seit Beginn des Treffens an der Bürotür lehnte und schon mit der neuen Karte bereitstand, die er just am Morgen aus dem Kartographen-Amt geholt hatte. Da er die ganze Fahrt von Afula darauf gesessen hatte, war sie ausreichend zerknittert.

»Das hier ist eine alte Karte, die jahrzehntelang bei uns in der Schublade gelegen hat, seit einem der großen Rohrbrüche«, erklärte er den Grabungsarbeitern, »vielleicht könnt ihr euch daran orientieren.« Und bei diesem Treffen, das noch eine Stunde länger als geplant dauerte, fiel die Entscheidung, das alte Rohr aufzugeben – sollte es vor sich hin rotten, wen kümmerts – und daneben ein brandneues Röhrensystem zu verlegen, mit einem neuen Schieber näher am Dorf.

Das neue Wasser würde durch stabile Plastikrohre von Mekorot kommen und das Abpumpen aus dem Brunnen eingestellt werden. Nach zwölf Jahren Dürre sei dort wohl ohnehin nur noch wenig zu holen. Und die Abrechnungen würden nicht mehr über Jatirs Büro laufen.

»Die vom Staat zugeteilten Rationen werden sehr schnell aufgebraucht sein«, sagte Jatir, als die Arbeiter gegangen waren. »Das Landwirtschaftsministerium will uns erledigen, Rubi. Die geben keinen Cent auf Zionismus und zionistisches Aufbauwerk und kümmern sich nicht die Bohne darum, wie wir uns all die Jahre für den Staat abgeplagt haben. Wer hat ihnen denn den Staat errichtet? Sag mir, wer? Muallem aus Sderot? Abutbul aus Beit Schean? Die sind hier angekommen, aus dem Maghreb oder wer weiß woher, und haben gleich die Hände ausgestreckt, ›gebt mir dies, gebt mir das.‹ Wir haben nie was verlangt, wollten uns nur redlich von unserem Land ernähren.« Jatir seufzte, und Rubi fühlte sich ein bisschen wie ein Zwangszuschauer in einer One-Man-Show.

»Jetzt hat jeder eine Meinung, über die Böden, über die Erweiterungsgebiete, alle geiern nach den Landflächen, die wir im Schweiße unseres Angesichts endlos gepflügt haben. Jeden Groschen haben wir ja in den Boden gesteckt, und jetzt, wo es vielleicht endlich ein bisschen was zu verdienen gibt, sind wir plötzlich die Privilegierten? Die vom Keshet-Verband der Misrachim können mich mal! Erzählen Märchen von Jeeps und Scheißvillen und Gewerbegrundstücken, die wir hier angeblich nachgeschmissen bekommen haben, diese Assis Schmassis! Ziehen gegen die Kibbuzniks von Nir David ins Feld – warum? Weil es dort sauber und grün und schön ist? Uns lässt man keine Chance hier!«

»Ich muss los«, sagte Rubi, wenig begeistert von der Richtung, die dieses zum Monolog verkommene Gespräch einschlug, vielleicht weil ihm einfiel, wie seine Mutter, Jeanette, geborene Abutbul, einst Blut geschwitzt hatte, um Jiddisch zu lernen, nur um zu verstehen, was die anderen Frauen hinter ihrem Rücken lästerten.

Aber Jatir sagte: »Hör zu, Rubi, dies nur unter uns, man muss gewappnet sein. Für Notlagen, hörst du? Was für ein Bauernverband wären wir denn, wenn wir uns nicht auf solche Situationen vorbereiteten? Wenn das alte Rohr dableibt, sehe ich keinen Grund, keinerlei Hinderungsgrund, die neue Leitung an jeder dieser Stellen dort anzuschließen«, er beugte sich über die Karte und markierte mit dem Bleistift ein paar Punkte und einen großen Kringel um Steinmanns Anwesen.

»Da, unter Joskes Hof ist die Stelle, an der das alte Rohr von dem neuen abzweigt, das zur Erweiterung führt, dort braucht man nichts zu machen, und dann alles geradewegs zurück zum Brunnen lenken, wo wir einen Teil des Wassers speichern. Für Notzeiten natürlich.«

Rubi nickte. Jetzt verstand er die ganze Geschichte: Wenn Arale und Degani vorher von Haus zu Haus hatten laufen müssen, um die Wasseruhren zu manipulieren und sich jeden Monat ein paar Kubikmeter zuzuführen, war das nun alles nicht mehr nötig. Das alte Rohr würde an einigen versteckten Stellen an das neue angeschlossen, mit ferngesteuerten Digitaluhren an jedem dieser Punkte. Kein Mensch würde je mitkriegen, wieviel Wasser von dieser neuen Leitung in die alte ablief, und von dort in das »Notreservoir« des Verbands.

Genial.

Was wollten sie mit all dem Wasser anfangen? Rubi vermutete, sie würden es überteuert an diejenigen verkaufen, die ihre Ration aufgebraucht hatten.

»Rubi, all das muss streng vertraulich gehandhabt werden, es ist zwar ein Notfallplan, aber man muss niemandem Angst einjagen. Es ist auch nicht nötig, dass hier Leute rumschnüffeln und Einwände erheben. Das nimmt ja nie ein Ende, Rubi, nie!«

»Okay, verstehe, ich geh jetzt mal zu den Fischen«, sagte er, verließ den Raum und vergaß die ganze Geschichte.

Seither sind ein paar Monate vergangen, und heute Nacht hatte man die alte Leitung mit der neuen gekoppelt, unter dem Hof der Steinmanns. Wegen der Hochzeit wurden die Arbeiten vorgezogen, denn Eveline und Joske hatten sich schon beschwert, die Straße sehe aus wie Beirut nach der Bombardierung. Morgen schon würde das Wasser in maßvollen Mengen in den Brunnen abfließen.

Das stinkt genauso wie die Geschichte mit den Wasseruhren, nur ist Rubi kein Kind mehr und kann nur sich selbst die Schuld geben.

◆ ◆ ◆

Jaeli blieb auf der Couch sitzen, nachdem Sophie mit ihrem Gejammer und dem Erdbeben-Gequatsche gegangen war. Frisch geduscht und frisiert nach dem arbeitsreichen Morgen war sie vor allem höchst zufrieden. Sie hatte es geschafft. Ihr Gästehaus stand bereit, die Betten bezogen, in jedem Zimmer eine Vase mit Rosen aus dem Garten und auf den Betten weiche Bademäntel und Handtücher. Sie musterte ihre Fingernägel: gelblich und eingerissen. Das gestern im Einkaufszentrum erstandene Kleid hatte im Spiegel auf die Schnelle nett ausgesehen, sah in Wirklichkeit aber gewiss schrecklich aus. Die Fotos am Abend würden die Wahrheit sagen: Sie ist dick, mit geschwollenen Knöcheln, mächtigem Busen, und ihr einziges Plus besteht darin, dass ihr Teint pickelfrei und ihr Haar sogar ohne Föhn wunderbar in Form ist.

Ihr Telefon piepste. Zwei Nachrichten. Eine von Jotams Schwester und eine von seinen Eltern. Endlich antworteten sie. Sie hatte ihnen über die Woche mehrere Nachrichten wegen der Unterbringung geschickt und keine Reaktion erhalten. Jetzt nun doch.

Danke für die Einladung, es tut uns sehr leid, aber letzten Endes können wir wegen einer vorherigen Verpflichtung nicht kommen, hieß es in beiden Nachrichten, die offenbar abgestimmt waren.

»Sag mal, verstehst du das?«, fragte sie Gali, die auf einem Drehstuhl vor dem großen Spiegel saß, den man aus dem Schlafzimmer hergebracht und an die Wand gelehnt hatte.

»Was für eine vorherige Verpflichtung können sie wohl am Abend der Hochzeit ihres Sohnes haben?« Gali zuckte mit den Achseln, als der Hairstylist sie zur anderen Seite drehte. Gali wirkte ruhig, zu ruhig. Und überhaupt, kein Stress, kein Tränen- oder Euphorieausbruch, dieser ganze Brautkram. Wo doch – Jotam war noch nicht da. Jaeli wäre verrückt geworden an ihrer Stelle.

Sophie meint, Jotam käme nicht. Sie hatte das vor einigen Tagen geäußert, als Jaeli bei ihr zu Mittag aß, und es dann zurückgenommen. »Nein, nein, war nur so dahergeredet.« Aber Jaeli weiß, wenn Sophie etwas nicht besprechen will, ist da mit Sicherheit was im Busch – ein Geheimwissen, eine Angst oder ein Aberglaube. Wann immer sie mit Sophie über die Hochzeit reden wollte, fuhr sie ihr über den Mund: Das ist doch Energieverschwendung, Hauptsache, wir bleiben gesund. Jedenfalls wird es jetzt wirklich langsam komisch, die Hochzeit soll in einigen Stunden losgehen, und Jotam ist immer noch nicht da. Und Gali ist die Ruhe in Person.

»Was ist mit Jotam? Immer auf den letzten Drücker oder was?«, blaffte sie Gali an, die stumm auf dem Stuhl saß. Durch den Spiegel warf Gali ihr einen seltsamen Blick zu. Ein Blick, der bei ihr neuen Verdacht aufwallen ließ. Sie hatte recht, hier war wirklich etwas nicht im Lot.

»Ich muss mit dir reden«, sagte Gali im Spiegel, und Jaeli nickte. Aber die Visagistin erbat weitere zwei Minuten, »und ohne Tränen jetzt, okay, meine Süße? Augen wieder zumachen und Kopf hoch.« Daher schloss Gali die Augen und gab sich noch einmal hin, ein paar letzte Gnadenminuten.

◆ ◆ ◆

Um vier Uhr nachmittags scheuchten die Catering-Leute Joske von dem Liegestuhl, auf dem er seit den frühen Morgenstunden Radio gehört und in dem deutschen Katalog geblättert hatte, während ringsum Trubel herrschte.

An diesem Morgen, dem Morgen der Hochzeit, gleich nach dem Kaffee, hatte er sich zwischen den Equipment-Stapeln, die man am Vorabend im Garten abgeladen hatte, zum Briefkasten durchgekämpft. Hinter dem Zaun am Tor entdeckte er einen mittelgroßen Erdhaufen, sah aber weit und breit keine Arbeiter. Dieses verflixte Wasserprojekt. Hoffentlich vergaß er nicht, Eveline zu sagen, dass sie im Sekretariat anrufen sollte, damit die ihr Tohuwabohu bis zum Abend in Ordnung brachten, sonst würden sie es mit ihm zu tun bekommen. Aber vermutlich würde er es vergessen. Dann öffnete er den Briefkasten, eher geistesabwesend, da er noch mit dem Erdhaufen beschäftigt war. Deshalb war er überrascht und aufgeregt zugleich, einen dicken Umschlag mit seiner Adresse vorzufinden.

Gute Dinge geschehen bekanntlich, wenn man sie nicht erwartet. Und in dem Umschlag steckte etwas, auf das Joske schon seit Monaten wartete: Der deutsche Katalog muslimischer Schwerter. Er hatte ihn über eine abonnierte Zeitschrift bestellt, für die er den Ausgelöscht-sei-ihr-Name gute D-Mark (heute sind es schon Euro) bezahlt hatte – die beste Fachzeitschrift auf dem Gebiet der Hieb- und Stichwaffen. Er hatte heute Morgen nicht daran gedacht, seinen Brieföffner mitzunehmen, und musste den Umschlag daher sehr unschön aufreißen.

Hier war sofortige Befriedigung vonnöten, die keinen Aufschub duldete.

Er freute sich beim Anblick des Katalogs, der aus dem Umschlag zum Vorschein kam, in einer Zellophanhülle, die er auch noch schnell aufreißen musste. Er blieb kurz stehen, um den Hochglanzeinband zu bewundern, der in der Morgensonne funkelte, und strich mit der Hand immer wieder über das etwas erhabene Titelfoto, das ein jemenitisches *Shabaria*-Messer zeigte.

»Hallo, Morgen«, hörte er Jaelis Stimme von Weitem. Sie war gerade auf die Terrasse des verfluchten Hauses getreten und winkte ihm, noch im Pyjama, mit einem Schlauch in der Hand.

Noch eine, die den ganzen Tag bewässerte.

Er winkte zurück und kratzte sich am Hals. Ihr großer Bauch kündigte sein eigenes Ende an. Er kratzte sich erneut, diese verflixten Stechfliegen. Immer noch gut gelaunt, tappte er zur Weinlaube, aber je näher er seinem Liegestuhl kam, desto heftiger wurde das Jucken am Hals. Als er mit gespreizten Beinen auf den Polsterstuhl sackte, wusste er schon, dass das kein Mücken- oder Fliegenstich war. Man musste kein Genie sein, um zu kapieren, dass es das Damoklesschwert war, das an einem dünnen Haar über seinem Genick baumelte und darauf harrte, dass die Hand des Schicksals oder ein leichter Luftzug den Auftrag erfüllte.

Er rieb sich erneut den Hals, und während er ehrfürchtig den Katalog durchging, jede Seite behutsam umblätterte, dachte er, wenn er nun schon gehen müsse, wollte er ehrenhaft aus der Welt scheiden. Als ein – wenn nicht *der* – Experte für orientalische Schwerter könnte doch nichts würdiger sein als ein bildschöner

Kehlschnitt, wie beim Schaf, durch die jordanische *Shibaria* mit der muslimischen Gravur. Oder vielleicht ganz klammheimlich ein tiefer Stich, von der Sorte, die man im ersten Moment gar nicht spürt, bis man dann völlig verblüfft zu Boden stürzt.

Der heroische Tod, der ihm bevorsteht, sein Leben für das des ungeborenen Kindes, hat einen Ehrenstreich verdient. Sagen wir mit seinem *Katana*, dem japanischen Langschwert. Ein Schlag, ein Streich, und sein Kopf müsste sich so sauber ablösen, dass die Nerven in den großen Zehen minutenlang nicht ahnten, dass sie vom Kopf getrennt waren.

Um dieses *Katana* zu bekommen, war ein fast zweijähriger Briefwechsel nötig gewesen, jeweils mit Übersetzung aus dem Hebräischen ins Japanische und umgekehrt. Stets war auch ein frankierter Umschlag für den japanischen Großmeister beizulegen, damit dieser seine Zeit nicht mit Briefmarken und Umschlägen verschwenden musste! Als er das Schwert schließlich nach brennender Erwartung erhielt, stellte er es in den Ständer, den er ihm schon zuvor auf der Anrichte aus dem Kibbuz Hasorea gebaut hatte, und ruhte nicht, bis er nach einem weiteren Jahr Schriftverkehr auch das dazugehörige *Wakizashi*, das »kleine Schwert«, ergattert hatte.

Das ist ein Schwert! Ganz und gar beseelt von der altehrwürdigen Tradition der Selbsttötung.

Andererseits hätte auch das bolivianische Schwert gute Arbeit leisten können, wenn dieser Ganove Sehavi es nicht so nett als Leihgabe fürs Museum erbeten hätte. »Wir möchten die Vielfalt der Bewohner des Emek zeigen – so eine besondere Sammlung bei uns, wer würde die nicht sehen wollen?«, hatte er ihm geschmeichelt, und Joske in seiner Einfalt hatte sich verlocken lassen und ihm ein paar spezielle Schwerter geschickt (gerade das bolivianische war gar nicht so selten). Als sie die Einladung für die Ausstellung »Erbauer des Emek« erhielten, waren Sophie und er gut gekleidet zum Museum in Ein Charod gepilgert, nur um seine Schwerter achtlos und gänzlich ungesichert auf einem Schultisch aus Resopal liegen zu sehen, abgesehen von seinem Namen ohne erklärende Beschriftung.

Als er die Schwerter zurückbekam, war das bolivianische nicht dabei, und Joske explodierte. Sehavi leugnete: So eines habe er nie bekommen. Mangels schriftlicher Aufzeichnungen gab es keinen Verantwortlichen. Jahre später kapierte Joske, dass solche Diebstähle ein gängiger Trick von Museen waren, so kriegten sie ihre Sammlungen zusammen.

Wie bei der Geschichte mit der Teilung des Kibbuz Tel Josef und Josef Trumpeldors Arm – wer schon sollte die Armprothese des im zionistischen Kampf gefallenen Helden aufbewahren, wenn nicht der nach ihm benannte Kibbuz? Und dann das.

Zuerst hatten sie den Arm an das Museum in Tel Chai ausgeliehen, wo eine Kabinettssitzung tagte. Dort wollte man die Prothese ungern wieder rausrücken, mit der Ausrede, sie sei hier besser aufgehoben, schließlich schickte man sie aber doch zurück, denn mit der Prothese war ein Genosse angekommen, der während der gesamten Sitzung draußen saß und sich strikt weigerte, ohne den Arm abzufahren.

Später dann die Sache mit dem Kibbuz Degania, wo man beleidigt war, nicht als Leihgeber angefragt worden zu sein, denn angeblich besaßen sie die Originalprothese. Schließlich stellte sich heraus, dass Trumpeldor sechs oder sieben Arme zum Wechseln gehabt hatte.

Als die Prothese zurück war, verbrachte sie so einige Jahre in dem baufälligen Museum, und unterdessen passierte auch manches mit dem alteingesessenen Kibbuz. Als die nächste Anfrage eines Museums eintraf, das sie in einer Ausstellung zur Geschichte des Zionismus zeigen wollte, fand sich schon keiner mehr, der bereit gewesen wäre, mit der Prothese nach Jerusalem zu fahren oder sie gar wieder zurückbringen. Mittlerweile war jede Fahrt mit einem Auto des Kibbuz gebührenpflichtig und Benzin auch teurer geworden.

Daher kamen die Jerusalemer die Prothese abholen, wobei auch eine Leihgenehmigung unterzeichnet wurde. Als man den Arm zurückwollte, weigerten sich die Museumsleute und wurden obendrein noch frech: »Euer Haus ist zu morsch und zu muffig, um einen so geschichtsträchtigen Gegenstand aufzubewahren (was leider zutraf), wir können ihn euch nicht ausleihen.«

Euch ausleihen!

Aber der Fetzen Papier, auf dem die Jerusalemer unterschrieben hatten, war unauffindbar, und man konnte auch keinen dafür drankriegen.

Diese Geschichte hatte Joske einiges gelehrt, vor allem, dass alles immer klar vertraglich geregelt sein musste. Wie mit diesem Rechtsanwalt, Singer. Jaeli weiß noch nichts davon, aber Singer hat vor zwei Tagen angerufen und erzählt, er habe nach ihrer Unterredung letzten Monat einen Präzedenzfall gefunden. Da Zippas beschissenes Haus auf seinem Grundstück stehe, auf dem eigentlich schon das Haus eines anderen Hoferben sei (Anatis Haus in diesem Fall), habe er das Recht, den Abriss durchzusetzen.

»Ich will nicht lügen, es gibt auch ein paar Probleme, weil das Haus denkmalgeschützt ist, Gründerzeit und so weiter. Aber«, fuhr Singer fort, »und ich sage das jetzt nur unter uns, und wenn jemand behauptet, ich hätte es gesagt, werde ich es abstreiten – die Sache mit denkmalgeschützten Häusern ist ähnlich wie mit geschützten alten Bäumen (ich hatte gerade so eine Kreisverwaltungsakte mit Bäumen vorliegen, deshalb handelt mein Beispiel von Bäumen, okay?), wenn ein Grundbesitzer ein denkmalgeschütztes Haus oder einen hundertjährigen Baum auf seinem Land stehen hat, kann er immer *im Nachhinein* vorbringen, er habe eine unmittelbar davon ausgehende Gefahr für sich und seine Umgebung empfunden und den Abriss oder die Fällung deshalb vornehmen lassen. Sie haben das nicht gern bei den Behörden, schon richtig, aber später pflanzt du fünf Bäume anstelle des zweihundert Jahre alten Eukalyptus, und sie winken das durch – ist ja eh nichts mehr zu machen. Manchmal muss man erst handeln und dann Bedauern äußern.«

Den Abrissantrag werde er auf jeden Fall von Verbandsseite einreichen, mit der Bestätigung des Bauingenieurs, dass der zweite Stock aus statischen Gründen unbewohnbar sei, schloss der Anwalt.

Joske stöpselte die Kopfhörer ins Radio, setzte sie auf und versank in den glatten Hochglanzseiten, ein Vergnügen für die nächsten Stunden. Die Ausgelöscht-sei-ihr-Name konnten hervorragend sachlich schreiben. So vertieft, merkte er kaum, dass es ringsum bald lebhafter wurde. Als er es endlich wahrnahm, stand er auf, drehte eine Runde um den Hof, sagte allen guten Tag und versuchte, den Leutchen zu erklären, was sie nicht anrühren und wo sie die Sachen nicht hinstellen sollten und wo dann doch.

Aber die langhaarigen jungen Männer mit ihren verfluchten Ziegenbärtchen, die die Möbelstücke verteilten und die Beleuchtung installierten, sagten nur: »Opale, alles in Ordnung, wir haben Anweisungen von deiner Enkelin, mach dir keine Sorge, bleib einfach sitzen und ruh dich aus.«

Was die sich einbildeten! Er war einst drei von denen wert-gewesen, mit oder ohne Ziegenbart. Doch er beruhigte sich, als er Eveline mit was Schwarzem im rechten Ohr auf dem Hof herumlaufen und Befehle geben sah, wie eine Generalstabschefin.

Also setzte er sich wieder auf seinen Stuhl und genoss sogar ein bisschen den Trubel in seinem sonst meist stillen Garten.

Wenn jemand ihn zufällig ansprach, stellte er sich taub. Die Kopfhörer halfen in diesem Fall. Um ihn her wurde alles für die Hochzeit angeschleppt, Tischdecken und Servietten, Besteck und Gläser, Blumenarrangements, Kerzen, Vasen und kistenweise bunte Lichterketten.

Schon seit einigen Tagen hört er, der Bräutigam lasse auf sich warten und wer weiß, ob er überhaupt käme (Sophie), oder dass er noch nicht vom Flughafen da sei (Gali). Er glaubt das nicht. Jotam und Gali sind so ein nettes Paar. Wenn er irgendwas nicht ausstehen kann, dann Sophie, wenn sie mit ihren Prophezeiungen anfängt, auch weil die sich fast immer als richtig erweisen. Eine Hexe. Das sagt er schon seit Jahren.

Joske döste ein bisschen, bis die Cateringleute ihn sehr lieb baten, die Laube zu räumen, die sie gleich darauf mit Planen schlossen, für die improvisierte Küche. Das Essen, das dort zu köcheln begann, erinnerte ihn daran, dass er Hunger hatte, weshalb er von seinem Liegestuhl langsam Richtung Haus losging. Er trat durch die Küche ein. Auf dem Tisch erwartete ihn ein Teller lauwarme Suppe mit einem Hühnerschlegel, aber die Alte und die Moldawierin waren nirgends zu sehen. Er schlürfte die Suppe geräuschvoll, tauchte eine große Scheibe Brot hinein, und aß schnell auf. Gali hatte versichert, am Abend gebe es Salzhering, da musste man Platz lassen. Früher wäre das nicht nötig gewesen, da konnte er ein volles Frühstück, Mittag- und Abendessen verputzen. Jetzt, wo der Pyjama an ihm schlotterte wie an einem Muselmann, hatte er das Gefühl, das Alter würde ihn bald ganz aufzehren.

Als er fertig war, ging er, den leeren Teller und jede Menge Krümel hinterlassend, ins Schlafzimmer, dessen Tür weit offenstand und wo Sophie auf der Bettkante saß und sonderbar durch die Fenster in den Garten starrte.

Er setzte sich auf die andere Bettseite. »Was hast du?«, fragte er, aber sie antwortete nicht gleich.

»Dein Anzug hängt auf dem Kleiderbügel«, sagte sie schließlich, »ich hoffe, du badest vor der Hochzeit.«

Er zog den Pyjama aus und verblieb in Unterhose und Unterhemd.

»Ja, ich werde baden, dachtest du etwa, nicht?«, sagte er, und wieder Schweigen ihrerseits. Eigenartig, wie ihr sonst krauses, hell-lila Haar jetzt fast glatt und weiß war, ohne einen Schimmer von Lila.

»Ich meine, ich ruhe mich ein bisschen aus für den Abend«, sagte sie und legte sich auf die Seite, ohne auch nur die Pantoffeln abzulegen. Dann fügte sie mit schwacher Stimme hinzu: »In einer Stunde fange ich an, mich fertig zu machen, sei also bis dahin bereit.« Sie schloss die Augen und schien zu schlafen.

Joske nahm ein paar Züge aus seinem Sauerstoffballon und ging sich waschen.

◆ ◆ ◆

Der bewusst schlichte Hochzeitsbaldachin – vier Stäbe und ein weißes Stück Stoff darüber – wurde unter dem großen Grapefruitbaum aufgestellt. Das war die einzige Abweichung vom Plan. Ursprünglich hätte Gali nämlich unter dem Guavenbaum heiraten sollen, was sogar mit ausschlaggebend für die Wahl des Datums gewesen war: Wenn alle Guaven gepflückt waren, der Baum aber noch in voller Blätterpracht stand.

Den Guavenbaum hatte Joske für Gali stehen lassen, ungeachtet aller Proteste von Tante Zippa und Oma Sophie, die drei Wochen im Jahr mit einem Taschentuch vor der Nase herumliefen und klagten, »alles schmeckt schon nach Guaven«, wofür sie Gali und Opa beschuldigten, die untergehakt durch den Garten flanierten und strahlend vor Selbstgefälligkeit die Früchte pflückten, die in braunen Papiertüten steckten, um sie gegen den geschmacksvernichtenden Stich der Mittelmeerfruchtfliege zu schützen. Drei Wochen pro Jahr wurden Gali und Joske auf die Veranda verbannt, bis Gali zu ihrer großen Reise aufbrach, acht Jahre in Kanada blieb und Joske keinen mehr hatte, mit dem er das schauerliche Begehren teilte. Und doch legte er jedes Jahr die drei ersten Guaven beiseite, vielleicht würde sie diesmal zurückkommen.

Aber letzten Endes ging es nicht.

Eveline hatte abgelehnt. In einer hastig verfassten E-Mail erklärte sie, die nötige Behelfsküche lasse sich viel leichter bei der Guave einrichten, und obwohl sie wisse, dass Gali besondere Gefühle für diesen Baum hege, würde sie Eveline viel Kopfzerbrechen ersparen, wenn man den Hochzeitsbaldachin an eine andere Stelle versetzen dürfe. Gali konnte sich da schlecht versteifen, hatte überhaupt vergessen, was an dem Guavenbaum mit seinen innen trügerisch weißen und weichen Früchten so zauberhaft sein sollte. Ohnehin war es egal, unter welchem Baum ihre Hochzeit nicht stattfinden würde, und sie hatte auch nichts gegen den Grapefruitbaum.

Also Grapefruit. Auch recht.

Die Stuhlreihen auf der Seite des Bräutigams waren leer, was den Gästen sicher komisch vorkommen würde. Ein deutlicher Fehler, auf getrennten Bereichen für Gäste des Bräutigams und der Braut zu bestehen. Gleich würde sie Eveline bitten, die Schilder abzumontieren, damit die Gäste sich nach Belieben platzierten und die Abwesenheit von Jotams Seite nicht gleich bemerkten. In einer Stunde sollte die Trauung beginnen, und der Bräutigam war noch nicht da. Abwesend. Nichtexistent.

Anati erschien an der Tür in dem blauen Kleid von Marks & Spencer: »Die Fotografin ist da, sie will Aufnahmen machen, bevor die Sonne untergeht!« Und danach flüsterte sie: »Gibt es was Neues von Jotam?«

Gali trat ins Freie. Da Anati der Fotografin die Lage erklärte und keiner sie, Gali, ansprach, konnte sie sich ungestört auf dem Gelände umsehen. Draußen trudelten die Gäste langsam ein, die von ihrer Seite natürlich. Angenehme Musik spielte im Hintergrund, und in der Dämmerung sah man bereits die funkelnden Lichter an den Zypressen. Die Kellner in schwarzen

Schürzen eilten lächelnd umher, sammelten auf den Bartischen stehen gebliebene Gläser und Teller ein.

Warum zieht sie die Sache weiter durch? Genau in diesem Moment, im sanften Sonnenuntergang über dem Emek, während die Vögel zu Tausenden auf den Bäumen landen und sich aus vollem Halse in den Schlaf zwitschern, hätte man erwartet, dass sie das Handtuch wirft. Hier steht sie im eigenen Garten bei ihrer Hochzeit, die sie monatelang aus der Ferne geplant hat und nun gleich vor ihren Augen platzen sehen wird. Er ist ja nicht da und kommt auch nicht mehr – sie braucht seine Voicemail von heute Morgen gar nicht abzuhören, um das zu verstehen. Sie betrachtet das emsige Treiben im Garten und überlegt, was tun: Soll sie alle zusammenrufen und ihnen mitteilen, dass die Hochzeit abgesagt ist, oder müsste sie vielleicht einen Zusammenbruch inszenieren, sich dramatisch in einem Zimmer verschanzen, damit alle draußen rätseln, was geschieht und warum? Oder vielleicht braucht sie den Zusammenbruch gar nicht zu inszenieren, denn tatsächlich ist ihr etwas schwindlig von den sich um sie scharenden Gästen, das alles zusammen erzeugt gerade ein Wohlgefühl, in das sie hineinfallen könnte, eine kleine Ohnmacht würde jetzt nicht schaden.

Doch sie schreckt jäh auf: Wenn das ein Schwindelanfall ist, dann ein ziemlich eigenartiger, der nur auf ihre Füße einwirkt, denn in dem angenehmen Treiben spürt Gali etwas beben.

rrrrrr

Irgendwas bebt und das nicht metaphorisch, sie weiß, dass manche Menschen diesen Ausdruck gern zur Beschreibung von verborgenen, kaum wahrnehmbaren Begebenheiten verwenden, die am Rand des Bewusstseins oder Wissens angesiedelt sind. Nein. Hier bebt es tatsächlich, ohne Klischee-Bilder von Lügen und Geheimnissen. Sie spürt es in den Beinen, und im Bauch, und in dem alten Grapefruitbaum, unter dem Tante Zippa einmal eine mächtige Viper erlegt hatte, als hier noch Sumpf war. Jetzt überspannt dieser Baum den Hochzeitsbaldachin.

Der Grapefruitbaum hat eindeutig gebebt.

Wer diesen Baum nicht kennt, könnte meinen, jeder Luftzug würde seine Krone zu schütteln vermögen. Aber Gali kennt ihn, unter allen Bäumen des Hofes ist er der stabilste, auf den man am leichtesten klettern kann, gewiss besser als auf den Orangenbaum mit seinem dünnen Stamm. Die Äste des Grapefruitbaums scheinen sich extra so zu verzweigen, dass man leicht raufkommt, hier einen nackten Fuß hin, da die Beine weit spreizen, und schon reicht er dir einen neuen festen Ast für den anderen Fuß, und so weiter von Zweig zu Zweig bis ganz nach oben. Wenn du dort bist, im Geäst, ist es egal, was für ein Wind da draußen weht oder ob ein schwerer Chamsin-Sturm das Emek plattmacht, dieser Grapefruitbaum wird nicht wanken, dich vielmehr in seinen Zweigen wiegen und behüten.

Doch als Gali es nun in den Beinen und im Bauch wahrnimmt und sie die Krone des Grapefruitbaums plötzlich wie verrückt zittern sieht, erinnert sie sich: Am Mittag hatte Sophie in ihrer

Hörweite Jaeli gefragt, ob sie das Beben auch spüre. Im Geist setzt jetzt Alanis »*Isn't It Ironic?*« ein, und wäre es nicht echt ironisch, wenn bei dieser Hochzeit ein Erdbeben apokalyptischen Ausmaßes losbrechen würde? Eines, bei dem die Teller von den Tischen sprangen, samt dem Pfannengerührten in Szechuan Sauce, von höflichen jungen Kellnern aus glänzenden Metallbehältern aufgetischt. Ein Erdbeben bei ihrer Hochzeit, *isn't it ironic? Don't you think?* Und Gali würde abgrundtief in eine breite Spalte fallen, die sich mitten auf dem Hof auftäte und bis ans Ende der Welt reichte.

rrrrrrr

»Es wird Zeit«, sagte jemand hinter ihr, und ein anderer bedeutete ihm, zu schweigen.

»Er ist noch nicht da«, tuschelten sie.

Dieses Summen, das anscheinend nur sie bemerkte, kam wohl vom Stand des DJs hinter dem Hochzeitsbaldachin, auf der anderen Seite des epileptischen Grapefruitbaums. Man hätte logischerweise annehmen können, dieser erschütternde Ton käme aus den Lautsprechern, wäre die Musik nicht so klar und rein gewesen: »*She Loves You, Yeah, Yeah*« – die süße Playlist, die sie sich ausgesucht hatte, ein bisschen sechziger und siebziger Jahre, das gute, alte Land Israel und zum Schluss leichte orientalisch-mediterrane Tanzmusik.

Es kam aber nicht aus den Lautsprecherboxen.

rrrrrr

»Habt ihr Jotams Eltern sprechen können? Wir müssen jetzt wirklich anfangen.« (Eveline)

»Nur unsere Gäste sind bisher gekommen, vielleicht sollten wir mal anrufen?« (Anati)

»Ich gehe von einem großen Stau im Wadi Arrah aus.« (Benzi)

Das Summen schwillt zum Brummen an. Gali sieht sich um, wieso merkt es denn keiner? Alle sind mit ihren goldgeränderten Vintage-Tellerchen beschäftigt. Wer sieht denn überhaupt die zarten Blümchen unter all der fettigen Soße?, denkt sie. Und die Vase mit den Farnen – eine Woche lang hat sie gebraucht, um sich zwischen einem Glasgefäß voller Sukkulenten und dieser Vase zu entscheiden, und nun nimmt sie den ganzen Tisch ein und lässt kaum Platz, um einen Teller abzustellen. Wie wichtig ihr das alles gewesen war.

rrrrrr

Nun fiel ihr, warum auch immer, der nächtliche Besuch im Safari-Park ein. Das war lange her, noch bevor Jotam und sie sich für Kanada entschieden hatten. Der Zoobesuch war ein Bonus der Kundendienstfirma gewesen, bei der sie damals beide arbeiteten.

Die Tour begann in der Abenddämmerung, ein Bähnchen fuhr sie durch das afrikanische Terrain. Bei einbrechender Dunkelheit hielten sie bei den Löwenkäfigen, wo die Tiere schon über Nacht eingeschlossen waren. Die Zooführerin ließ sie zu den Schlafkäfigen ein, die Löwen lagen dort in ihrer vollen Größe, prächtige Riesenkatzen, furchterregend, wie groß sie waren.

Gali und Jotam und noch ein paar andere standen dort und lauschten den Erklärungen der Führerin, als ein Löwe plötzlich brummte. Es war nur ein sanftes Brummen, gewiss kein Brüllen, aber dieses Aufbrummen, das durch die Käfige hallte, kam plötzlich und ohrenbetäubend, schlug wie ein Pingpongball an die Betonwände des Raubtierhauses. Gali spürte das tief im Innern, die Wirbelsäule hinauf bis zu den Trommelfellen und sprang vor Schreck ein bisschen in die Höhe. Alle lachten, und die anderen Löwen erbosten sich und begannen ebenfalls zu brummen, nicht zu brüllen, nur zu brummen, Gali floh, und die anderen ihr nach, denn das menschliche Ohr tut sich ganz offensichtlich schwer, das Brüllen eines Löwen zu ertragen, wenn schon ein leichtes Brummen derart erschüttert. Das hinderte allerdings keinen, einschließlich Jotam, Gali bis zum Ende des Zoobesuchs freundlich auszulachen.

Jetzt spürt Gali es in den Knochen.

EIN BRÜLLEN

Der Grapefruitbaum schwankte hin und her, wie von einem geisternden Dibbuk ergriffen, und dann stürzte er um. Der Baum. Traf aber nicht den Baldachin (*isn't it ironic?*), sondern stürzte nach hinten, sein glatter Stamm zerschmetterte das Pult des DJs, der im letzten Moment zur Seite sprang, während die langen Äste, voll mit reifen Früchten, die Bartische ringsum zerdrückten.

Die verdatterten Gäste standen erst wie angewurzelt und stieben dann hysterisch in alle Richtungen auseinander, ehe sie noch verstanden, was genau geschehen war. Gali schaute ihnen wie gebannt zu, gleich würde die Erde ihren Schlund auftun und alle verschlingen.

Aber nichts bewegt sich, auch Gali nicht.

Sie blickt zur Seite, ein Kellner redet auf sie ein, aber sie versteht ihn nicht, er spricht gedehnt, und seine Gesichtszüge verändern sich langsam. Sie merkt, er will sie wegziehen, aber sie verharrt auf der Stelle. Statt weiter nach unten zu gucken, wandert ihr Blick nach oben, denn aus dem Stamm des Grapefruitbaums schießt nun ein mächtiger Wasserstrahl, ein monströser Springbrunnen, der für den Bruchteil einer Sekunde den Hochzeitsbaldachin überwölbt wie eine mächtige Glaskuppel, vom letzten Sonnenlicht noch wie ein Regenbogen umspannt.

PLATSCH

Alle rennen herum, versuchen, sie wegzuziehen, aber Gali rührt sich nicht. Die meisten Gäste in ihren guten Kleidern flüchten aus dem Hof. Andere stehen noch verdattert da, wie sie.

Die Catering-Leute mit ihren schwarzen Schürzen rasen hin und her, um Essen und Equipment zu retten.

Sie erinnern sie an Ernteameisen – die eine Minute vor dem Erstregen im Herbst sauber in Reih und Glied zu ihrem Nest marschieren, ohne irgendwelche Sorge auf der Welt. Und dann fällt der erste Tropfen. Sie halten an, wittern mit ihren langen Fühlern in die Luft und marschieren weiter, ziehen es vor, die Lage zu ignorieren. Doch die nächsten Tropfen lassen sich kaum noch leugnen, und die Reihe löst sich schlagartig auf, zerläuft in alle Richtungen.

Wie finden sie zurück? Wie kann man nach der Regenflut überhaupt wieder in Reih und Glied antreten? Gali weiß es nicht.

»Jemand soll den Schieber zumachen!«

»Der ist zu! Es ist nicht unser Rohr!«

»Wem gehört dieses Rohr denn dann, verdammt?«

Wäre Sophie da, würde sie sagen: »Ist doch nur Wasser.«

Sie würde sagen: »Gut, dass uns keine Scheiße auf den Kopf platscht.«

Gali sieht Jaeli heranlaufen, mit einem großen Tablett über dem Kopf.

»Gerade, als mein Haar sich endlich hat bändigen lassen!«, schreit sie durch das Rauschen des immer weiter strömenden Wassers.

»Komm!« Sie packt Gali am Arm und zieht sie zum Haus. Als sie aus dem Nassen heraus sind, bleiben sie einen Moment nebeneinander stehen, die eine mit Neun-Monate-Bauch im Kunststoffkleid, das ihr an Bauch und Schenkeln klebt, die andere im Brautkleid aus Wildseide, das kein Wasser verträgt, weder Regen noch Tränen.

Sie wringen ihr Haar aus.

»Na, wenigstens ist uns keine Scheiße auf den Kopf geplatscht!«, lacht Jaeli.

Und Gali überlegt kurz und fragt dann: »Sag mal, hast du Oma seit heute Mittag gesehen?«

* * *

Sophie hob die schmerzenden Beine aufs Bett, zu müde, um aus den Pantoffeln zu schlüpfen. Sie hörte ihn schweren Schritts durch die Küche tappen, mit Tellern klappern und sogar geräuschvoll an dem Hühnerschlegel aus der Suppe saugen. Allerdings gut möglich, dass sie die Geräusche des Saugens und Kauens nicht wirklich hörte, sondern nur zu hören meinte. Sie kannte bereits jeden Zwischenton seiner Stimme, seines Schlürfens, Schmatzens und Rülpsens, ging ja gar nicht anders nach über sechzig Jahren Ehe.

Danach hörte sie ihn durch den Flur zum Schlafzimmer schlurfen, und schon erschien er in der Tür und fragte sie, was mit ihr sei, denn es war entschieden ungewöhnlich, Sophie mitten am Tag im Bett zu sehen. Sie sagte ihm etwas und er ihr, und dann schlosss sie die Augen, denn sie hatte keine Lust, weiter mit ihm zu reden, und die Müdigkeit überwältigte sie.

Sie spürte Lippen und Mund trocken werden und die Trockenheit tiefer in sich vordringen, während die Worte den Weg in die Gegenrichtung, nach draußen, suchten. Normalerweise hatte sie ein Glas Wasser am Bett, aber ihre Augen wollten nicht aufgehen. Ihre Hand tastete auf dem Nachtschrank, bis sie schließlich an etwas Kühles stieß, was ihr Glas sein konnte – oder auch nicht. Der Arm sackte wieder ab, egal, sie würde gleich aufstehen, einen Schluck trinken und sich anziehen.

Auch wenn Sophie die Lider schwer werden, bewegen sich ihre Augen dahinter doch immer noch wie wild. Gedanken, Gedanken, Gedanken. Sie denkt, man muss das Haus während der Hochzeit abschließen, sie würden ja draußen sein, bei der Feier, und dann könnte, im Schutz von Dunkelheit und lauter Musik, jeder reinschleichen und ihr den Fernseher stehlen, oder die Beruhigungsmittel oder ein Schwert aus Joskes Waffensammlung.

Nicht, dass Sophie sich um die Schwerter schert, für sie ist das nur rostiges Alteisen, auf das Joske seine ganze Zeit verwendet. Zeit, die er ihr schenken müsste. Er ist ein großer Experte, das sagen alle, manche pilgern richtiggehend zu ihm, und er setzt sich geduldig mit ihnen hin, referiert über nahöstliche oder womöglich osteuropäische Schwerter (Sophie kommt schon durcheinander) und prahlt mit seiner Sammlung von Nazi-Messern und -Helmen.

Hakenkreuze machen Sophie schaudern, so was sollte nicht im Wohnzimmer liegen. Für Joske ist es ein Triumph. Er hat immer gesagt: »Wenn in Europa ein Heer das andere besiegt, liefert das unterlegene dem siegenden die Waffen aus«, und nun besitzt er, der Jude, der Überlebende, ein Schatten seiner selbst nach all dem damals, bei sich zu Hause, im Land Israel, Bajonette der Wehrmacht. Was wäre symbolträchtiger?

Wenn die Zeit reif für Resümees ist, dann erklärt Sophie abschließend, dass sie sich nicht für Schwerter interessiert. Und dass diese Schwerter das Leben zerstört haben, das sie mit Joske hätte haben können. Wie eine lüsterne Mätresse stahlen sie sich über die Jahre ins Haus, beschlagnahmten eine Wand nach der anderen, so dass Sophie aus dem Wohnzimmer in die Küche umziehen musste, und nun gibt es nur noch einen Ort, an den sie weiter übersiedeln wird.

Nicht, dass sie nicht versucht hatte, sich für das Gebiet zu erwärmen. Schon mehrmals. Wie damals, als sie den Kurs über japanische Kultur in der Seniorentagesstätte belegt und auf einem Dia ein Schwert gesehen hatte, das dem auf der Anrichte daheim, gleich neben dem Chanukkaleuchter, ähnlich sah.

Zu Hause fragte sie Joske dann über das Schwert aus. Zuerst antwortete er misstrauisch, hielt ihr Interesse für unecht. Aber als sie beharrte, sah sie einen Funken in seinen Augen aufblitzen, setzte sich auf den Sessel neben ihn, und er erzählte von dem Langschwert, dem *Katana*, von einem japanischen Großmeister geschmiedet (gerade an diese Geschichte erinnert sie sich und auch an die Summe, die er dafür bezahlt hatte). Sophie stellte fachliche Fragen, was Joske auch anerkannte, und obwohl ihr auf dem zu niedrigen Sessel bald die Beine wehtaten, wagte sie nicht, aufzustehen.

Sie schienen wieder gemeinsamen Gesprächsstoff gefunden zu haben, auch wenn dabei nur er redete und sie zuhörte. Die Worte, die an jenem Nachmittag hin und her gingen, waren zahlreich, zahlreicher jedenfalls als die, die sie jahrelang gewechselt hatten, alltägliche Satzfetzen (»komm essen« oder »Anruf für dich«). Aber die neuen Wörter blieben nicht lange, vielleicht, weil sie ihr Interesse an seiner Sammlung nicht ewig aufrechterhalten konnte. Er kehrte zu seinem Radio zurück und sie zu ihrer Fernsehserie, und der Austausch komplizierter Silben und gegenseitiger Interessenspartikel war vorbei.

Über sechzig Jahre – unmöglich, nicht enttäuscht zu werden.

Als ihre Hand bei der Suche nach dem Glas abgerutscht war, hatte sie etwas Metallenes unter der Matratze gefühlt. Nun tastete sie erneut nach dem kühlen Metall. Ihr fiel wieder ein, dass er einmal ein langes Messer unter die Matratze gelegt hatte, selbst gefertigt in seiner Werkstatt im Schuppen – die Kopie eines Schwertes mit verschnörkelten Verzierungen aus einem seiner Kataloge –, für den Fall, dass sich jemand ins Haus schleiche. Aber er hatte das Schwert auf seiner Seite des Bettes platziert, wie mochte es nun auf ihre gelangt sein? Viele Jahre waren seither vergangen, und beide hatten das Schwert dort längst vergessen. Vielleicht hatten die Erschütterungen es über die Jahre zu ihr rüber rutschen lassen?

Die Augen immer noch geschlossen, gelang es Sophies krummen Fingern, die sich morgens kaum strecken ließen, das Messer zu dieser Nachmittagsstunde unter der Matratze hervorzuziehen. Sie legte es an die Brust, ließ es über ihren Leib bis zu den Knien runtergleiten. Sie hatte keine Angst, sich zu stechen. In ihrem Alter gab es nichts mehr zu befürchten, und wer sich fürchtete, war ein Depp.

Danach lag sie minutenlang still, das Messer sehr nah am Herzen. Bald geht es los mit der Hochzeit, und sie muss aufstehen und sich ankleiden, die lila Bluse anziehen, die zu ihrem Haar passt, das sie gleich mit der Lockenschere angeht. Aber sie kann nicht aufstehen – will es auch nicht. Sie will jetzt nur weiter im Bett dösen, ohne die Lider aufzuschlagen, die sich wie verleimt anfühlen. Sie ist so müde. Was sie wirklich will, ist schlafen, schlafen, schlafen und ihren eigenen Tod träumen.

Vielleicht findet man sie erst nach der Hochzeit, ja, sie hofft, dann erst, bei all dem Trubel wird man ihr Fehlen gar nicht bemerken. Anati und Benzi sind sicher schon aus dem Ausland zurück, und alle werden in dem ganzen Stress schlichtweg übersehen, dass sie nicht dabei ist. Erst hinterher, wenn alle müde und leicht angesäuselt von der Feier hereinkamen, vielleicht die Geschenkschecks im Wohnzimmer zählen oder ein letztes Gläschen trinken wollten, würde ihnen plötzlich auffallen, dass sie gar nicht zu sehen, bei der Trauung nicht dabei gewesen war.

Sie würden laut »Oma!« oder »Mama!« oder »Sooophie!« rufen und zuerst in der Küche nachsehen, wo sie sich logischerweise aufhalten müsste, dann auf der Toilette, vielleicht war sie gestürzt, wie es diesen wackligen Alten so oft passierte. Zum Schluss würden sie ins Schlafzimmer gehen, erst Gali oder Jaeli und dann, auf ihren Aufschrei hin, die anderen.

»Sie ist tot! Tot!«, würde Jaeli oder Gali oder Anati aus vollem Halse hysterisch kreischen. Der Anblick wäre echt erschreckend. Ein Blutfleck würde sie vielleicht umgeben wie der rote Strahlenkranz einer christlichen Heiligen.

Aber dann würde einer von ihnen, sicher Benzi mit seiner Bürgerwehr-Erfahrung, sie erneut anschauen und sagen: »Moment! Ich glaube, sie atmet noch, alarmiert schnell Polizei und Ambulanz! Schnell! Schnell!«

Von allen Seiten starrten sie Sophie entsetzt an, aber keiner von ihnen würde die Größe der Freude ermessen, die ihren sterbenden Körper erfüllte. Ihren alten Körper, der um letzte Atemzüge ringt, während ein langes, mit Arabesken verziertes Schwert ihr zwischen Rippen und Zwerchfell steckt.

Nur Joske würde beherzt genug sein, sich zu ihr zu setzen. In den über sechzig Jahren hatte er sie schon in schlimmen Zuständen gesehen. Er würde ihre kalte Hand in seine warme nehmen und sagen: »Sophie, was ist das denn? Wo kommt das Schwert her?« Und trotz seiner erschütterten Miene würde sie sehen, dass er das Schwert nicht weniger prüfend betrachtete als die Frau, die damit aufgespießt war.

»Ist das das Schwert, das unter der Matratze gelegen hat? Das kann doch nicht sein! Sophie, das ist unglaublich! Einfach unglaublich!« Und er würde sie mit strahlenden Augen anschauen, und sie würde etwas röcheln wegen ihrer trockenen Kehle, und er würde ihr das Glas vom Nachttisch reichen und ihr zu trinken geben.

In diesem Moment würde sie wissen, dass es so hatte geschehen müssen, sie so hatte sterben sollen. Nicht Herzstillstand während eines ruhigen Mittagsschlafs, kein Sturz im Garten, bei dem eine Embolie durch gesplitterte Beckenknochen ihre Lunge blockierte, kein Virus oder Bakterium und keine Sommergrippe, die den Körper wochenlang lahmlegte.

Nur so, sterben, mit Joskes anerkennenden Blicken auf das Schwert, aber auch auf sie.

»Sophie«, würde er ein letztes Mal sagen und fertig.

Und was macht es überhaupt aus, wie es da hingekommen ist, das Schwert, wie es die mürbe, runzlige Haut durchbrach, die Gewebeschichten und Muskeln durchstach und ihren sterbenden Körper mit wahrem, letztem Glück erfüllte.

Die unter den schweren Lidern rollenden Augen beruhigen sich ein wenig. Die Finger, die unter der Matratze getastet haben, erlahmen. Sophies Atemzüge verlangsamen sich. Sie denkt noch, aber weniger. Jetzt verbinden sich keine Wörter mehr mit den Bildern in ihrem Kopf.

Sie sieht Nili, ganz und gar strahlend, in freier Schwebe, und Schimele auf dem roten Stuhl seine Papierbögen faltend, Papierkraniche umgeben ihn zu Tausenden, schimmern engelhaft. Sie sucht Zippa, sieht sie aber noch nicht. Wie alle sagen, gibt es da Licht und einen Tunnel, und Sophie spürt sich dort hingezogen, ob sie will oder nicht. Da ist Zippa, gut, dass sie sich auf die Reise begeben hat. Zippa streckt ihre sichere Hand aus, um sie zum Licht zu führen, und Sophie ergreift die gereichte Rechte. Alle Geschwister aus dem Hause Meyerson sind endlich vereint, wie sie es immer hätten sein sollen, erst jetzt wird es gut, Sophie spürt das.

Sie geht oder schwebt dem Licht entgegen, das ebenso stark wie angenehm ist, wie eine seltsame Sonne. Noch ein Schritt und sie ist dort, aber die Augen sind noch nicht völlig ruhig, es gibt eine letzte Angelegenheit zu erledigen. Denn Sophie ist keine, die man leicht übers Ohr hauen kann, nie gewesen. Sie vergewissert sich bei dem Wächter am Eingang, ehe sie einen Fuß, immer noch in Gesundheitslatschen, in den weißen Tunnel setzt.

Der Wächter nickt: Ihre Seele für die Seele der Kleinen, ja. Ein Mädchen? Prima, Sophie weiß jetzt alles, man kann sie nicht reinlegen, und darauf besteht sie – dass es hier keine Taschenspielertricks gibt, sonst macht sie kehrt. Ein letzter Händedruck, ein zweiter Schritt ins dunkle Weiß, die Augen hören auf, unter den geschlossenen Lidern zu rollen, und fertig.

»Sophie!!!«

»Oma!!!«

»Mama!!!«

»Sie schläft nicht!«

»Ich glaub's nicht! Wie ist das passiert?!«

»Bist du sicher, dass sie tot ist? Wie kannst du sicher sein? Man muss den Roten Davidstern rufen!«

»Was hat dieses Schwert hier auf dem Boden zu suchen? Papa!«

»Das ist kein Schwert, das ist ein türkisches Messer, eine ganz besondere Kopie, die ich vor Jahren angefertigt habe, wenn du mal genau hinschaust …«

»Papa! Hältst du das jetzt wirklich für den richtigen Moment?«

»Sagt mal, seid ihr noch normal? Man muss sie wiederbeleben! Gali, bestell einen Krankenwagen! Lasst mich mal durch, bitte!«

»Ich glaub's nicht! Ich glaub's nicht! Ich glaub's nicht!«

»Bringt Jaeli hier weg, sie ist hysterisch!«

»Ich bin nicht hysterisch!«

»Du stehst hier in einer Pfütze, solltest dich abtrocknen, sonst wirst du noch krank!«

»Ich glaube, mir ist das Wasser abgegangen.«

◆ ◆ ◆

Benzi sagt immer, dieses Dorf sei wie ein Schwarzes Loch, das alles einsaugt, ohne dass man sich dem widersetzen könnte, oder wie ein Wurmloch – du kommst an einer bestimmten Stelle, zu einer bestimmten Zeit rein, und dann krümmt und dehnt es sich, und du hast keinerlei Kontrolle darüber, wie und wo du auf der anderen Seite wieder rauskommst. Auf dieser Ebene fühlte sich Anati auch an Alice im Wunderland erinnert – heute Morgen war sie noch im Londoner Viertel Earls Court gewesen, alles schön ordentlich, der Rasen grün und die Sonne blass, und Bumm! Mit einem Schlag wird sie in den staubigen Schacht geworfen und landet mit unsanftem Aufprall bei der Teegesellschaft des verrückten Hutmachers! Tatsächlich wollte sie sich dieses Bild notieren, es passt hervorragend in ihren Aufsatz über Frauen nach der Geburt, den sie zu schreiben begonnen hat.

Das kommt alles, weil hier im Haus jeder macht, was er will. Weil niemand Rücksicht nimmt. Keiner die Wahrheit sagt. Nie. Und ja, sie weiß, dass sie sich langsam anhört wie Sophie, anscheinend muss jemand deren Platz einnehmen.

Wem muss sie zuerst unter die Arme greifen? Ihrem Vater, der trübsinnig im Sessel sitzt, oder Jaeli, die mit der eigentlich für Sophie bestellten Ambulanz ins Krankenhaus gefahren wird? Wofür soll sie sich entscheiden, für die Vergangenheit, die schwindend auf dem Sessel sitzt, oder für die Zukunft, die Hoffnung oder zumindest die Aussicht auf Hoffnung? Und was ist mit ihrem Abend, der von Wasserströmen aus dem Nichts fortgeschwemmt wird?

Nach einem gesegneten Jahr der Abwesenheit ist sie hier. Was soll sie machen? Joske, Gali und Jaeli, sie alle brauchen jemanden heute Abend, und sie ist nur eine. Ein Glück, dass Sophie Benzi hat, der in der zweiten Ambulanz mitgefahren ist. Sie weiß nicht, wie sie das übersehen konnte.

Sie, Anati, die zig Bücher über Eltern und Frauen und Mutterschaft geschrieben hat und weltweit zu Vorträgen eingeladen wird, entdeckt nun einiges bei ihrer eigenen Familie. Zum Beispiel, dass Jotam nicht zur Hochzeit erschienen ist. Allerdings war das keine übermäßig große Überraschung.

Joske stand auf, um zur Toilette zu gehen, und legte sich dann auf das große Bett. Er lag auf der senfgelb und braun geblümten Tagesdecke, die Sophie ausnahmslos jeden Morgen darübergebreitet hatte. Seine Augen waren geschlossen, aber seine Finger trommelten auf der Brust. Anati legte sich neben ihn, auf Sophies Seite.

»Also Schluss«, sagte er. Und Anati sagte, »ja.«

»Ich hätte gehen sollen, nicht sie.«

»Soviel ich weiß, ist das kein Wunschprogramm.«

»Es war der Deal, den ich mit dem Ausgelöscht-sei-sein-Name da droben hätte abschließen müssen, ich und meine alte Leiche für Jaelis Kind. Aber wie immer musste deine Mutter alles an sich reißen und ihren Willen durchsetzen. Konnte mir nicht vertrauen, dass ich das Nötige unternehmen würde.«

»Wovon redest du?«, fragte Anati und dachte sich, vielleicht hatte Sophie doch recht damit, was sie immer über ihn sagte, von wegen dement und so weiter.

»So hat deine herrische Mutter entschieden und so ist es nun, nichts zu machen«, sagte er und schloss erneut die Augen, »gut, dass wir wenigstens mit dem Haus Erfolg gehabt haben.«

»Moment, was ist mit dem Haus?« Anati spitzte die Ohren.

»Nichts weiter, egal.«

»Geht es um Zippas Haus?«

»Anati, lass uns darüber reden, nachdem deine Mutter tief unter der Erde liegt und diese Sache nicht auch noch an sich reißen kann.«

»Papa! Hat das mit diesem Rechtsanwalt Singer zu tun?«

»Singer, das ist eine Nähmaschinenfabrik, ich habe seinerzeit so einige davon repariert, aber das ...«

»Ewig dasselbe ... Ja, ich habe diesen Witz schon tausendmal gehört, worum geht es da bei ihm und dem Haus?«

Schweigen. Joske griff nach der Sauerstoffmaske und drehte dann langsam an dem Verschluss der Sauerstoffflasche, die neben dem Bett stand. Er nahm ein paar Atemzüge, die Anati zu dramatisch vorkamen.

»Nun?«

»Genug damit, Anati, ich bin müde«, hauchte er mit schwacher Stimme.

»Ich hoffe sehr, ihr habt nichts Unumkehrbares unternommen«, sagte Anati.

»Fertig aus, *finito-la-comedia*, wie deine Mutter gern sagte.«

»Papa!«

Aber Joske antwortete nicht, stellte sich schlafend, und Anati starrte weiter an die Decke, deren abblätternde Tünche drei verschiedene Farbschichten freilegte. Sie war es so leid, wütend zu sein. Auf ihre Eltern. Auf das Dorf. Auf Benzi. Sie lag so da, als ihr auf einmal Sophies vertrauter Duft in die Nase stieg, von Cremes, die längst nicht mehr hergestellt wurden. Als Sophie erfuhr, dass die Firma die Produktion der Creme einstellen wollte, hatte sie alle Parfümerien in Afula abgeklappert und sämtliche noch verbliebenen Tuben aufgekauft. Im Kleiderschrank ist ein ganzes Fach voll damit, neben dem Mist von »Gutes Geschäft«. Erst vor einer Woche hatte sie Anati gebeten, die Creme in England zu besorgen, und jetzt steht im Wohnzimmer ein ganzer Koffer voll.

Irgendwas hängt in der Luft, sie kann es schwer deuten, es geht wie ein Wispern durch die Wipfel der Zypressen im Garten. Vielleicht ist es der trügerische israelische Herbst, oder Sophies schwacher, luftiger Duft, der sie umweht, überlegt Anati. Doch nein. Diesmal ist es etwas anderes. Ein Neuanfang.

◆ ◆ ◆

Rubi raste mit seinem Kastenwagen auf der dunklen Straße nach Afula, obwohl ihm nicht ganz klar war, warum. Er wusste, er würde sich dort dämlich vorkommen, aber trotzdem, nachdem er auf Gali gestoßen war, die gerade ins Haus lief, und sie, patschnass wie eine Ratte, aber herrisch wie immer, ihm was von Gericht und Klage an den Kopf geworfen, aber auch gesagt hatte, Jaeli sei das Wasser abgegangen, war er augenblicklich losgefahren. Jaeli hatte ihm zwar klargemacht, dass er nichts mit der Sache zu tun habe, doch das nahm er ihr nicht ab. Er hatte das Gefühl, vielleicht den Wunsch, dieses Baby möge seines sein. Klar würde es in der Realität niemals funktionieren, und die Sache, die heute passiert war, erhöhte seine Chancen nicht gerade, aber dennoch, und wenn nicht, war es auch in Ordnung.

Erst in der Geburtsklinik fiel ihm wieder ein, dass er nass und verdreckt und schlammbespritzt war. Der blitzsaubere Empfangsbereich rückte ihn vom ersten Moment an in schlechtes Licht, und doch ging er zur Rezeption und wollte wissen, wo sich Jael Tabor befinde.

»Gehören Sie zur Familie?«, fragte ihn die Angestellte.

»Zu den Freunden der Familie«, antwortete er. Was natürlich komplett gelogen war.

»Ich habe hier eine Jael Walters-Tabor«, sagte sie.

»Ja, richtig«, bestätigte Rubi.

»Nur Angehörige haben Zutritt zum Wartezimmer der OP-Säle«, erklärte sie, »Sie können im Eingangsbereich warten. Der Name der Patientin erscheint auf dem großen Bildschirm, sobald die Operation beendet ist.«

Operation? Er sank auf einen der Sessel in der Eingangshalle, das Knarren störte die Stille im Saal. Wer ist bei ihr? Gali ist ja noch nicht rausgekommen, und Anati ist vorerst beim Haus geblieben. Schade, dass er nicht schlau genug gewesen war, sich als ihr Bruder oder ihr Ehemann auszugeben.

Er saß einige Minuten dort, als das Telefon klingelte.

»Rubi.« Arale war dran.

»Was?«

»Wir brauchen dich hier dringend, wo bist du? Wir haben das Wasser unter Kontrolle gebracht, und jemand muss hier sein, um aufzupassen, dass sie das reparierte Rohr an der richtigen Stelle verlegen.«

Rubi schnaubte verächtlich. »Ihr seid mir welche! Nach allem, was geschehen ist, macht ihr immer noch mit eurem idiotischen Plan weiter? Mich könnt ihr abhaken.«

»Aber Rubi«, stammelte Arale, »wir sind wirklich …«

»Ich bitte dich, jetzt weiß doch schon das ganze Dorf, was ihr tut. Ich mach da nicht mehr mit, fertig, aus, das kannst du Jatir ausrichten.«

Sobald die Worte raus waren, spürte – oder richtiger, *wusste* – er, dass er es konnte: Aussteigen, Jaeli helfen, Vater ihres – seines? – Kindes sein. Er könnte es wirklich schaffen.

Am anderen Ende der Leitung hörte man Geräusche.

»Rubi, komm auf der Stelle zurück, was ist denn los mit dir?«, übernahm Jatir das Gespräch. »Es ist nichts passiert, wir machen weiter wie geplant.« Aber Rubi war schon woanders, er machte da nicht mehr mit, für kein Geld der Welt.

Er lehnte sich im Sessel zurück und sah die wechselnde Anzeige auf dem Bildschirm: »22 595 Jael Walters – in OP, Dr. Bar-Lev.«

»Ist denn gar nichts passiert, Jatir? Weitermachen wie geplant? Und was wird morgen? Wie willst du den Vorfall erklären, alle reden davon, die Gerüchte nehmen ihren Lauf.«

»Na, sollen sie doch. Morgen sagen wir, was gesagt werden muss, und beenden das Ganze. Bist du schwer von Begriff, junger Mann?«

»Alles schön und gut«, erwiderte Rubi, »aber ich kann jetzt wirklich nicht kommen, ich kann nicht.« Er fühlte sich befreit, als er diese Worte zu Jatir sagte. »Ich kann nicht«, wie leicht und einfach, und die Sache ist erledigt. Doch dann sah er im Augenwinkel einen Mann in die Halle stürmen. Er kam ihm bekannt vor, aber er konnte ihn nicht gleich einordnen. Als der andere jedoch am Empfangsschalter sagte: »Jael Tabor-Walters oder Walters-Tabor«, und, »ja, ich bin ihr Mann«, und dann flugs im Gang zu den Operationssälen verschwand, fügte sich alles.

»Warum? Wo genau wirst du dringender gebraucht?«, hörte er Jatirs ärgerliche Stimme im Ohr, hatte kurz vergessen, dass das Gespräch noch lief. Rubi blickte in den leeren Gang, in den David gelaufen war, senkte dann den Blick auf die schlammigen Schuhe und weiter auf seine feuchte Hose und auf seine Hände, die ihn plötzlich an die schwieligen Hände seines Vaters erinnerten. Er blickte sich um, große Familien saßen dort und warteten, und wer war er für Jaeli?

»Rubi, was machst *du* denn hier?«, fragte ihn Anati, die jäh vor ihm auftauchte. Sie trug immer noch das Kostüm von der Hochzeit, jetzt zerknittert, und die Schminke lief ihr übers Gesicht. Sie setzte sich auf das Sofa ihm gegenüber und zog eine Packung Feuchttücher aus ihrer großen Handtasche. »Weißt du, dass Jael hier ist? Hast du auch eine da drinnen?«, fragte sie, während sie sich das Gesicht abwischte und ihre Frisur ordnete. Rubi wusste nicht, was er sagen sollte, begriff auf einmal, wie überflüssig er hier eigentlich war, und dass all die sonderbaren Pläne, die er ausgesponnen hatte, nichts als törichte Phantasien waren.

»Ja, ich muss mich aufmachen«, sagte er. Anati nickte und räumte in ihrer Tasche auf. »Ich warte hier, bis ich reingerufen werde – es ist nur eine Begleitperson erlaubt, und ihr Mann ist drinnen.«

Jetzt war ihm alles klar. Es war aus. Der Mann war zurück. Und doch blieb er noch einige Minuten sitzen, den Blick auf seine Schuhe gerichtet. Dann stand er auf, Anati redete am Telefon, und er konnte ihren Blick nicht einfangen, um auf Wiedersehen zu sagen. Eine Sekunde, bevor er draußen war, warf er noch einen letzten Blick auf den Bildschirm mit den Namen der Patienten.

»22595 Jael Walters – Aufwachraum.«

Monat Cheschwan

Dritter Teil

Die Nachteulen

Er kam verspätet.

Der Regen. Wer denn sonst.

Immer dachten wir, egal wann, wenn er kommt, werden wir bereit sein, uns wie Phönix aus der Asche emporschwingen.

Aber das ist nicht geschehen.

Als er plötzlich kam, früher in der Jahreszeit als gedacht, waren wir nicht vorbereitet, glaubten nicht wirklich, dass es diesmal ernst werden würde. Erwarteten nicht mal ein Nieseln, nach dem wir dann den ganzen Winter über wie Idioten mit der Hoffnung im Herzen dasitzen würden.

Wir waren sicher, das heftige Prasseln auf den Dächern der Pergolas und Scheunen käme nur von Zypressennadeln und Zapfen, wieder mal mit den heißen Wüstenwinden herangeweht, die sich für dicke nasse Tropfen ausgaben.

Zu manchen Zeiten sind wir bei jedem verirrten Tropfen rausgerannt, glaubten immer noch an den vielversprechenden Wetterbericht und wurden jedes Mal von Neuem enttäuscht. Wir saßen auf dem Mähdrescher auf offenem Feld und sahen den üppigen Regen auf die Äcker des Nachbarkibbuz' niedergehen, kletterten von der Maschine und fanden unseren Acker – zweihundert Meter von dem da drüben – trocken wie die Sahara vor.

Zuerst verstanden wir nicht, konnten es nicht fassen.

Nach mehreren trockenen Wintern kamen die Experten vom Verband der Moschawim. Sie stellten Untersuchungen und Messungen an, berieten sich mit ausländischen Kollegen, liefen mit ihren Geräten im Dorf herum und machten uns zu Labormäusen.

Nach einem Jahr packten sie ihre Ausrüstung ein. Sie wüssten nicht, warum das geschehe, würden der Sache weiter nachgehen, hätten bei uns nichts mehr zu tun.

Manchmal gebe es Naturerscheinungen, die sich nicht erklären ließen.

Was sollen wir denn nun machen, riefen wir ihnen wütend nach. So schnell lauft ihr weg? Sollte man nicht noch eine Weile forschen?

Aber sie nahmen ihre Siebensachen und verdufteten, bis auf einen, der noch ein paar Tage blieb und uns dann, ehe er in seinen verbeulten Transporter stieg, sagte: Wisst ihr was, wenn das Haus nicht richtig funktioniert, lohnt es sich manchmal, die Fundamente zu überprüfen.

Wir fragten: Hallo, Freund, ist das wissenschaftlich fundiert, was Sie uns da sagen?

Und er erwiderte lächelnd: Leute, ist nur eine Idee, ihr allein wisst, was ihr unter den Teppich gekehrt habt. Dann knallte er die Hecktüren zu, sprang auf den Fahrersitz und fuhr ab.

Und nun kehrt der Regen zurück.

Tropft fröhlich auf die Dächer des großen Kuhstalls, nässt den Schrott auf dem Hof des Kindergartens. Kleine Bächlein fließen von den Grundstücken in die Ablaufrinnen, die längst vergessen haben, wozu sie da sind.

Der verlorene Sohn, er ist zurück!

Jetzt fällt er wie ein trüber Vorhang, der alles verdeckt, was hässlich ist, und schwemmt allen Müll und Dreck von hier weg.

Als Joske nämlich seinerzeit bei uns ankam, ganz rot vor Zorn und einen alten Karabiner in der Hand, den er sicher aus irgendeinem Waffenversteck aus Mandatszeiten gezogen hatte (dieser Mann stöberte in allem und sagte dann, das gehöre dem Finder), sagten wir ihm, hoppla, hoppla, Vorsicht mit diesem Ding.

Vorsicht, kreischte er, Vorsicht? Mit absoluter Sicherheit werdet ihr dafür bezahlen!!

Wofür, wollten wir wissen, Moment, Moment mal, was hast du denn, ist bei dir eine Schraube locker? (Mit so einer schwierigen Frau war der Tag nicht fern, an dem auch er verrückt werden würde.)

Was hat er euch getan??, schrie er weiter, die Augen sprangen ihm beinah aus den Höhlen, und in den Mundwinkeln bildete sich weißer Schaum. Was hat er euch getan, dass ihr ihm das angetan habt?, schrie er wutrot und spannte das Gewehr, und wir alle blickten einander an.

Joske, wovon redest du?

Und dann erfuhren wir, was ihrem Deppen passiert war. Dass die Scheißkerle ihn erst zusammengeschlagen hatten (das war kein Einzelner, bei *der* Gewaltanwendung), ihn dann vor der Tür liegen ließen und das Weite suchten, Feiglinge.

Wir versicherten Joske, dass wir nichts davon wüssten, und versprachen, der Sache nachzugehen, von Mann zu Mann, was wir auch taten, aber keiner der bekannten Hooligans wollte gestehen.

Sie schworen uns bei Jizchak Tabenkin und Berl Kaznelson und sämtlichen anderen Größen der zionistischen Arbeiterbewegung, dass sie nichts getan hätten, außer ein bisschen schikanieren zum Spaß, was wirklich keiner verhindern kann.

Wir haben auch bei den Jugendlichen nachgefragt, dieser dümmlichen Fohlenherde, klarer Fall, wenn jemand schuld war, dann sie. Aber die gestanden auch nicht, selbst als wir ein paar Arme und Knie verdrehten, und drei Tage später kamen wir mit leeren Händen zu Joske zurück.

Unterdessen war der Depp aus dem Krankenhaus entlassen und sah noch furchterregender und entstellter aus als zuvor.

Keiner gesteht, sagten wir zu Joske, und Sophie zeterte, aber wir ignorierten sie.

Mach dir keine Sorge, versuchten wir zu beschwichtigen, morgen schicken wir die ganze Jugendbande bis Sommerende zum Arbeitseinsatz ins Jordantal, da können sie Fliegen und Scheiße fressen, bis sie bei fünfundvierzig Grad Celsius ihre Seele aushauchen.

Mehr konnte man in so einer Situation wirklich nicht tun.

»Da geht noch sehr viel«, sagte Sophie, »man könnte beispielsweise die Polizei einschalten.« Darauf antworteten wir nicht. Bei aller Hochachtung – ihre Stimme brauchen wir nicht bei den Verbandsentscheidungen, nur die Familienoberhäupter zählten.

Daher warteten wir auf die Antwort von Joske, der seine Wut bereits überwunden hatte und gerade die Treppe zum zweiten Stock in Zippas Haus baute, große Holznägel steckten ihm zwischen den Lippen.

»Mmm ... fff ...«, sagte er und wies uns ohne Zorn die Tür – wir verstanden.

Auf dem Weg nach draußen sahen wir Zippa den Garten umgraben.

Sie blickte uns mit offenem Hass an.

»Scheißkerle«, schnaubte sie wie eine Viper und spuckte sich in die Hand, rieb die Hände aneinander und grub weiter.

So kam es, dass sie ihn oben eingeschlossen haben.

Joske baute Treppenstufen, flieste den Dachboden und verstärkte einige Pfeiler. Wir kratzten ein bisschen Geld zusammen, weil uns das Ganze doch unangenehm war, und kauften dem Depp einen ordentlichen Stapel Buntpapier für seine Figuren und fertig, Ende.

Heute kann man schon sagen: Hätten wir mal unter ein paar Teppiche geschaut, als der Neunmalkluge seine Bemerkung fallen ließ, wäre vielleicht nicht all die Jahre der Regen ausgeblieben und alles hätte anders ausgesehen. Das Dorf und die Landwirtschaft und der verdammte Immobilienhandel.

Aber wer weiß schon, wie die Dinge wirklich liegen?

Hier im Emek, wo die Luft im Sommer breiig ist und die Kälte einem im Winter in die Knochen fährt, mit oder ohne Regen, kommt man kaum zum Nachdenken darüber, wo wir fehlgegangen sind. Wir haben Fehler gemacht, wer nicht?

Aber wir haben weitergemacht, denn wer nicht weitermacht, bleibt stecken, und der schwarze Wintermorast des Emek ist schwer und sumpfig. Da muss man vorwärtsgehen, ständig in Bewegung bleiben.

Trotzdem sind wir schließlich in diesem Sumpf versunken, aber vielleicht nicht so schnell, wie es nötig gewesen wäre.

Wir sanken langsam ein, ohne es zu merken.

Wir sanken, als wir dachten, auch ohne Regen die Kontrolle zu behalten. Wir hatten uns schon daran gewöhnt, ohne ihn auszukommen. Staatliche Kredite, die immer kleiner werden, und Wasserhähne, die sich nach dem Willen der Politiker öffnen und schließen.

Aber wir hatten ein gutes Gefühl dabei. Wir meinten, sobald der Regen wiederkäme, würden sich alles zum Guten wenden. Wir konnten nicht akzeptieren, dass das Dorf und die Menschen sich mit den Jahren veränderten.

Diejenigen, die uns nicht von früher kennen, Städter und Ex-Kibbuzniks gleichermaßen, glauben, sie hätten hier ihr Zuhause gefunden, haben im Erweiterungsgebiet richtige Paläste gebaut und wollen nichts lieber, als wieder genossenschaftlich, gemeinschaftlich zu leben.

Eine starke Gemeinschaft wie einst, sagen sie, wie in der guten alten Zeit, verstehen jedoch gar nicht, wovon sie reden. Vielleicht schaffen wir es gemeinsam mit ihnen, mit Schnauzbart und Kibbuzhut und dem Tonfall des Emek …

Nach der Pleite mit dem Wasserrohr und dem Erweiterungsgebiet sind wir ein bisschen zurückgezuckt, aber jetzt, wo der Regen wieder fällt, die alten Gräber auf dem Friedhof reinwäscht, die Lettern auf den alten Grabsteinen freilegt, zeigt er der ganzen Welt, wem dieser Boden wirklich gehört, und erinnert uns daran, warum wir noch hier sind.

Denn wir sind als Letzte noch hier – in diesem Chor, der mit einer klaren festen Stimme zu sprechen wusste.

Und als der Regen endlich kam, waren wir die Einzigen, die nach draußen liefen, um mit den Tropfen auf den Ruinen zu tanzen.

◆ ◆ ◆

Manchmal denkt Nili, wenn sie nicht gestorben wäre, hätte jemand anders Rechenschaft ablegen müssen.

Manchmal denkt sie, eigentlich habe sie den Preis dafür bezahlt, und manchmal denkt sie, sie hätte eigentlich keinen Pfennig bezahlen müssen.

Im Leben glaubt man, wenn man schließlich da oben ankäme, erhielte man Antworten auf die drängenden Existenzfragen. Aber das stimmt nicht. Dieselben Debatten über Sünde und Strafe und die Wahlfreiheit des Menschen laufen bei ihren zweiwöchentlichen Treffen mit den anderen, und keiner gibt Antworten. Eine Art postmoderner Garten Eden, wo es die eine Wahrheit nicht gibt und alle Anschauungen geachtet werden. Eigentlich ist es weder Paradies noch Hölle, sondern etwas anderes, das sie sich nicht richtig hatte vorstellen können, als sie sich in ihrem Hospizbett zäh ans Leben klammerte.

Sobald man allerdings hier oben ist, ist vieles von dem, was einen unten antreibt, verschwunden, hat sich zu Gas verflüchtigt, ist aus der Welt, genau wie sie.

Es gibt kein großes Aufwallen von Wut, Liebe oder Hass und auch nicht das Gefühl, etwas zu verpassen, obwohl es sie ein Leben lang begleitet hatte. Sie weiß, es ist traurig, dass sie drei Kinder zurücklassen musste, zwei erwachsen und eine knapp über zwanzig (die sich jedoch immer noch wie ein verlassenes Kind vorkommt), dazu alte Eltern und eine Schwester, die sie nie leiden konnte. Aber sie empfindet nicht viel, und vielleicht ist das das Schöne bei dem Ganzen, man empfindet hier sehr wenig.

Sogar gegenüber ihrem früheren Ehemann, dessen Sanduhr sie von hier aus ablaufen sieht, hat sie keinerlei Gefühle. Das bedeutet nicht, dass sie sich nicht dafür interessiert, wohin sie ihn schicken werden. Sie hofft sehr, dass es nicht hierher sein wird.

Wenn jemand es verdient hat, in der Hölle zu landen, dann Claude. Groll ist dann doch etwas, das einem auf dem Herzen lastet, sei es auch kalt wie Stein.

Eine weitere Annahme, die sich hier oben als falsch erweist: dass man gleich nach Verlassen der Welt mit seinen Verwandten und allen, nach denen man sich im Leben gesehnt hat, wiedervereint ist. Nili jedenfalls hat noch keinen Bekannten wiedergetroffen, nicht einmal Schimele, dem sie wirklich eine Erklärung schuldet. Er ist sicher in einem anderen Garten Eden, für Schwachsinnige oder Kinder oder Ähnliches, und er weiß das.

Nili hat also keinen getroffen, den sie mal kannte, und das ist gut so. Das ist die Gelegenheit, sich neu zu erfinden. Dieser Ort erinnert sie ein wenig an einen Kibbuz oder eine Kommune, nur gibt es keine Turnusdienste und keinen Sex. Sehr wohl gibt es hier jedoch Einbildungen und billigen Klatsch und Gut und Böse genau wie unten, nur ist es hier bedeutungslos. Alle sind am selben Ort und können keinen Spaltbreit mehr nach rechts oder links ausweichen.

Nili hat vor, diesem Ort das Bestmögliche abzugewinnen. Sie möchte über ihr Erdenleben nachsinnen, sich mit den ewigen Wahrheiten befassen, und vielleicht – hatte sie von einer anderen Teilnehmerin gehört – würde sie damit weiterkommen, denn (laut Gerücht) gibt es einige, die hier rausdürfen und in bessere Gefilde weiterziehen. Aus Erfahrung weiß Nili, dass Planung und Wirklichkeit zweierlei sind. Sie hatte nie zu denen gehört, die einen Plan durchziehen konnten. Sogar die Diät, die sie zwei Jahre vor ihrem Tod gemacht hatte und bei der sie mehrere Kilo verlor, war nicht eigentlich ihrem eisernen Willen geschuldet (obwohl sie in manchen Momenten glaubte, das Geheimnis erkannt zu haben), sondern der Krankheit. Tatsächlich hatte sie sich nach ihrer Ankunft als Erstes erkundigt, ob sie so schlank bliebe wie kurz vor ihrem Tod oder ob sich hier der wahre Umfang wiederherstelle, in ihrem Fall also Gewichtszunahme.

Zu ihrer Freude blieb sie schlank, und das war eigentlich das einzig Wichtige. Zum Teufel mit dem Krebs und den schrecklichen Schmerzen, Hauptsache, alle machten ihr jetzt Komplimente zu ihrer Figur! Die tote Nili ist die schlanke Nili, so kennen sie alle hier für immer und ewig – toi toi toi – und sonst hat sie ohnehin keine großen Wünsche mehr, die ihre Ewigkeit stören könnten.

Abgesehen von einer Winzigkeit.

Man spürt hier ja nicht viel: Gefühle – out, Vernunftdenken – in. Aber die eine oder andere Empfindung hält sich doch bei einigen Teilnehmern hier. Sie sind wohl derart tief und archaisch, das selbst der Tod sie nicht auslöscht.

Bei Nili geht es um eine ganz ferne Erinnerung – nichts eigentlich, wofür man das fragwürdige Schuldgefühl wahren müsste, das ihr auf der Seele lastet. Sie ist der Meinung, genau wie Krebs sitze das Schuldgefühl in den inneren Organen, entsende Metastasen überallhin und sei ausgesprochen überflüssig.

Manchmal glaubte sie, deswegen sei ihr das da passiert, das mit dem Krebs. Aber das hat sie den anderen nicht gesagt, auch nicht in den langweiligen Gesprächen alle zwei Wochen.

Sie wusste, dass sie dieses Gefühl auch noch rauslassen musste, wenn sie echten Seelenfrieden wollte. Aber Nili schafft es nicht, vielleicht weil sie nicht davon erzählt.

Sie wird es zuerst sich selbst erklären müssen.

Die Geschichte mit Schimele, der sich jetzt hundertprozentig im Paradies der Schwachsinnigen befindet, während sie hier festhängt, auf einer Art Übergangsstation. Seinetwegen.

Was Nili über Schimele nicht erzählt, ist eine wirklich idiotische Geschichte, ein Jugendstreich, nichts, was so lange auf der Seele lasten sollte. Gewiss nicht bis in alle Ewigkeit. Denn in der Jugend treibt man so manchen Unfug, kann diese Sündenlast aber nicht sein Leben lang auf den Schultern tragen.

Ihre Kinder und Nichten haben es als etwas Böses und Primitives dargestellt, obwohl es das gar nicht war. Zumindest, soweit sie sich erinnert. Es gab eine stillschweigende Übereinkunft, keiner machte den Mund auf, sie alle wussten, dass es die richtige Lösung war, um ihn nicht wegzuschicken, denn das hätte Zippa nicht ertragen.

An einem so kleinen Ort kann man nicht anders sein, das ist schlichtweg unmöglich. Und Schimele war anders, sehr anders, zurückgeblieben.

Sophie erzählte immer, gleich nach Nilis Geburt habe Schimele sich bis über beide Ohren in sie verliebt. Sie war ein niedliches, dralles Baby, und Schimele belagerte ihre Wiege, wann immer man ihn ließ. Es half auch Sophie, dass sich jemand mit dem Baby beschäftigte, als sie bald nach der Niederkunft wieder aufstehen und sich um alles kümmern musste. Denn wir sind hier nicht in Europa, und es gibt keinen, der es für dich tun würde. Sophie konnte nicht, wie ihre Mutter, anderthalb Monate im Bett liegen bleiben, bis sie wieder voll bei Kräften war.

So kam Schimele jeden Morgen und spielte mit der Kleinen, die meist gutmütig war, aber keinen Moment allein bleiben wollte. Zuerst hatte er etwas Angst vor ihr, aber bald wagte er, sie aufzuheben und mit ihr auf dem Schaukelstuhl zu sitzen, sang ihr Lieder in seiner holperigen Sprache vor, und Sophie war es egal, was er sang, solange sie nur einen Augenblick Ruhe hatte.

Als sie etwas größer war und Anati zur Welt kam, ignorierte Schimele demonstrativ das neue Baby und hing noch mehr an Nili, die bei Ankunft des Schwesterchens ein gutes Stück Aufmerksamkeit der vielbeschäftigten Eltern verlor. Er passte auf, dass Nili das Baby nicht zu oft kniff, und ging, auf Sophies Anweisung, jeden Morgen auf den Feldern hinter dem Haus mit ihr spazieren, und so verbrachten sie lange Tage im Sommer und kurze im Winter.

Der Sommer, in dem Nili fünf und Anati zwei Jahre alt wurde, war lang und heiß. Nili, Anati und Schimele waren ständig in dem flachen kleinen Becken, das Joske ihnen mitten im Garten gegraben hatte. Sie füllten es jeden Morgen mit ein paar Eimern Wasser, und am Abend tranken es die Pferde auf der Rückkehr von den Feldern. Nili war ruhelos, denn sie hörte allerlei vom Kindergarten, während die Erwachsenen über ihren Kopf hinweg diskutierten: Joske meinte, es sei noch zu früh, das Kind allein in den Kindergarten zu schicken, und man solle lieber noch warten. Sophie hingegen sagte, es sei nun wirklich und wahrhaftig nicht zu früh, sondern genau der richtige Zeitpunkt, und zwei kleine Mädchen, die ihr den ganzen Morgen zwischen den Beinen herumtobten wie Indianerinnen, seien zu viel.

So wartete Nili gespannt auf die Entscheidung, unsicher, was sie selbst denken sollte. Sie wusste nur, dass die kleine Eisenpforte am Ende des Hofs, bei dem riesigen Pekannussbaum, wo sie nicht allein hingehen durfte, ihr eine verlockende neue Welt eröffnen könnte.

Tatsächlich marschierte Nili am Ende des Sommers an Sophies und Joskes Hand zu dem kleinen Gebäude mit dem großen Hof, das als Dorfkindergarten diente. Den ersten Schritt tat sie zaghaft, aber eine andere kleine Hand ergriff die ihre und führte sie ins Innere. Nili zog es gleich zur Puppenecke und zu der kleinen Küche, und sie vergaß sogar, ihren Eltern auf Wiedersehen zu sagen, die noch am Eingang warteten – Joske wischte sich eine Träne ab und schnäuzte sich geräuschvoll, Sophie stand mit verschränkten Armen und trockenen Augen da und überblickte das Geschehen. »Der Kindergarten ist völlig in Ordnung«, sagte sie zu Joske und schickte ihn schnell wieder zu seiner Arbeit, und auch sie ging nach Hause zu einem entspannten Vormittag mit Essenkochen und einer Ladung Wäsche, die sich aus unerfindlichen Gründen blau verfärbt hatte.

Am ersten Tag war Schimele wegen Nilis Fehlen so unruhig, dass Sophie und Zippa ihm etwas von dem Beruhigungsmittel geben mussten, das sie auf dem Küchenschrank verwahrten. Als er später begriff, dass es nun täglich so sein würde, merkte er sich auch, dass Nili um punkt ein Uhr aus dem Kindergarten zurückkehrte, und erwartete sie im Korbsessel am Hoftor. Trafen sie sich dann mittags endlich wieder, Schimele in gespannter Erwartung und Nili voller Erlebnisse, freuten sie sich wie zwei Welpen.

Doch wie bei allen trügerisch nostalgischen Geschichten – bei denen die hässlichen Teile ausgelassen werden – erzählt auch diese von Schimele und Nili nur einen Teil der Wahrheit.

Nili würde lieber noch ein wenig bei der Erinnerung an jene schläfrigen Nachmittagsstunden auf Schimeles Schoß im roten Korbsessel verweilen, oder bei dem Becken, das Joske für die langen, langweiligen Sommerferientage gegraben hatte, oder bei den Pferden und Hühnern, oder auch dabei, wie sie und Anati »wie Äffinnen« (Sophie) auf den Pekannussbaum geklettert waren, den Schimele beunruhigt umkreiste, wobei er sich seine übergroßen Ohren rieb und wartete, dass sie endlich wieder runterkamen. Dann hatten sie die Taschen voller Nüsse, die sie gleich im Schatten des Baums knackten.

Nili widmet sich lieber diesen Erinnerungen als dem Geschehen danach, stoppt immer genau hier, beim Pekannussbaum, ohne weiterzugehen.

Sie würde viel dafür geben, jetzt ein paar der Pekannüsse zu knacken. Denn hier oben hat das Essen kaum Geschmack. Wie die Gefühle nicht mehr viel Platz einnehmen, arbeiten auch die Sinne in begrenztem Umfang. Nun gut, zumindest ist sie schlank geblieben. Sie hatte sich immer vorgestellt (in Angst und Hoffnung gleichermaßen), dass sie da oben endlich die Diät aufgeben und ein unaufhörliches Essgelage genießen könnte. Im Geist sah sie Tische beladen mit Süßigkeiten, Sahnetorten, Schokolade und Hefeteilchen, dunkles Bauernbrot mit knuspriger Rinde (früher mal konnte sie so einen ganzen Laib mit Butter verputzen und dabei schlank bleiben, das waren noch Zeiten …)

Das Büffet vor Ort entsprach keineswegs ihren Erwartungen. Fade Gesundheitskost, obwohl es doch egal ist, was du isst, denn du änderst dich nicht, die Schlanken bleiben schlank und die Dicken dick, bis du deine Zeit hier rumhast.

Und was dann? Wer weiß es?

Manche ziehen es vor, hierzubleiben und den nächsten Sprung nicht zu wagen, aber Nili, immer schon neugierig, kann es sich nicht verkneifen. Sie kann wirklich nicht hierbleiben und sich in alle Ewigkeit langweilen, und deshalb muss sie noch einen Schritt tun und die Geschichte zum Abschluss bringen.

Doch obwohl die meisten Gefühle hier glatt und steril sind wie sauberer Meeressand, verkrampft sich ihr Magen, sobald sie sich dem Thema nähert, und das nicht vor Hunger. Diesmal soll damit aber Schluss sein.

Zack, aus.

Warum nur fällt es ihr so schwer?

Schimele war für Nili wie ein vertrautes Möbelstück, oder wie eine ramponierte Puppe, die man von der Kindheit bis zum Erwachsenensein behält, fraglos, ohne nachzudenken. Aber wie so oft gerät das Gleichgewicht aus dem Lot, wenn die eine Seite unverändert bleibt, die andere sich jedoch schlagartig ändert. Und so geschah es mit Nili, die sich einen Tag noch wohlig auf Schimeles Schoß räkelte und am nächsten Tag – nicht mehr.

Schimele wusste mit der Veränderung nicht umzugehen und tappte immer noch um sie herum, wenn sie zu Hause war.

»Mama, sag ihm, er soll aufhören, mir dauernd nachzulaufen«, bat sie Sophie eines Tages leise, bevor sie zur Chorprobe ging. Daraufhin rief Sophie Schimele zu sich und bat ihn, ihr mit einem Sack Reis zu helfen, und unterdessen schlüpfte Nili aus dem Haus.

Zuerst noch versuchte sie ihm ungeduldig beizubringen, dass er nicht überallhin mitkommen könnte.

»Du bleibst hier, und Nili geht mit ihren Freunden aus. Nein, du kannst nicht mitkommen, wir gehen weit weg, und du würdest müde werden«, sagte sie.

Sophie hob eine Augenbraue: »Wo geht ihr denn ganz hin?«

Nili, schon an der Schwelle zur Pubertät, schnaubte, schimpfte und knurrte. »Ach Mama! Das sag ich ihm doch nur so, horch mich nicht dauernd aus!«

Später war sie schon weniger höflich. »Ich will nicht, dass er mir nachläuft, Mama! Zippa! Behalte ihn bei dir! Ich kann so nicht leben!« Sophie und Zippa wechselten ratlose Blicke und bestachen Schimele mit einem weiteren Keks oder Bonbon, bis Nili weg war.

»Ich weiß nicht, was ich mit dem Mädchen anfangen soll«, seufzte Sophie, und Zippa setzte Teewasser auf, und beide blickten auf Schimele, der voll konzentriert am Tisch saß und Figuren faltete.

Harari, der aus dem Ausland zurückgekehrte Nachbar, hatte ihm bemerkenswert freundlich ein bebildertes Vorlagenheft mitgebracht. Schimele sah sich die Vorbilder darin an und faltete die beigelegten farbigen Blätter in Minutenschnelle zu exakten Figuren. Harari erklärte ihnen, in Japan gelte das, was Schimele tue, als echte Kunst mit dem Namen »Origami«.

»Soll er dieses Tatagami machen und das Mädel in Ruhe lassen«, sagte Joske, der gerade das Haus betrat. »Sie kann ihn nicht ständig um sich brauchen. Und bitte gern zwei Stück von diesem Kuchen zu meinem Tee«, und damit ging er ins Wohnzimmer, um ein bisschen Radio zu hören.

Sophie schnitt den Kuchen auf, den Zippa mitgebracht hatte, und zürnte. Obwohl sie wusste, dass er recht hatte, konnte sie nicht umhin, ihrer undankbaren Göre böse zu sein, die Schimele so allein ließ. Sie fragte sich, inwieweit Joskes laxe Erziehung – er gab den Töchtern ja immer nach und teilte, selbst wenn nötig, nie eine Ohrfeige aus – für Nilis verwöhntes und egoistisches Benehmen verantwortlich war. Sie hoffte, mit der Zeit würde sich alles regeln, Nili erwachsener werden oder Schimele sich an die Lage gewöhnen.

Aber vorerst konnte Schimele noch nicht mit Nilis kühlem Verhalten umgehen und wusste nicht, wohin vor lauter Einsamkeit. Anati war von Geburt an zurückhaltend ihm gegenüber und daher kein Trost für ihn, obwohl sie gelegentlich, wenn Zippa oder Sophie ihn niedergeschlagen sahen, ihn auf ihr Bitten hin mitspielen ließ und als stummen Statisten zwischen plappernde Puppen stellte.

Doch Schimele wartete nur auf Nili, nichts anderes konnte ihn beruhigen, und Nili war immer seltener zu Hause oder vergaß einfach, wer sie in unendlicher Treue auf dem roten Korbsessel erwartete.

Und dann lernte sie Claude in Haifa am Strand kennen, und diese Begegnung, die beflügelnd und romantisch und auch ein bisschen verboten war, ist ein weiterer Grund dafür, dass Nili nun hier festhängt.

Ja, Claude, der jetzt unwissentlich seine letzten Atemzüge tut. Nili ist entschieden hochzufrieden darüber, dass sie etwas über ihn weiß, von dem er nichts ahnt. Denn was sie in dieser Affäre mit Claude mit am meisten ärgerte, ist, dass sie nichts geahnt, keinerlei Verdacht gehegt hatte. Eines Morgens war sie noch eine Ehefrau am Ende der dritten Schwangerschaft, nicht wer weiß wie glücklich verheiratet, aber auch nicht besonders unglücklich, und am selben Abend war sie eine zum dritten Mal Schwangere mit zwei kleinen Kindern, kurz vor der Scheidung.

An diesem Tag stand Nili in der Küche und briet Zwiebeln, das Gesicht noch tränennass vom Schneiden. Sie dachte an das Kind in ihrem Bauch, ob es wohl auch unter der Zwiebel litt, als das Telefon klingelte und ihr Leben auf den Kopf stellte. Am anderen Ende war eine Frau, die ihr derb und ohne jede Vorrede oder Höflichkeitsfloskeln sagte: »Lass ihn endlich frei, er betrügt dich schon jahrelang, und ich bin schwanger von ihm, lass los!«

Nili erwiderte leicht verdattert: »Verzeihung, ich glaube, das ist ein Irrtum, sind Sie sicher, dass Sie die richtige Nummer gewählt haben?«

Die Frau am anderen Ende lachte rau und sagte: »Nun lass ihn schon frei, was hältst du ihn denn noch so eisern fest? Lass ihn los! Du Hündin!« Und die schockierte Nili blaffte ohne nachzudenken: »Wer sagt denn überhaupt, dass ich ihn festhalte? Nimm ihn, er ist dein, ich wünsche ihm viel Erfolg mit deinem Drecksmaul!«, und damit legte sie zittrig auf.

Genau da kam Claude herein, sie hatte gerade die Zwiebeln auf dem Gasherd verbrannt, und noch am selben Abend war

Claude draußen mit zwei Koffern und der Drohung, dass sie keinen Pfennig von ihm sehen würde. Und tatsächlich sah sie keinen.

Dabei war Claude, als sie ihn in den großen Ferien zwischen der elften und zwölften Klasse am Strand von Haifa kennenlernte, eine Verheißung gewesen, das Versprechen eines Abenteuers und die Gewissheit, dass es dort jenseits des Dorfs ein lohnendes Leben gab. Er sah blendend aus, war sonnengebräunt, und seine Tolle schwang so formvollendet über seiner Stirn, dass man sich unweigerlich fragte, wie lange er sein Haar vorher frisiert hatte, aber Nili dachte gar nicht daran.

Sie war mit ihrer besten Schulfreundin und deren Eltern nach Haifa an den Strand gefahren. Obwohl Sophie wirklich nicht begeistert darüber gewesen war – Nili erkannte das an ihren verkniffenen Lippen und an den zu Schlitzen werdenden Augen – hatte Joske ein gutes Wort für sie eingelegt: »Willst du denn, dass sie den ganzen Tag zu Hause sitzt wie wir? Sie ist jung, draußen scheint die Sonne, gönn ihr ein bisschen Vergnügen.« Sophie hatte die Brauen hochgezogen, aber genickt und sie mit Nussöl und einem großen Handtuch ausgestattet, und als Nili sich gründlich eingerieben hatte, duftete sie wie ein Kuchen, was bei Sophie derartige Sehnsucht nach Sonne und Meer weckte, dass sie fast mitkommen wollte, aber Joske, der ihre Gedanken las, bedeutete ihr mit einem Blick, sie solle es ja nicht wagen.

Am Strand, ohne ihre Eltern, während die Eltern der Freundin auf ihren Liegestühlen dösten, konnten die beiden Mädchen sich unbedarft umschauen und charmant lächeln, und Claude und seine Freunde bissen zuerst an.

»Schalom«, sagte er zu ihr, und Nili hörte einen schwachen fremden Akzent heraus.

»Ich heiße Claude. Wie heißt Mademoiselle?« Die Freundin und sie blickten sich an und prusteten los. Claude lächelte, wobei er gerade weiße Zähne entblößte, und Nili zeigte lange Beine, die vom Nussöl glänzten. Man brauchte nicht viel auf Hebräisch oder Französisch zu sagen, um zu begreifen, dass hier etwas Erregendes zwischen den beiden passierte.

Sie kam mit einem ziemlich schlimmen Sonnenbrand vom Strand zurück, und Sophie schimpfte, wie viel Joghurt sie auf ein Kind verschwenden müsse, das auf keinen höre und nicht unterm Sonnenschirm bleibe. Nili, die noch den Geschmack von Claudes Mund auf den Lippen spürte, lachte insgeheim über das Wort »Kind«, denn sie war nun wirklich kein Kind mehr, und Sophie war so ignorant, dass sie das nicht sah.

Später fand Sophie im Briefkasten Post vom Militär und fürchtete im ersten Moment, man könnte Joske schon wieder zum Reservedienst einberufen, wo er doch erst letzten Monat einen abgeleistet hatte. Doch als sie sah, an wen er adressiert war, verlangte sie sofort eine Erklärung. Nili stammelte zunächst ein bisschen, blickte sie dann jedoch direkt an und sagte: »Ja, er ist mein Freund, ich habe ihn in Haifa am Strand kennengelernt, und er ist aus Frankreich! Und er ist Soldat! Und er ist Neueinwanderer und hat neun Geschwister!!! Und seine Eltern wohnen nicht weit von hier, und du hast nichts damit zu schaffen!«

So schleuderte sie Sophie alles entgegen, was sie aus den vorigen Briefen, die Sophie nicht erwischt hatte, über ihn wusste, kam sich wichtig und erwachsen vor, sah Sophie in die Augen und fand sie erbärmlich und eifersüchtig. Sophie wiederum hätte Nili auf der Stelle erwürgen mögen, packte sie am Haar und zerrte sie zur Haustür und rief Joske, er solle sofort heimkommen, und Joske kam angerannt und trennte die beiden als Erstes (was soll das denn, eben war ich im Hühnerhaus, was hackt ihr denn aufeinander ein wie die Hennen?). Er schickte Nili auf ihr Zimmer, das sie mit Anati teilte.

Zu Sophie sagte er: »Was willst du von dem Mädchen, das ist bloß ein Jugendflirt«, und Sophie schwieg wie immer und ließ ihn entscheiden, und er entschied, dass Nili den Franzosen bei seinem nächsten Armee-Urlaub einladen sollte. Deshalb gibt Sophie Joske die Schuld für alles, was passiert ist und noch für vieles mehr.

Als Claude in seinem langen Urlaub ins Dorf kommen wollte, war Nili so aufgeregt, dass sie fünfmal wechselte zwischen den einzigen beiden Festkleidern, die sie im Schrank hängen hatte, und sich schließlich für eine Russenbluse und einen langweiligen Minirock entschied. Sie hatte Claude seit Monaten nicht mehr gesehen, nur in intensivem Briefwechsel mit ihm gestanden, soweit die Zensur es erlaubte. Er schrieb ihr süßliche Liebesbriefe mit Schreibfehlern, aber wunderschön schwungvoller Handschrift, und Nili schickte ihm eintönige Berichte über ihre Erlebnisse in Schule und Jugendbund und unterzeichnete mit »in Liebe«. Jetzt, da die Stunde der Wahrheit nahte, war sie nicht mal sicher, ob sie ihn wiedererkennen würde, und der Geschmack des ersten Kusses war längst verflogen.

In heller Aufregung beschwor sie alle Familienmitglieder, nett zu sein, und bat Zippa, aufzupassen, dass Schimele ihnen nicht vor die Füße liefe, denn sie habe Claude noch nichts von ihm erzählt und wolle nicht, dass er ihn gleich als Erstes sehe. Zippa und Sophie wechselten Blicke, aber Nili hatte keine Zeit, sich mit ihnen zu befassen, Claude konnte jede Minute eintreffen, und dann sollte alles perfekt sein – wie Claude auch.

Er sollte mit dem letzten Bus aus der Jordansenke kommen, draußen dunkelte es schon, doch Nili bestand darauf, zur Haltestelle zu gehen und auf ihn zu warten. Drei Autobusse hielten, aber Claude stieg nicht aus. Die Haltestelle wurde von einem mächtigen Fikus überschattet, auf dem ein riesiger Schwarm Vögel saß und sich auf den nächtlichen Schlaf vorbereitete. Der Lärm war ohrenbetäubend, und deshalb hörte sie nicht gleich, dass jemand ihren Namen rief. Als sie eine Hand auf ihrer Schulter spürte, blickte sie überrascht auf. Es war Claude, hochgewachsen, in Uniform, mit einem großen Seesack über der Schulter. Er lächelte sie an.

»Hast du lange auf mich gewartet?«, fragte er, und Nili stand auf und strich leicht nervös Rock und Haar glatt.

»Nein, nicht lange, wieso habe ich den Bus denn nicht kommen gehört?« Claude erklärte, er sei aus Versehen zwei Stationen zu früh ausgestiegen, und ein alter Mann mit Traktor habe ihm angeboten, ihn ins Dorf mitzunehmen. An der Einfahrt seien sie an der Haltestelle vorbeigefahren, an ihr, aber der alte Mann habe Claudes Bitte, hier anzuhalten, nicht gleich mitgekriegt, und deshalb sei er erst im Dorfzentrum ausgestiegen und zurückgegangen, und nun sei er da.

Der Schein der Straßenlaterne setzte Claude in vorteilhaftes Licht, und sein gepflegtes Haar, das sie vom Haifaer Strand in Erinnerung hatte, war jetzt viel kürzer, aber nicht weniger schick. Nili wusste nicht recht, was sie tun sollte, sagte einfach »herzlich willkommen!« und küsste ihn auf die Wangen. Aber Claude protestierte: »Was? Ist das alles? Bin ich dafür stundenlang aus der Jordansenke raufgefahren? Das gefällt mir nicht.« Und er lächelte sie mit seinen schönen Zähnen an, warf den Seesack zu Boden und packte sie. Seine Lippen schmiegten sich auf ihre, und Nili glaubte, darin zu versinken. Seine Hände hielten sie, drückten sie an seine Brust, und Nili spürte, dass sie bald keine Luft mehr kriegen und ohnmächtig werden würde, mit seinen Lippen, die sie aufsogen, und seinen Händen, die ihren Po abtasteten.

»Claude«, brachte sie heraus, »Moment!« Aber Claude war mit sich selbst beschäftigt, und Nili dachte, nach Atem ringend, so hätte sie sich das Wiedersehen mit ihm nicht vorgestellt, aber sie wollte Claude nach der langen Fahrt zu ihr auch nicht enttäuschen. Sie kämpfte ein oder zwei Minuten, bis Claude plötzlich abließ.

»Nili?«

»Ja, Claude?«

»Mach keinen Mucks, sei still.«

Claude bückte sich, und Nili sah ihn einen großen Stein aufheben.

»Was soll das, Claude? Was ist los?«

»Pst …«, machte er und schlich sehr langsam voran. Nili drehte sich um. Hinter ihr, ein paar Meter von der Haltestelle sah sie jemanden stehen und gucken. Der Lichtkegel der Straßenlaterne ließ alles Umliegende in völligem Dunkel, aber Nili glaubte, die kleine, gebückte Gestalt zu erkennen. Claude spurtete los, den Stein in der Hand, die Gestalt erschauerte kurz, stieß dann Schreie aus, die Nili sehr gut kannte, und ergriff die Flucht, Claude auf den Fersen.

»Das findest du wohl gut, Leute im Dunkeln anzugaffen?«, schrie Claude.

»Nein! Claude!«, kreischte Nili und rannte ihm nach. »Lass ihn, er hat nichts getan!«

Aber Claude verschwand im Dunkeln, Nili wie im Amoklauf hinterher, der Bauch tat ihr weh, ihr wurde speiübel, und sie betete, er möge ihn nicht erwischt haben, wusste aber, dass doch. Sie erschauerte bei dem Gedanken an den Mörderblick, den sie in Claudes Augen gesehen hatte, ein Blick, der sie schockierte und ihr klarmachte, dass sie eigentlich nichts über diesen Mann wusste. Während sie kreuz und quer durchs Dorf rannte, bemüht, die Schreie zu orten, sagte sie sich, falls Schimele was passierte, würde sie sich das im Leben nicht verzeihen können, nie und nimmer.

Sachen, die man hier oben nicht sagt: Nie und nimmer …, nie im Leben …, auf keinen Fall …

Die Gruppe, die sich zweimal die Woche trifft, geht jetzt auseinander. Nili hat als Letzte gesprochen und die Geschichte fertig erzählt, wegen der sie hier stecken geblieben ist. Die Gruppenleiterin – sie hat eigentlich nie nach ihrem Namen gefragt – legt Nili sanft die Hand auf die knochige Schulter.

»Das wär's, bist du bereit, weiterzuziehen?« In Nilis Körper kehrt eine Art innerer Frieden ein, sie ist bereit, sich dieser Ruhe hinzugeben, mittlerweile ist es ihr egal, in welcher Gestalt sie weitergeschickt wird, dick, dünn, jung oder alt, Hauptsache, sie entkommt dieser Banalität. Nili sitzt ein paar Minuten still, während die Ruhe sie von Kopf bis Fuß erfüllt, doch dann merkt sie, dass die Hand der Gruppenleiterin immer noch auf ihrer Schulter liegt. Sie blickt fragend auf, die Leiterin lächelt, Nili nickt, ja, schon gut.

In der Ferne hört sie Schreie, die sie erkennt. Die Geschichte endet nämlich nicht wirklich mit dem, was wir uns selbst erzählen, oder mit den Versprechen, die wir leisten. Denn obwohl Nili versprochen hatte, sich nicht zu vergeben, verzieh sie durchaus und nicht nur sich selbst.

Als sie Claude fand, schlug er mit dem großen Stein auf Schimele ein, dessen ganzes Gesicht sich in einen Brei aus Haut und Blut verwandelte, während seine verzweifelten Schreie durchs Dunkel hallten. Schließlich konnte sie Claude wegstoßen, der, wie aus einer Trance erwacht, gar nicht wusste, wo er war. Gemeinsam zerrten sie den bedauernswerten Schimele vors Haus und legten ihn kurzerhand halb bewusstlos auf der Schwelle ab.

Nili führte Claude leise in den Kuhstall, wo er seine Uniform richtete, sich die Hände im Wassereimer der Kälber wusch und dauernd fragte: »Was soll daraus nur werden? Was soll bloß werden? Was wird man mit mir machen, Nili? Sie werden mich aus der Armee werfen!« Tränen quollen ihm aus den Augen, und er packte sie, als könnte nur sie ihn retten, und diese Verzweiflung gab ihr Kraft. Sie strich ihm übers Haar und wusste, sie musste alles wieder ins Lot bringen, egal wie. Sie rückte sein Barett zurecht, und beide sahen einander an: »Sag du gar nichts, Claude, lass mich reden«, und Claude umarmte sie und küsste sie zärtlich auf die Lippen. »Ich weiß nicht, was ich ohne dich tun würde«, sagte er, und Nili atmete in Claudes zitternden Armen einmal tief ein.

Dann löste sie sich aus seinem Griff, verschränkte ihre Finger mit seinen, und erst als sie Zippa und Sophie kreischen hörten, verließen sie den Stall auf leisen Sohlen und rannten zum Haus, als kämen sie gerade von der Bushaltestelle, aufgeschreckt von den Schreien.

Jetzt, da Nili bereit ist, weiterzuziehen, denkt sie, was sie in alle Ewigkeit begleiten werde, seien nicht Sophies Schreie (»Da! Endlich ist geschehen, was ich all die Jahre befürchtet habe!«) oder Zippas ersticktes Schluchzen (»Unmenschen! Schurken!«) und nicht das kreidebleiche Gesicht von Joske, der Schimele wie ein neugeborenes Kalb auf den Armen zum Transporter trug und mit ihm ins Krankenhaus raste (»Dafür werden sie bezahlen, die Rowdys!«). Fortan für immer und ewig begleiten würde sie die Erinnerung an das eine Auge, das aufging, als sie sich über ihn beugte, kurz bevor Joske angerannt kam, und dieses gute Auge hatte sie angeschaut und angelächelt, ohne eine Spur von Anklage.

Nili begreift jetzt, da ihre Füße fünf Zentimeter über diesem Ort schweben, der sich von ihr fortbewegt, dass die sanfte Hand der Gruppenleiterin zwar ihre Schulter losgelassen und sie selbst freigegeben hat, ihre Schultern aber nie mehr leicht sein werden. Sie tragen nun die schwerste Last, die man für immer und ewig auf den Schultern tragen kann – die Last des Verrats.

◆◆◆

Ihre Tochter tut sich schwer. Zweimal die Woche Beschäftigungstherapeutin und Logopädin. Ihre Locken fallen auf den Tisch, wenn sie den Kopf auf den Arm legt und ihre Finger ungeschickt den Bleistift halten. Falsche Haltung, vermerkt Jaeli im Stillen, repetiert die Worte der Therapeutin, die die Lage eigentlich optimistisch einschätzt. Trotzdem fallen Worte wie »Sprachbehinderung«, »Ungelenkigkeit/Steifiggkeit/Versteifungen«, »Emotionale Dysregulation«.

»Sind Sie sicher?«, fragt Jaeli, und die Therapeutin sieht sie sanft und freundlich an.

»Es ist nie hundert Prozent«, antwortet sie, »wir behandeln stets aufgrund dessen, was wir vor Augen haben. Die Zukunft überlassen wir den Astrologen und vor allem den Kindern, die uns immer aufs Neue überraschen.«

Aya, die an dem Tisch in der Ecke fertig gearbeitet hat, überreicht ihr ein Origami in Form eines Fischs. Jaeli bekommt Magenkrämpfe, schenkt ihr jedoch ein strahlendes Lächeln. Sie könnte jetzt durchaus eine Wahrsagerin gebrauchen, eine, die aus dem Kaffeesatz oder den Sternen liest und ihr offenbart, welche Zukunft Aya und ihr winkt. Sie würde viel dafür geben, einen kleinen Vorausblick zu erhaschen, sagen wir, wie ein Sprung über zehn Jahre, um sich zu vergewissern, dass sie jetzt genau richtig handelt. Denn alles, was sie jetzt tut, ist schicksalhaft, lebensentscheidend, für Ayas Leben. Und ihres.

Sie zweifelt die Diagnose nicht an, weiß, dass sie stimmt, nur die Folgerungen hält sie für falsch. Sie will die scheinbare Wirklichkeit nicht anerkennen, sondern sie verändern. Sie wird alles in ihren Kräften Stehende tun, um diese Diagnose umzustürzen.

Morgens im Kindergarten bittet die Kindergärtnerin sie zum Gespräch ins Nebenzimmer. Jaeli bemüht sich, nicht defensiv zu klingen, sagt, schon in Ordnung, sie verstehe, aber vielleicht könnte die Kindergärtnerin es mal versuchen? Und die nickt. Sie haben eine gute erwischt.

»Wenn ihr die Diagnose habt, werden wir besser wissen, was wir tun sollen.«

»Klar«, sagt Jaeli, ohne zu verraten, dass die Diagnose schon vor über einem Monat gestellt wurde. Nein, die wird sie der Kindergärtnerin erst geben, wenn sie sicher ist, was tun. Vielleicht auch gar nicht. Sie erwägt sogar Hausunterricht. Sie erzählt der Kindergärtnerin nicht von dem neuen Spezialkindergarten, in dem sie wahre Wunder wirken, und für den sie umziehen müssten. Selbst Jonathan erzählt sie nichts von den Gedanken, alles hinter sich zu lassen. Wieder mal. Aya ist schon angenommen worden, und David ist dafür, was heißt, dafür, er drängt sogar. Alles, was das Kind brauche, Geld spiele keine Rolle, hatte er gesagt. In dem wirklich zauberhaften Haus, in dem er wohne, werde eine Wohnung frei. Er malt nicht mehr, restauriert nur mit Künstlerhand denkmalgeschützte Gebäude. Die Wohnung befinde sich einen Stock über seiner, und wenn Jaeli sich dafür entscheide, dann warte sie nur auf die beiden. Die Wohnung. Allerdings hat sie sich noch nicht entschieden.

Es gibt nichts, was sie nicht für Aya tun würde. Das war ihr vom ersten Moment an klar, als sie sie im Krankenhaus im Arm hielt, nach der Erleichterung im Kreißsaal. Und auch später, als ihr die ersten Zweifel kamen. Alles andere wurde zweitrangig, ihre Arbeit, die Lebensträume, wer konnte jetzt überhaupt an Gedichte oder Kurzgeschichten denken?

Sie hört die Stimmen ringsum: Übertreibst du nicht ein bisschen? Man müsse immer abwägen. Dieses Wort, abwägen – wie sie es hasst. Nichts ist ausgewogen, und wer bräuchte das auch? Was sie tut, tut sie zielstrebig und perfekt, ohne was abzuwägen.

Aya winkt ihr zum Abschied und verschwindet im großen Raum, eng an eng mit Taltal, ihrer einzigen Freundin, die ein Jahr jünger ist. Weitere Mädchen kommen mit, in der Kostümecke spielen. Die Kindergärtnerin lehnt am Türrahmen und sieht ihnen zu, Jaeli steht neben ihr.

»Bald werden ihre Gefährtinnen woanders spielen, aber wenn wir Aya gewähren lassen, wird sie bis zum Mittag dableiben und keinen anderen ranlassen, außer Taltal.« Jaeli nickt, denkt innerlich jedoch, »na und?«

Wenn die Mädchen miteinander spielen, sieht Aya aus wie alle anderen, und Jaeli versucht, sich daran zu klammern, denn seit Beginn der Therapie hat sie das Gefühl, die Diagnosen und die Reden über Aya würden ihre Sicht trüben – statt eines geliebten Mädchens sehe sie Defekte vor sich, ein Bündel komplizierter und unlösbarer Probleme. Korrigieren, korrigieren, korrigieren. Und was, wenn das unmöglich ist? Vielleicht muss es auch gar nicht sein? Und wieso haben sie dort bei der Diagnose nicht vermerkt, wie klug, witzig und zauberhaft Aya ist?

Als sie den Kindergarten verlässt, trübt sich der Himmel, schwarzgraue Wolken ballen sich auf der einen Seite, nahe dem benachbarten Kibbuz. Auf dem Weg zu ihrem Container trifft sie Rubi, der mit dem Auto neben ihr hält. Er verspricht vorbeizukommen, um die Fallen für die Ratte aufzustellen, der sie am Vortag im Badezimmer begegnet ist. Auf dem Beifahrersitz sitzt Racheli, ein freundliches junges Mädchen, sie hatten sich bereits kennengelernt. Jaeli hofft, es bliebe noch genug Zeit für all die Reparaturen, die bei ihnen anstehen.

»Es sieht nach Regen aus, kann unser Dach dem standhalten?«, fragt sie, und Rubi verzieht ungläubig die Miene: »Es wird höchstens nieseln, mehr ist wohl kaum drin.«

Sie steigt in den Container, wirft Handtasche und Schlüssel auf den Boden und setzt sich an den Computer. Sie müsste ihre Stunde morgen am College vorbereiten, hat aber keine Lust. Sie surft ein bisschen im Internet, kauft Aya ein paar niedliche Kleider und einen Mantel, liest einen Blog über Gartenbau und Innenarchitektur, bezahlt die Stromrechnung und bestellt Futter für die Katzen draußen, das auch den Ratten schmeckt. Sie versucht, sich abzulenken, öffnet dann jedoch, zum wer weiß wie vielten Mal seit der Diagnose, die E-Mail von damals in der Schwangerschaft, mit den Untersuchungsergebnissen, die man ihr nach England geschickt hatte. Sie liest aufmerksam, als wüsste sie nicht auswendig, was da drinsteht, lehnt sich dann im Sitz zurück und schließt die Augen.

Am Abend der Hochzeit, die nicht stattgefunden hatte, mit Sophie und dem Wasserrohr, war sie mit raschen und schmerzhaften Wehen ins Krankenhaus gekommen, als das Wasser bereits abgegangen war, und dort hastig ins Zimmer für Hochrisikogeburten. Sie wusste nicht und es erzählte ihr auch keiner, dass dieser Raum »speziellen« Geburten vorbehalten war. Das zehnköpfige Team von Ärzten und Schwestern empfing sie freundlich, aber niemand lächelte.

Eine Schwester strich ihr sanft über Stirn und Gesicht. »Alles Gute, Liebes«, sagte sie zu ihr, aber später hörte sie sie hinter sich: »Traurig, eine Erstgeburt.«

Jaeli war allein, der Apparat piepste, und plötzlich wurde ihr übel, worauf sofort der Narkosearzt ankam, ihr ein weiteres Medikament zur Infusion hinzufügte und sagte: »Noch eine Minute, gleich ist es vorbei.« Noch eine, noch eine, und da schlüpfte ihr Baby heraus, das Siebzig-Prozent-Baby – wer wusste damals schon, dass sich ihr Leben bis zur Unkenntlichkeit verändern würde – mit einem starken und gesunden Schreien: ein Mädchen von drei Kilo und hundertfünfzig Gramm ohne besondere Merkmale, Apgar-Werte 9–10, alles intakt.

Könnte Jaeli nur einen einzigen Moment erneut erleben, würde sie in jenen Raum zurückkehren wollen, um noch einmal die Erleichterung auf den Gesichtern der Anwesenden zu sehen und das breite Lächeln der Schwester, die ihr das Baby an die Wange legte, das dank der Berührung von Haut zu Haut sofort aufhörte zu schreien, und der Narkosearzt ihr sagte, als sie schon wegdriftete: Sie können sich jetzt ausruhen, haben schwer gearbeitet, alles in Ordnung.

Sie schlägt die Augen auf. Auf dem Bildschirm steht immer noch die E-Mail, sie schreibt den Namen des Syndroms ab und gibt ihn auf Google ein. Auch das hat sie schon unzählige Male getan, immer in der Hoffnung, in der englischen Wikipedia eine andere Erkenntnis zu finden als in der hebräischen. Doch in beiden Versionen steht Schwarz auf Weiß: Bei Mädchen kann das Syndrom verschieden stark auftreten, leichte, manchmal unmerkliche Geistesschwäche, erhebliche Lernbehinderungen, Probleme bei der Emotionsregulation, grenzwertige Intelligenzquotienten (je nach Stärke des Auftretens). Es gibt nichts Neues. Sie schließt die Augen wieder und spürt, wie ihr Körper vom Sitz auf den Boden fließt, wie eine Uhr bei Dalí, außerhalb von Zeit und Raum, und am liebsten möchte sie so verharren, in einer Lache ihrer selbst, bis sie sich aufraffen muss, um Aya vom Kindergarten abzuholen.

Sie weiß nicht, wie lange sie schon in diesem Zustand verharrt, als sie lautes Klopfen an der Fensterscheibe hört. Sie richtet sich langsam auf, Joske steht draußen und pocht mit dem Gehstock an die Plastikfenster ihres Containers, seine Haushaltshilfe Luda steht mit verschränkten Armen daneben.

»Was ist los?« Sie geht zu ihm hinaus. In der Hand hält er einen Stapel Papiere.

»Jaeli, hast du mir schon das Konto eingerichtet, um das ich dich gebeten hatte? Es gibt ein paar Auktionen auf Ebay, an denen ich teilnehmen möchte, wunderschöne echte Schwerter, aber der Mann sagt, ich bräuchte ein Konto, ich weiß nicht, was er von mir will!« Sie bittet ihn, später wiederzukommen, damit sie ihm einen Nutzernamen und ein Passwort machen könne, jetzt wolle sie arbeiten.

»Arbeiten?«, sagt er. »Sollen Ackergäule arbeiten!«

»Okay, Opa, ich komm demnächst. Was ist mit den Papieren?«

Joske blickt verwirrt auf den Stapel in seiner Linken, schweigt ein paar Sekunden und scheint angestrengt zu überlegen. Schließlich tritt die Haushaltshilfe näher und sagt etwas auf Rumänisch. »Ah, richtig, das ist wegen des Hauses angekommen.« Er streckt ihr die gefalteten Bögen hin. Ein Tropfen fällt auf seinen kahlen Schädel, er hebt den Blick, seine mit milchigem Schleier überzogenen Augen vereinen sich mit dem Widerschein der graublauen Wolken.

»Anscheinend fängt es an, zu regnen«, sagt Jaeli.

»Ach, das geschieht erst, wenn mir Haare auf dem Handteller wachsen«, kichert er und tappt heimwärts. »Vergiss mein Ebay nicht!«, ruft er und scheucht mit dem Stock seine Haushaltshilfe weg, die seinen Arm nehmen will, als sie gemeinsam die Straße überqueren. Sie rügt ihn, er bleibt stur, und beide verschwinden den Weg hinauf.

Auf den gefalteten Bögen findet sie Kaffeeflecke und Reste von etwas, das Joske wohl zum Frühstück verzehrt hat. In einem Brief von Rechtsanwalt Singer, adressiert an Jaeli und Joske, hieß es, Zippas Haus, Block/Grundstück 85/23 090, stehe unter Denkmalschutz, weswegen der vom Dorf erwirkte Abrissbefehl hinfällig sei. Das zweite Stockwerk des Gebäudes hingegen sei als »baufällig« eingestuft worden, weshalb die Eigentümer für Sanierung oder Abriss Sorge tragen müssten, falls sie das Haus für Wohnzwecke nutzen wollten.

Sie liest den Brief erneut, legt ihn dann neben den Computer und geht hinaus. Sie überquert den Dreschplatz zum gemeinsamen Geräteschuppen, noch unsicher, was sie da sucht, aber beim Anblick der Hacke weiß sie es. Sie verlässt den Schuppen damit und marschiert zu Zippas Haus. Brombeersträucher und Wilder Wein überranken die Fenster. Die Wilde Malve ist im Winter wegen der unkontrolliert offen gebliebenen Bewässerungsleitung gewuchert, reicht ihr fast bis zu Hüfte.

An der Tür klebt ein verblichener, alter Zettel mit der Warnung, das Gebäude sei baufällig und zum Abriss bestimmt. Sie löst ihn ab und wirft ihn zu Boden, öffnet dann die Tür. Drinnen ist alles so wie früher. Ohne die Möbel, die man vor Jahren ausgeräumt und verschenkt hat, wirkt es größer, aber auch dunkler wegen der Pflanzen über den Fenstern.

Sie steigt in den zweiten Stock hinauf, eine Stufe bricht unter ihrem Fuß ein, sie fängt sich und geht vorsichtig weiter, bemüht, nur auf die eisernen Stützen zu treten.

Im Obergeschoss verläuft eine große brüchige Galerie unterm Dach. Auf einem staubigen Sessel liegen drei Säcke mit geblümten Kissen und Bettüberwürfen, die sie bei ihrer Ankunft gekauft hat. Die Plastiksäcke zerfallen bereits, aber das gelbblaue Logo ist noch zu erkennen, erinnert sie an die Träume, die sie hergeführt hatten.

Die Tür zum kleinen Zimmer liegt auf der Seite, genau wie zuvor, die Zimmerwände bestehen aus orangeroten Holzplanken. Sie schwingt die Hacke und schlägt auf die Holzwand ein. Ein Brett birst, aber die Wand steht noch. Sie schlägt wieder und wieder zu. Unter den hölzernen Bruchstücken kommt ein weicherer Holzrahmen zum Vorschein, auch den schlägt sie ein, und als eine ausreichend große Öffnung entstanden ist, versucht sie die Latten mit den Händen rauszureißen, einige geben recht leicht nach. Ihre Hände bluten bereits, aber das ist ihr egal, sie haut weiter auf die Wand ein, bis sie ganz weg ist und das Licht von dem kleinen Fenster die Galerie überflutet. Auch das Fenster zerbricht sie. Niemals wird man hier wieder Bettdecken zum Lüften raushängen, niemals wieder bunte Papierfiguren von Eseln, Kranichen, Segelbooten oder Fischen fliegen lassen. Aya würde ihre Fische falten, wo immer sie wollte.

Die Dachbalken, ihrer Stützwand beraubt, donnern ebenfalls herab. Jemand ruft ihren Namen durch die Haustür, dann hört man schwere Schritte die Treppe hochtraben, und ein blonder Kopf lugt herein. Ringsum ist alles zerstört. Jonathan springt zu ihr und packt sie am Arm, gemeinsam hasten sie die Stufen hinunter, die unter ihren Füßen zu brechen drohen. Eine Sekunde, nachdem sie aus der Tür sind, stürzt das Dach ins Haus, wie ein Soufflé, das in sich zusammenfällt.

Sie steht im Freien, die Arme ausgebreitet, blickt empor zum grauen Himmel, der echten, nassen Regen auf ihr Gesicht fallen lässt. Endlich Luft zum Atmen.

Der Regen legt zu, trommelt auf die Wellblech- und Asbestdächer, sprenkelt die staubigen Felder, die dürren Zitrushaine, legt die rostigen Rohre und verwaisten Bewässerungssysteme frei. Waren die Tropfen zuerst noch zögerlich, verfließen sie jetzt zu einer festen schrägen Wasserwand, spülen die Dächer der Häuser, die ausgelaugten Höfe, die Autos, die staubweißen Straßen.

Langsam treten sie aus ihren Häusern, noch etwas ungläubig, in Arbeitsoveralls und Hauskitteln, schauen von Motorrädern und Traktoren auf, heben flehend die Hände empor, bleib!

Die Köpfe emporgereckt wie Sonnenblumen zur Sonne, nur ist es hier Regen, der heftig auf die Gesichter fällt.

Er ebnet die dürre rissige Erde, die Ablaufrinnen schäumen, und das Wasser trommelt fröhlich darauf. Das Grün der Bäume zeigt sich auf einmal, die Petunien und Springkräuter, die gestern noch schlapp in den Beeten standen, nehmen Glanz und Farbe an im bläulichen Licht, das durch die schweren Wolken schimmert. Das Wasser fließt in rauschenden Kaskaden vom Dach des Volkshauses auf den Terrazzoboden und spritzt an die Wände. Die Kühe drängen sich erschrocken unterm Dach des

Geheges, die Gänse laufen frei herum, kurz bevor sie auf den Laster zur Federdeckenfabrik verfrachtet werden, sperren im Stehen die Schnäbel auf und können ihr Glück gar nicht fassen.

Der Regen fällt weiter, hat nicht vor, aufzuhören, nicht jetzt, vielleicht nie. Er weiß alles und doch nichts, weiß nicht, warum er ausgeblieben oder zurückgekehrt ist, kennt weder Träume noch Illusionen, nichts von alledem, er existiert einfach, und er wird fallen, bis er aufhört. Ganz einfach.

Hoch oben, von der Luftschicht aus, in der er entsteht und reift, sehen Menschen und Ernteameisen sehr ähnlich aus – bewegen sich in geordneten Reihen, begehen klare Pfade, glauben nicht wirklich, dass ein großer Tropfen oder dessen Ausbleiben alles verändern und sie aus der Bahn werfen kann.

Und wer weiß, wie sie jemals zurückkommen.

Ende

Der Kranichmann

Schon lange sieht er die Kraniche nicht mehr übers Dorf fliegen. Vielleicht haben sie ihre Flugbahn geändert, vielleicht haben sie beschlossen, dieses Dorf nicht mehr zu überfliegen, vielleicht fürchten sie sich vor den Menschen mit den Flinten, die ihnen bei den Fischteichen auflauern. Er wartet noch auf sie, hofft, sie auf den sumpfigen Feldern landen zu sehen, die es hier einst ringsum gegeben hat. Einen Schwarm grauer Kraniche mit schwarzem Hals und roter Kopfplatte, die im Schlamm waten, dicke Würmer aus dem Gras ziehen, zart die Kranichweibchen umwerben, die Flügel ausbreiten, den Kopf senken und tanzen. Früher mal konnte er sie stundenlang beobachten, als er nicht nur nachts, sondern auch tags draußen herumlaufen durfte, mit dem Feldstecher, den Joske ihm geschenkt hatte, bis die Sonne hinter dem Bergzug unterging und er ordentlich Kohldampf bekam. Dann kroch er davon, kam erst in einiger Entfernung von dem Schwarm ein Stückchen hoch und ging geduckt weiter bis an den Traktorweg, der am Feldrain entlang zu den ersten Höfen führt, schlich über die Höfe der kleinen Häuser wie ein Mungo, der leise durchs Gras gleitet. Erst wenn er das Haus vor sich sah, verfiel er mit flatternden Gliedern in einen sonderbaren Trab, kam schnaufend und prustend an, Ströme von salzigem Schweiß liefen ihm übers Gesicht, und er atmete erleichtert auf. Auch diesmal hatten sie ihn nicht erwischt.

Aber die Kraniche kommen nicht mehr. Er weiß nicht, wie viel Zeit seit dem letzten Mal vergangen ist, ein Jahr, zwei, zehn? Von den Kranichen sind ihm nur die Erinnerung und die aus Papier geblieben. Seit ihrem Ausbleiben faltet er täglich einen.

»Geh«, sagt Zippa und sieht ihn mit lächelnden Augen an, deren Höhlen einst straff waren und nun schlaff und runzlig sind. Er nickt mehrmals mit dem Kopf, rudert aufgeregt mit den Armen. »Schschsch, still«, sagt sie, legt ihm die lange Kette mit dem Schlüssel um den Hals und steckt sie ihm unters Oberhemd. Der Schlüssel berührt seine Brust, kühl und eckig.

»Nicht vergessen, vor Beginn des morgendlichen Melkens zurückzukommen, ja?«

Sie streicht ihm mit zarter Hand übers Gesicht, verharrt kurz an dem hängenden Lid und der knubbeligen alten Narbe, die von der Schläfe bis zum Ohr reicht. Er nickt achtmal mit dem Kopf – acht ist seine Lieblingszahl, sieht aus wie ein Fisch, Kraniche fressen Fische. Er beendet die Runde in der Diele – acht. Zippa lässt ihn allein und geht auf dem Sessel vorm Fernseher dösen. Mal wartet sie dort bis zum Morgen auf ihn, mal wacht sie auf und geht zum Schlafen in das große Zimmer neben der Küche, wo sie mit Bezalel schläft. Nein, ohne Bezalel. Den hat er schon lange nicht mehr gesehen, ihn und sein lustiges Lächeln mit dem Loch in der Wange. Sehr lange, vielleicht ein Jahr, zwei Jahre, zehn.

Kraniche suchen sich einen Partner und bleiben dann ihr Leben lang zusammen.

Er geht hinaus. Am Handgelenk hat er eine alte Uhr, die schon längst nicht mehr tickt. Es ist die Uhr von seinem Papa, von Zippa und von Sophie geschenkt, und er sehnt sich nach ihm, seinem Papa, deshalb die Uhr. Zippa hat die Uhr aus der großen Truhe mit dem gewölbten Deckel geholt und sie ihm gegeben, als ihm einmal das Herz zu platzen drohte vor lauter Sehnsucht nach seinem Papa, nach seiner Mama, nach Nili.

Obwohl die Uhr nicht mehr geht, weiß er sehr genau, dass das Melken im ersten Morgengrauen beginnt, wenn es noch dunkel ist, der Himmel sich aber von schwarz in dunkelblau verwandelt – er kann die Farben unterscheiden. Zippa sagt, er hätte ein besonderes Auge für Farben, was komisch ist, denn er hat ja nur ein Auge, und deshalb ist das sowieso was Besonderes.

Er kann zwischen Finsternis und Licht unterscheiden, aber auch zwischen Erde und Himmel. Den Himmel sieht er sogar die ganze Zeit von seinem Fenster aus, aber die Erde kann er nur bei Nacht fühlen, wenn er ausgeht. Früher mal konnte er sie immer fühlen, wann er nur wollte, mit seiner Nili auf dem Arm oder mit Anati auf den Schultern. Auch die beiden hat er lange nicht mehr gesehen. Vielleicht eine Woche. Vielleicht ein Jahr. Vielleicht zehn.

Kraniche bauen ihre Nester an großen Wasserflächen.

Manchmal rennt er, wenn er aus der Haustür ist, gleich ganz schnell zur Quelle, dort ist niemand außer dem Plätschern des Wassers und dem Schein des Mondes. Manchmal möchte er für immer dort auf der Erde bei der Quelle bleiben, sich ein Nest aus Reisig und Schlamm bauen, wie ein Kranich.

Wenn der Mond scheint und es nicht zu dunkel ist (Zippa hat immer Angst vor den Schlangen, weil sie nicht weiß, dass die sich noch mehr vor ihr fürchten), zieht er Schuhe und Socken aus und geht barfuß auf der Erde, die mal trocken und hart, mal feucht und kalt ist, ihn aber immer fest stützt, nicht wie das Wasser, das dauernd fließt und alles mitreißt.

Zweimal die Woche, wenn die Sonne unterzugehen beginnt, wird er in der letzten Dämmerung schon unruhig, läuft auf und ab in seinem Zimmer im oberen Stockwerk, geht auf den Flur, zur Toilette, öffnet und schließt achtmal die Tür, bis er von unten rufen hört: »Noch ein bisschen! Geduld!« Um das Zittern zu stoppen, das ihm über den Rücken läuft, setzt er sich an den Tisch und faltet, er hat farbiges und weißes Papier, die Farbe ist nicht immer wichtig. Früher hat er nicht gefaltet, sagt Zippa, aber er kann sich nicht erinnern, wann das gewesen sein mag.

Mit dem Schlüssel um den Hals und den gefalteten Figuren verlässt er das Haus. Er nimmt sie immer mit, wenn er ausgeht, die Figuren. Erst lässt er ein paar am Streichelzoo des staatlichen Kinderhauses zurück, alle möglichen Figuren, die er eigens für die Insassen dort macht, Frösche und Hunde und Katzen, die am Morgen freigelassen werden, sobald die Kinder sie gefunden haben. Die Kraniche lässt er im Beutel. Ein Nachtvogel oder eine Fledermaus fliegt pfeifend über ihn hinweg, er hat keine Angst. Wenn man raus will, darf man keine Angst haben, sagt Zippa.

Zu dieser Zeit, wenn er draußen rumläuft, schlafen alle, bald müssen sie wegen der Kühe aufstehen. Die Kühe hat er gern, die Hühner nicht. Am liebsten mag er die Kälbchen, die ihm das Gesicht lecken, dabei Milchgeruch verströmen. Manchmal knattern laute Motorräder vorbei, er hört sie von Weitem und versteckt sich hinter dem großen Silo, wo früher Mal Weizenkörner bis zum Dach drin waren und heute Tauben und Spatzen rumschwirren. Die bringen ihn in Not, die lauten Motorräder, und wenn sie in Horden kommen, diese Motorradfahrer, sogar in große. Ihre Lacher quietschen wie Messer in den Ohren, chchchchch, wie bei den Gelegenheiten, als sie ihn zu fassen kriegten und mit ihm spielten, er als Ball, den sie sich gegenseitig zuwarfen. Zippa sagt, das dürften sie nicht.

Wieder fahren Motorräder vorbei. Er kann es wirklich nicht mehr aushalten mit den Motorrädern und den lachenden jungen Männern. Also schlüpft er hinters Silo, erreicht die erste

Rampe über die Stufen und klettert dann die Leiter rauf – immer acht Sprossen und Pause, acht Sprossen und Pause, fünfmal – so hoch ist das Silo. Als er das erste Mal dort hochkletterte, hatte er große Angst, war es nicht gewöhnt, aber er musste, denn Nili und Anati begannen, die Leiter raufzusteigen, und er musste ihnen nachklettern, denn das hatte er Sophie versprochen, ständig auf die beiden aufzupassen, und je höher er stieg, desto mehr drehte sich ihm der Kopf und von dem Geruch des Gärfutters wurde ihm übel. Er meinte, gleich abzustürzen, durfte aber nicht fallen, wegen Nili und Anati. Als sie endlich auf der großen Rampe oben ankamen, war er außer Atem, und sie waren glücklich und lachten und setzten sich, die Bäuche ans Geländer gedrückt, steckten die Beine unten drunter raus und wippten fröhlich. Sophie, die auf dem Weg zum Dorfladen unten vorbeikam, war entsetzt, ihre kleinen Töchter in zwanzig Meter Höhe zu sehen, wo sie zwischen Himmel und Erde »Mama, Mama, schau!« riefen. Da fing sie derart an zu kreischen, dass sie ganz schnell wieder runtermussten. Dann erst beruhigte sie sich, nachdem sie ihnen eine Standpauke gehalten und sie auf der Bank vor dem Laden untersucht hatte, ob auch alle Glieder heil mit runtergekommen waren. Er setzt sich, wie Anati und Nili immer, den Bauch ans Geländer gedrückt und die Beine in der Luft baumelnd. Von oben sieht er, dass die Motorräder weg sind und das Dorfzentrum wieder ruhig ist. Er öffnet sein Säckchen, Zippa hat ihm ein belegtes Brot und ein Stück Obst eingepackt. Er sitzt und isst sein Brot. Acht Bissen und Pause, achtmal kauen und Pause. Er braucht lange, bis er das Brot aufgegessen hat, sein Kiefer wird müde. Früher mal konnte er sogar drei Butterbrote auf einmal essen, mit ganz vielen Achtern.

Auch sein Haar ist weiß geworden, aber Zippas Haar ist noch rabenschwarz.

Die Hunde bellen, er erschauert, hat aber keine Angst, ihr Bellen erschrickt ihn, das ist alles. Manchmal hörte er nachts in den Höfen andere Schreie oder Geräusche, und dann schlich er sich unters Fenster, um zu lauschen. Zippa warnte ihn, das sei verboten, nachdem man sich bei ihr beschwert und gesagt hatte, sie sollte ihn nicht mehr rauslassen. Seither klettert er aufs Silo. Dort kann man viel mehr sehen, wie ein fliegender Kranich.

Um die Zeit rumzubringen, zählt er die Schlangennamen auf, die er kennt: Pfeilnatter, Eidechsennatter, Rötliche Schlanknatter, Münzennatter, Palästinaviper, sie alle leben hier in der Gegend, aber es gibt etwas weiter weg noch viele andere: Hornnatter des Feldes, Diademnatter, Hornviper, Avicennaviper, Arabische Hornviper, Ein Gedi Erdviper, Sandboa, Sandrasselotter, Schwarze Wüstenkobra, Libanesische Bergotter und all die Kletternattern und Zwergnattern und Katzennattern und Würfelnattern, und es gibt noch mehr, aber ihm ist die Luft ausgegangen. Zippa mag keine Schlangen und versucht, sie auch dann zu töten, wenn sie gutartig sind. Ehe Schimele ein Wort herausbringen kann, geht es bumm! Spitzhacke auf den Kopf. Einmal sah er einen Kranich eine Sandrennnatter verputzen, aber das ist wenigstens gerechtfertigt.

Große Motten schwirren über seinem Kopf, wie Idioten kommen sie dem großen Scheinwerfer zu nahe und sind blitzschnell verkohlt. Die Luft ist voll mit Insekten, auch die erkennt er, nachdem er ein ganzes Jahr lang zwei Bücher gelesen hat, die vorm Volkshaus lagen: *Schädlinge der Acker- und Futterpflanzen im Vorderen Orient* von Y. Rivnay und *Schädlinge der Rebstöcke und Obstbäume* von Dr. K. Shevig. Seither kann er spielend die folgende Liste hersagen: Rebenpockenmilbe, Rote Spinnmilbe (hast du sie nach dem ABC in Erinnerung?), Wolllaus, Apfelmotte, Tigermotte, Reblaus, Knollenmotte, Maiszünsler, Maiswurzelbohrer, Maisblattlaus, Getreideblattlaus, Getreideplattkäfer, Getreidefliege, Getreidemotte, Getreidewanze (es gibt noch ein paar mit Getreide, aber Zippa und Sophie haben keine Geduld mehr), Mittelmeerfruchtfliege, Lupinenrüsselkäfer, Lupinenblattrandkäfer, Kohlweißling (gut, das reicht und fertig!).

Er versucht zu erklären, aber die Wörter – so glatt und schnell sie in den Büchern sind, so schwer und langsam sind sie in seinem Mund, abgesehen von den Listen, die er aufsagen kann, die kommen ihm nun gerade sehr flüssig über die Lippen. Zippa ist an sich bereit, Schimele zuzuhören, aber nicht immer. Sie hat es gern, wenn er die Vogelarten nennt, die abends in den Garten kommen, hat aber genug von Kranichen, und über Schlangen will sie partout nichts hören.

Wenn sie gegen Abend guter Laune ist, holt er tief Luft und legt los: Turmfalke, Amsel, Bienenfresser, Bülbül, Kohlmeise (selten), Eisvogel manchmal, Blutspecht, Eichelhäher, Krähe.

Gelegentlich saust um diese Tageszeit auch eine Schleiereule flügelschlagend über sie hinweg (oder eine Fledermaus, die keinesfalls ein Vogel ist), und dann fügt er auch sie hinzu. In den letzten Jahren haben die Graukraniche nicht mehr auf der Liste gestanden.

Oben vom Silo schaut er herunter, zu dieser Stunde, wenn der Himmel schwarz ist und nur die Sterne leuchten, auf das Volkshaus, in dem früher mal große Versammlungen mit viel Geschrei stattfanden. Von dort wendet er den Blick zu der großen Rasenfläche davor, die jetzt dunkel ist. Dort feierte man einst alle wichtigen Feste gemeinsam – Dorfjubiläum, Schawuot, immer in Schabbatkleidung, und immer sang der Chor die Lieder, die alle kannten, auch Schimele (aber er sang nie), und an Schawuot zogen die Pferde und später die Trecker die Wagen mit den Erstlingsfrüchten – den Kälbchen und Lämmchen, den gelben Küken, die auf den Händen kitzelten, den Entchen, die sich vor Schreck unter den Ähren vergruben, und auch die neuen Babys in den Armen ihrer Mütter, wie Nili und später Anati in Sophies Armen hoch auf dem Wagen. Die Kinder rannten barfuß herum, spielten Verstecken zwischen den hohen Maisstauden oder ruhten im Schatten der Zitrusbäume in den heißen Mittagsstunden. Und er immer hinter ihnen her. Er wusste, dass er größer war als die anderen Kinder, Jungen seiner Größe arbeiteten schon auf dem Acker oder im Zitrushain, aber Joske weigerte sich, ihn mitzunehmen (ich bin keine Kindergärtnerin!), und so bat Sophie ihn sehr lieb, auf die Mädchen aufzupassen. Das würde ihr sehr helfen, sagte sie, denn sie hätte den Kopf dauernd voll mit Sorgen. Ja, er war der Aufpasser von Nili und Anati, ein Jahr, zwei oder zehn? Bis sie groß waren und Nili einen neuen Freund hatte, mit pechschwarzen Augen, einer komischen Aussprache und einem Blick, der ihn erschauern ließ. Sogar da war er ihr nachgegangen. Aber das war das letzte Mal gewesen.

Jetzt, wo der Himmel sich aufhellt, die Melkmaschinen schnurren und die Motoren der Traktoren husten, kippt er das schwarze Säckchen aus und lässt die Papierkraniche frei. Danach klettert er vorsichtig die Leiter runter, acht Sprossen und Halt, acht Sprossen und Halt. Die Hunde bellen, die Truthühner krackeln und die Kühe lassen ihr Seufzen hören, wenn er leise die Haustür öffnet, mit dem Schlüssel an seinem Hals, und eintritt. Er steigt die Treppe zum zweiten Stock hinauf, geht ins Zimmer und schließt den Riegel, der in Augenhöhe angebracht ist. Er zieht seine Kleider aus und legt sich ins Bett, achtmal nach links rollen, achtmal nach rechts. Während ihm die Lider schwer werden, überlegt er: Werden die Kraniche noch zurückkehren?

Vielleicht mit dem Regen.

Dank

Edo, der immer für mich da ist, mich unterstützt und vor allem an mich glaubt. Meinen Kindern Eytam und Yasur, die mir beigebracht haben, wie sich das Leben anfühlt.

Meinen Eltern, die mich mit ihrem ungewöhnlichen Leben zu dem beobachtenden Menschen gemacht haben, der ich bin. Meinen Großeltern Jakobi, deren Leben Anregung für so viele Geschichten gibt, solche, die geschrieben wurden, und solche, die vielleicht noch geschrieben werden. Meinen lieben, guten Freunden, die arglos mit mir plauderten, ohne zu ahnen, dass sie sich eines Tages auf Buchseiten wiederfinden würden.

Meinem Mentor Prof. Allan Hoffman – auch wenn es »*After Twenty Years*« geschieht, ist es eindeutig dir zu verdanken.

Meiner Lektorin, Orna Landau, die sicher durch ein schlingerndes und verschlungenes Buch zu steuern wusste, und Miri Rozovsky, die Anstoß und Ermutigung gab.

Einat und Avner Holtzman – fürs Lesen.

Und allen, die mich mit einer Idee, Bemerkung oder Anregung begleitet haben. Danke. Dieses Buch ist auch euch zu verdanken.